W0002455

JOHANNES WILKES

Der Fall Fontane

JOHANNES WILKES

Der Fall Fontane

Kriminalroman

GMEINER SPANNUNG

Immer informiert

Spannung pur – mit unserem Newsletter informieren wir Sie regelmäßig über Wissenswertes aus unserer Bücherwelt.

Facebook: @Gmeiner.Verlag
Instagram: @gmeinerverlag
Twitter: @GmeinerVerlag

Besuchen Sie uns im Internet:
www.gmeiner-verlag.de

© 2019 – Gmeiner-Verlag GmbH
Im Ehnried 5, 88605 Meßkirch
Telefon 07575/2095-0
info@gmeiner-verlag.de
Alle Rechte vorbehalten
1. Auflage 2019

Lektorat: Claudia Senghaas, Kirchardt
Herstellung: Mirjam Hecht
Karte: Johannes Wilkes
Umschlaggestaltung: U.O.R.G. Lutz Eberle, Stuttgart
unter Verwendung eines Fotos von:
© https://commons.wikimedia.org/wiki/File:
Pomological_Watercolor_POM00007178.jpg
Druck: CPI books GmbH, Leck
Printed in Germany
ISBN 978-3-8392-2431-1

Personen und Handlung sind frei erfunden.
Ähnlichkeiten mit lebenden oder toten Personen
sind rein zufällig und nicht beabsichtigt.

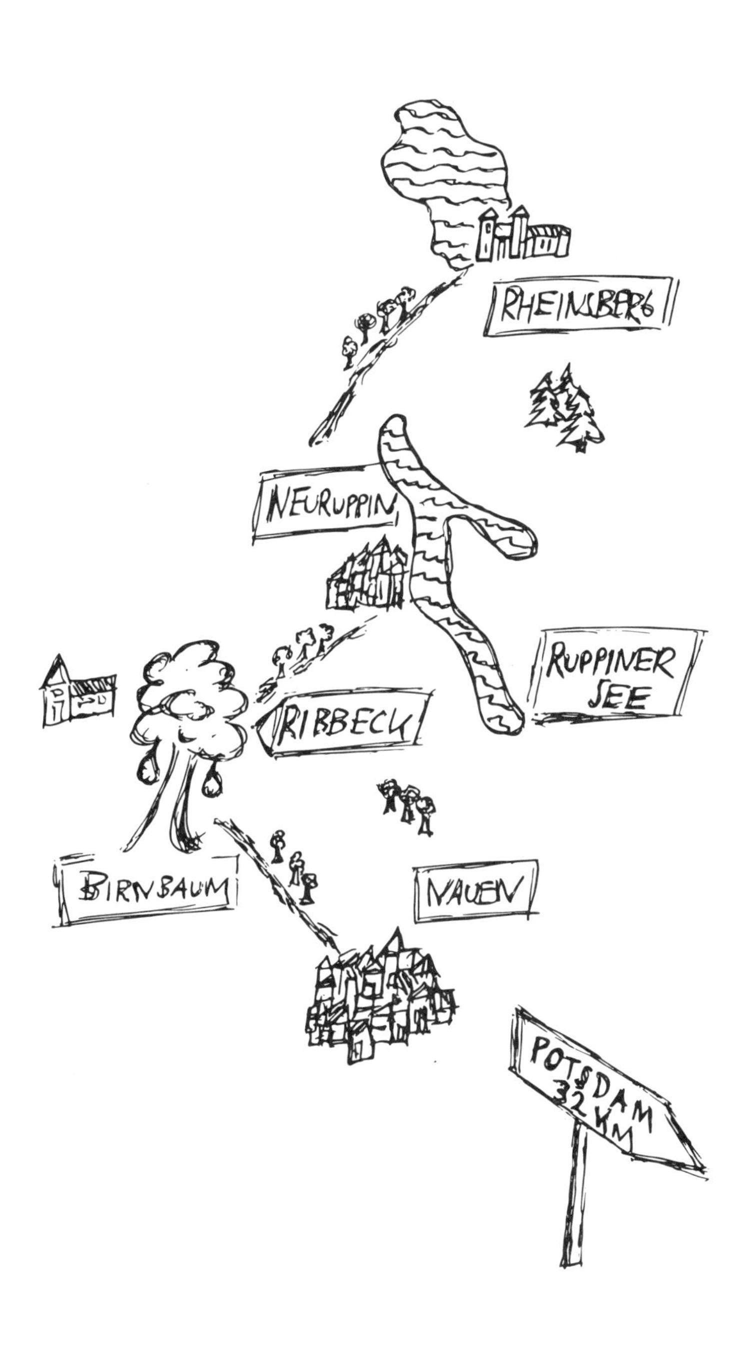
RHEINSBERG
NEURUPPIN
RUPPINER SEE
RIBBECK
BIRNBAUM
NAUEN
POTSDAM 32 KM

Ich hab' es getragen sieben Jahr.
Und ich kann es nicht tragen mehr,
wo immer die Welt am schönsten war,
da war sie öd' und leer.

Theodor Fontane

DIENSTAG

»Bist du denn als Kind schon mal hier gewesen?«, wunderte sich Mütze.

»Nicht körperlich«, erwiderte Karl-Dieter und grinste. Was gibt es Schöneres, als sich an einem sonnigen Sommermorgen aufs Rad zu schwingen? Fand zumindest Karl-Dieter. Mütze hätte gerne noch ein zweites Frühstücksei gelöffelt, aber was half's? Karl-Dieter sprühte vor Unternehmungsgeist wie eine Wunderkerze. Heute sei ein ganz besonderer Tag, heute würden sie zum Traumort seiner Kindheit radeln.

Die Sache mit dem Fahrradurlaub ist natürlich Karl-Dieters Idee gewesen. Sich interessante Orte anzuschauen und dabei gleichzeitig die Fitness zu verbessern, das sei doch die optimale Kombi. Wie hat es Fontane ausgedrückt? »Luft und Bewegung sind die eigentlichen geheimen Sanitätsräte!« In ihrem Alter würde es schon gar nicht schaden, etwas für die Gesundheit zu tun. Mütze hatte skeptisch gelächelt. Für die Gesundheit? Karl-Dieter meine wohl eher sein neues Abspeckprogramm. Ob da nicht ein richtiges Fahrrad geeigneter wäre? – Auch ein E-Bike sei ein richtiges Fahrrad, hatte Karl-Dieter nur säuerlich erwidert. Schließlich müsse man auch beim E-Bike trampeln. Der einzige

Unterschied sei, dass man die Anstrengung feiner dosieren könne.

»Na, dann dosier' mal fein!«

Mütze trat kräftig in die Pedale. Niemals wäre er auf ein E-Bike gestiegen. War er ein gichtgeplagter Opa? Mann, er war ein harter Bulle in den besten Jahren! Wenn schon Fahrrad, dann Mountainbike, so ein knackiges X-Trail-Rad ohne jeden überflüssigen Schnickschnack. Karl-Dieters Einwand, in der Mark Brandenburg seien richtige Berge in etwa so zahlreich wie Skandale an seinem Erlanger Theater, ließ Mütze nicht gelten. Ein Mountainbike war etwas für echte Kerle, egal, wo's langging. Und sei es eine Fahrradtour durch die Sandwüsten der Mark Brandenburg.

»Eine Radwanderung!«

»Wie bitte?«

»Radwanderungen durch die Mark Brandenburg, so nennt sich unsere Reise!«

Mütze schnaubte. Musste Karl-Dieter neuerdings alles unter ein Motto stellen? Konnten sie nicht einfach zehn Tage vor sich hin radeln? Ganz absichtslos, einfach ins Blaue hinein? Nein, Karl-Dieter hatte beschlossen, eine Fontane-Gedächtnistour daraus zu machen. Fontane sei nun mal einer seiner Herzensautoren und Fontanes »Wanderungen durch die Mark Brandenburg« ein Highlight der Literaturgeschichte. Davon könne man nur profitieren. Theodor Fontane hatte einmal einem Freund beschrieben, wie er bei seinen Recherchereisen vorgegangen ist, nicht wie einer, der mit der Sichel zur Ernte geht, sondern wie ein Spaziergänger, der einzelne Ähren aus dem reichen Feld pickt. Auf solche Ähren hoffte auch Karl-Dieter, die vielleicht schönste wollte er heute pflücken.

Flott ging's voran. Karl-Dieter hatte den Schalter auf maximale Unterstützung gestellt und raste mit zum Platzen gefüllten Akku dahin, als wollte er die Tour de France gewinnen. Zugleich jedoch saß er äußerst entspannt im Sattel und betrachtete mit sichtbarer Lust die vorbeiziehende Landschaft. Hätte Mütze auch nur den Hauch eines romantischen Anflugs in sich gespürt, er hätte zugeben müssen, was für ein anmutiges Bild sich ihnen bot. Über den Wiesen schwebten zart die Reste des Morgennebels, glitzernd funkelten die Tautropfen in den Hecken und Büschen, und über dem weiten grünen Land begann sich der Himmel blau zu wölben. Kaum zu glauben, dass Berlin nur einen Katzensprung hinter ihnen lag. Zwischen alten Kopfweiden tauchte der Kirchturm eines nahen Dorfes auf, nach einer Viertelstunde das Ortsschild »Ribbeck«.

Es gibt Orte, da ist man noch nie gewesen, und dennoch verbindet man mit ihnen die lebhaftesten Bilder. Jedenfalls ging das Karl-Dieter so. Besonders mit Orten seines Lieblingsschriftstellers Fontane. Der Eriesee in Nordamerika? Nie dagewesen – und doch sah Karl-Dieter die »Schwalbe« darüber fliegen, das in Flammen stehende Dampfboot, dessen Gischt schäumte wie Flocken von Schnee. Der Tay, Schottlands mächtiger Fluss? Vor Karl-Dieters Augen raste der unglückselige Mitternachtszug über die Brücke, durch heftigen Wintersturm, in den Abgrund, in die Tiefe, in den Tod: »Tand, Tand ist das Gebilde aus Menschenhand!« Der schönste, der lebendigste aller literarischen Orte aber war zweifelsohne das Städtchen Ribbeck. Karl-Dieter spürte, wie sein Herz höher zu schlagen begann. Ribbeck, sein Ribbeck! So schlicht, so einfach, und doch voller Magie. Was verband sich nicht alles mit diesem Namen? Bald würde er den Zauberort mit eigenen Augen betrachten können, nur noch ein paar Minuten, dann waren sie dort.

Mit feierlichem Gesicht stand Karl-Dieter vor dem kleinen Bäumchen. Es war nicht mehr der Originalbirnbaum, aber was machte das? Es war derselbe Ort, der alte Friedhof von Ribbeck, derselbe Wind blies durch die grünen Blätter, zwischen denen sich die zarten Fruchtansätze versteckten, in Sichtweite das ehrwürdige Schloss der von Ribbecks, das Doppeldachhaus. Die Fahrräder hatten sie an die Wand der nahen Kirche gestellt, ein niedriger, rustikaler Bau, wie er in der Mark Brandenburg üblich zu sein schien. Karl-Dieter schloss kurz die Augen, dann begann er das Gedicht vorzutragen:

»Herr von Ribbeck auf Ribbeck im Havelland
Ein Birnbaum in seinem Garten stand …«

»Wöff, wöff, wöff!« Ein winziger Kläffer kam aus dem Gebüsch gestürmt und bellte Karl-Dieter an, ein zerzaustes weißes Etwas mit schwarzen Knopfaugen. Karl-Dieter aber war entschlossen, sich durch nichts und niemand stören zu lassen, nicht jetzt, nicht in diesem erhabenen Moment.

»… und kam die goldene Herbsteszeit
Und die Birnen leuchten weit und breit …«

»Wöff, wöff, wöff!« Wilder noch klang das Gebell, eindringlicher, fast verzweifelt. Karl-Dieter hielt ärgerlich inne. Wo kam der Zwerg nur her? Warum gab er keine Ruhe? Was wollte er nur? Wo war sein Frauchen, wo sein Herrchen? Er hatte sich wohl losgerissen, die Leine hing ja noch an seinem Halsband. Ach, was soll's, sein Besitzer würde sicher gleich kommen. Karl-Dieter schloss die Augen wieder.

»… da stopfte wenn's Mittag vom Turme scholl
Der von Ribbeck sich beide … Autsch! Mistvieh!«

Nachdem ihm der weiße Strubbel in die Radlerhose gezwickt hatte, schoss das Hündchen mit einem wilden Sprung davon, drehte sich abrupt um, bellte heiser, machte drei weitere Sprünge, drehte sich wieder um und bellte erneut.

»Der will uns was zeigen!« Mütze folgte dem Hündchen hinter ein nahes Gebüsch und pfiff durch die Zähne.

Eine Axt. Mitten im Schädel. Kein schöner Anblick. Selbst wenn sich in dem blanken Teil des Stahls, dort, wo er nicht mit Blut verschmiert ist, hell die Morgensonne spiegelt, hat man doch kein Auge für derlei optische Raffinessen. Nicht jetzt, nicht in einem solchen Moment. Es gibt ein paar Dinge, die passen einfach nicht zusammen. Eine Axt hat in einem Kopf nichts zu suchen, erst recht nicht in einem menschlichen.

»Wahnsinn«, flüsterte Karl-Dieter atemlos.

Mütze bückte sich nieder. Das Blut, das dem Toten übers Gesicht lief, glänzte frisch. Die Axt, sie konnte noch nicht lange im Schädel stecken. Mütze erhob sich rasch und sah sich um. Kein Mensch, nirgends.

»Halt' doch mal den Hund zurück«, sagte Mütze und zog sein Handy hervor.

Das weiße Knäuel hatte damit begonnen, dem Toten das Gesicht sauber zu lecken. Eilig schnappte sich Karl-Dieter die Leine und zog den winselnden Hund ein Stück zur Seite.

Noch unwilliger als sonst trat Mütze in die Pedale, vorbei an einem Maisfeld, das zu einem Labyrinth gestaltet war. Seine Laune war im Keller. Hinter seinem Rücken lag ein Dorf, in dem ein grauenhafter Mord passiert war, ein Täter war zu ermitteln – und er sollte sich an Kuhweiden ergötzen? Zwar hatte ihm der nette Herr Kollege versprochen, ihn auf dem Laufenden zu halten, aber was half ihm das! Seinen Vorschlag, ihnen bei den Ermittlungen zur Hand zu gehen, hatte man dankend abgelehnt. Westliche Amtshilfe bräuchte man zum Glück schon seit einer geraumen Weile nicht mehr, hatte Treibel, so hieß der Kollege, hinzugefügt. Der Spott war nicht zu überhören gewesen. Rudi Treibel war ein Mann seines Alters, allerdings mit einer etwas gemütlicheren Figur. Sein Witz und seine wachen Augen verrieten den hellen Kopf. Wohlwollend hatte Treibel Mütze auf die Schulter geklopft, der Herr Kollege solle nur in aller Ruhe weiterradeln und die schöne Mark und seinen verdienten Urlaub genießen. – Urlaub genießen! War das für Mütze schon ein Widerspruch in sich, so erst recht in einer solchen Situation.

Auch Karl-Dieter fühlte sich elend, wenngleich aus gänzlich anderen Gründen. Mit bleichem Gesicht surrte er mechanisch vor sich hin. Der Anblick des Toten ging ihm nicht aus dem Kopf. Wie zerbrechlich das Leben doch war. Ein einziger Schlag, und es herrschte ewige Finsternis. Der Mann wird nichts gespürt haben, hatte Mütze trocken bemerkt. Als wenn das ein Trost wäre! Während Mütze mit den Kollegen diskutiert und auf die Spurensicherung gewartet hatte, hatte sich Karl-Dieter um sich abzulenken den Rest des alten Birnbaums angesehen, den Original-Ribbeck-auf-Ribbeck-Birnbaum, dessen Stumpf man, nachdem ihn ein Sturm gefällt hatte, in der alten Kirche aufbewahrte. Der alte Stamm hatte sich manches von seiner Würde bewahrt, Karl-Dieter aber hatte die Kirche dennoch schnell wieder verlassen. Nichts von der erhofften Stimmung hatte sich eingestellt. Dabei hatte er sich so auf Ribbeck und seinen Birnbaum gefreut! Unzählige Male hatte ihm Tante Dörte, die ihn wie eine Mutter aufgezogen hatte, das Gedicht aufsagen müssen, oft an Samstagabenden, wenn er aus der Badewanne geklettert war und es sich in seinen Frotteebademantel gekuschelt auf dem Plüschsofa gemütlich gemacht hatte.

Da stopfte wenn's Mittag vom Turme scholl
Der von Ribbeck sich beide Taschen voll,
Und kam in Pantinen ein Junge daher,
So rief er »Junge, wiste ne Beer?«
Und kam ein Mädchen, so rief er: »Lütt Dirn,
kumm man röwer, ich hebb 'ne Birn.«

Währenddessen hatte ihm die Tante mit dem flauschigen Badetuch die Haare trockengerieben. Wie sich das angefühlt hatte! Karl-Dieter spürte heute noch die sanft kreisenden Bewegungen, die Wärme, die davon ausging, hörte heute noch den Zauber in der Stimme der Tante.

So ging es viel Jahr, bis lobesam,
der von Ribbeck auf Ribbeck zu sterben kam.
Er fühlte sein Ende, 's war Herbsteszeit,
Wieder lachten die Birnen weit und breit …

Im Ruhrpott ist stets an den Samstagnachmittagen gebadet worden, obwohl es damals, als der Pott noch rauchte, sicher häufiger nötig gewesen wäre. Aber man hatte es nicht dicke, wie man an der Ruhr zu sagen pflegt, auch am Wasser musste gespart werden. An allen anderen Tagen hatte der Waschlappen reichen müssen, an den Samstagen aber wurde das Badewannenritual zelebriert. Die Wärme des Wassers, der Duft des Apfelshampoos, die vertraute Stimme der Tante …

> Da sagte von Ribbeck: »Ich scheide nun ab.
> Legt mir eine Birne mit ins Grab.«

Karl-Dieter merkte, wie ihm etwas leichter ums Herz wurde. Lag es am Ribbeck-Gedicht? Vielleicht, nein ganz sicher! Woraus speiste sich dessen Zauber denn? Doch einzig und allein aus der Gewissheit, dass manche Dinge eben unsterblich sind. Vielleicht war es auch nur ein einziges Ding, und dieses Ding musste die Kraft der Liebe sein. In was für Kleidern kam sie nicht daher! Immer wieder neu, immer wieder überraschend. Im Gedicht ist es die Liebe des alten Ribbecks zu den Kindern gewesen. Ihnen zuliebe hatte er sich eine Birne mit ins Grab legen lassen. Aus der Birne war ein neuer Baum gewachsen, der die Kinder auch nach seinem Tode reich beschenkte.

> Und kommt ein Jung' übern Kirchhof her,
> so flüstert's im Baume: »Wiste 'ne Beer?«
> Und kommt ein Mädchen, so flüstert's: »Lütt Dirn
> kumm man röwer, ick gew' di 'ne Birn.«

Ob auch der Mann mit der Axt im Schädel rechtzeitig den Samen der Liebe gepflanzt hatte? Vielleicht bei einem Kind, das er durch seine Liebe wetterfest gemacht hatte für die Stürme des Lebens, vielleicht bei einem Enkel, der nie vergessen wird, wie warmherzig die Stimme seines Opas geklungen hat, vielleicht bei einem Freund, dem er ein treuer Begleiter bleiben wird bis zuletzt und wenn auch nur in der Erinnerung. Liebe war so wunderbar vielfältig, sie konnte die unterschiedlichsten Formen annehmen. Hatten das nicht zuletzt die traurigen Augen des kleinen Hundes bewiesen? Karl-Dieter hob den Kopf und sah wehmütig lächelnd zu Mütze hinüber, der stumm in die Pedale trat. So scheußlich der Tod auch war, er war nicht das Ende. Ganz gewiss nicht. Überall konnten neue Birnbäume blühen, man musste nur rechtzeitig ans Pflanzen denken.

So spendet Segen noch immer die Hand,
des von Ribbeck auf Ribbeck im Havelland. (1)

Was suchten Priester und Redner verkrampft nach passenden Worten bei einer Beerdigung? Karl-Dieter fasste den Beschluss, sich für seine Beerdigungsfeier nur das Gedicht vom »Ribbeck« zu wünschen. Mit diesem Gedicht war doch alles Wesentliche gesagt.

»Was habt ihr denn bereits herausgefunden?«

Die Freunde hatten einen sanften Höhenzug erklommen und saßen nun auf einer kleinen Bank, von der aus man den nächsten Ort liegen sah: Fehrbellin. Mütze biss in seine Salamistulle, die er sich beim Frühstück heimlich geschmiert und eingesteckt hatte, etwas, was Karl-Dieter niemals tun würde.

»Der Tote stammt aus Ribbeck. Er heißt Gerhard Krumbiegel, ist 66 Jahre alt und verheiratet. Seine Frau konnte verständigt werden. Ihr Mann würde den Hund jeden Morgen zur gleichen Zeit ausführen, immer den gleichen Weg entlang.«

»Denselben Weg.«

»So sagte ich.«

Karl-Dieter verkniff sich eine Bemerkung. »Also immer am Birnbaum vorbei?«

»Anzunehmen«, sagte Mütze kauend.

»Es könnte ihm also jemand aufgelauert haben.«

»So isses.«

»Gibt es schon einen Verdacht?«

»Nop.«

Karl-Dieter schüttelte missbilligend den Kopf. Musste Mütze diesen Slang benutzen? Rutschte er etwa in die Midlife-Crisis? Wollte er einen auf jugendlich machen?

»Bitte tu mir einen Gefallen und red' anständig!«

»Jap!«

Mütze war immer noch sauer, das war nicht zu übersehen. Karl-Dieter beschloss, das Thema zu wechseln. Warum musste Mütze auch so scharf auf Leichen sein! Lag das am Beruf? Freute sich ein Arzt etwa auf die nächste Krebsdiagnose, ein Feuerwehrmann auf den nächsten Großbrand? Schon klar, jeder Mensch suchte berufliche Herausforderungen, wollte zeigen, was er gelernt hatte. Und doch, ein Kommissar, der sich Verbrechen herbeisehnte, war das nicht pervers?

»Schau, da drüben, der Turm.«

»Du meinst die Liliputausgabe der Siegessäule?«

»Mit dem Gold-Elschen obendrauf, genau. Da kann man raufsteigen.«

Diese Preußen! Schon ziemlich verrückt, sich so eine unsinnige Säule mitten in die Landschaft zu stellen. Der Blick von der Aussichtsplattform aber war fantastisch.

»König Friedrich Wilhelm IV. fand die Landschaft seiner Mark zum Gähnen langweilig, deshalb hatte er alles drangesetzt, sie mit markanten Gebäuden aufzuhübschen.«

Was Karl-Dieter nicht alles wusste! Mütze wunderte sich einmal mehr.

»Und wieso Siegessäule?«

»Die Schlacht bei Fehrbellin, der Startschuss für Preußens Gloria. Sechzehnhundert-schlag-mich-tot hat der große Kurfürst den Schweden eins auf den Schädel gegeben.« (2)

Auf den Schädel gegeben! Mütze musste wieder an den Toten denken. Die Axt hatte den Scheitel voll erwischt, der Schlag war direkt von vorne erfolgt. Das Letzte, was das Opfer von dieser Welt gesehen hatte, musste sein Mörder gewesen sein. Keine Kampfspuren, keine Verletzungszeichen an den Händen oder Armen. Krumbiegel musste so überrascht gewesen sein, dass er nicht die geringste Abwehrreaktion gezeigt hatte.

Karl-Dieter bemerkte nicht, wohin Mützes Gedanken gingen, und erzählte mit Blick auf die sich vor ihnen liegende Landschaft begeistert weiter. Dass sich rundherum einst ein großes Sumpfgebiet erstreckt habe, dass die Preußenkönige Holländer gerufen hätten, das Land trocken zu legen, dass man mit dem Torfabbau halb Berlin befeuert habe.

»Von Theodor Fontane gibt es dazu eine schöne Stelle in seinen ›Wanderungen‹. Soll ich sie dir vorlesen?«

»Später.« (3)

Mütze blickte in die Richtung zurück, aus der sie gekommen waren. Da hinten lag Ribbeck. Dort waren Treibel und seine Kollegen gerade eifrig dabei, Zeugen zu befragen und Spuren zu sichern. Wieder spürte Mütze grimmigen Ärger in sich aufsteigen. Das war doch Folter pur! Und ungerecht, zutiefst ungerecht! Wer hatte den Toten schließlich gefunden? Zuständigkeit hin, Zuständigkeit her, es gab doch auch so etwas wie eine natürliche Zuständigkeit. Und wem stand die anders zu als ihm, Mütze. Zudem bei diesem Toten, bei dieser Tat. Mit der Axt mitten in den Schädel. Krach! Das kam nicht jeden Tag vor, selbst nicht in der Mark Brandenburg, wie Treibel gewitzelt hatte. Treibel hatte gut lachen. Im Land Brandenburg geschahen dreimal so viele Gewaltverbrechen pro Nase wie in Bayern. Gut für die Bayern, schlecht für einen bayerischen Mordkommissar.

Lebhaft hatten sie ein mögliches Motiv diskutiert. Angenommen, es ist eine Beziehungstat gewesen. Dann müssen heftige Emotionen mit im Spiel gewesen sein, ein starkes Rachebedürfnis etwa, erzeugt durch eine massive Kränkung. Mit einer Knarre zu töten ist leicht, da braucht es nicht viel. Den Finger gekrümmt, piff-paff, das war's. Mit einer Axt aber tötet nur jemand, der voller Hass ist, der den anderen nicht nur töten, der ihn vernichten will.

»Schau mal in die andere Richtung, schau mal nach Norden«, sagte Karl-Dieter, »die Stadt an dem langen See dort, das ist Neuruppin. Soll die preußischste aller preußischen Städte sein. Dort ist Fontane zur Welt gekommen.«

»Jap«, erwiderte Mütze und schnippte eine tote Fliege von der Brüstung. In einer traurigen Spirale segelte sie den grünen Wiesen entgegen.

Radweg war nicht gleich Radweg. Erst recht nicht im Havelland. Mal glitt man über frischen Asphalt dahin wie auf Schienen, mal wurde man vom Kopfsteinpflaster durchgerüttelt, mal ging es über feinen Schotter, mal über den nadelbedeckten Boden lichter Kiefernwälder. Immer musste man aufpassen, nicht in den begleitenden Sand zu geraten, sonst lag man schnell auf der Nase. Nun radelten sie auf einer stillgelegten Bahnstrecke dahin. Am schönsten aber reise es sich entlang von Flüssen, hatte Karl-Dieter gemeint und als Hauptroute den Havelradweg ausgeguckt. An der Quelle der Havel hatten sie vor wenigen Tagen ihre Tour begonnen, mitten auf der Mecklenburger Seenplatte. Ein idyllischer Ort, das hatte selbst Mütze zugeben müssen und war prompt in den kleinen See gehechtet, dem die Havel entsprang. Karl-Dieter hatte sich unterdessen an der Landschaft ergötzt. Überhaupt konnte er sich ständig an der Natur erfreuen, während Mütze nur an deren praktischer Seite interessiert war.

»Schau, die Störche! – Schau, die blühenden Kornblumen! – Schau, den Mohn! – Schau, die hübsche Allee!«

»Schau, ein Gasthaus mit Biergarten«, hatte Mütze nur grinsend erwidert.

Ein Gasthaus mit Biergarten gab es auch in Neuruppin. Sogar eines mit Fremdenzimmern. – Fremdenzimmer! Dass dieser Begriff noch existierte. Eigentlich hatten sie in Neuruppin nur eine mittägliche Zwischenstation einlegen wollen, aber durch die Sache in Ribbeck waren sie erst am Abend in die Fontanestadt hineingeradelt. Sie hieß zu Karl-Dieters Freude tatsächlich so, jedenfalls auf dem Ortseingangsschild: »Fontanestadt Neuruppin«.

»Umso schöner«, fand Karl-Dieter, als sie das Zimmer bezogen, »so dürfen wir eine Nacht lang die Luft von Fontanes Kindheit atmen.«

Mütze verdrehte die Augen. Die Luft von Fontanes Kindheit! Als würde es hier anders riechen als im Rest der Mark Brandenburg. Karl-Dieter war schon etwas verschroben in seiner Begeisterungsfähigkeit. Im »Dominikanerhof« aber gefiel es auch Mütze. Im Biergarten gab es »Schnitzel satt« und Mütze ließ nicht locker, bis er ein kleines Schweinchen auf dem Gewissen hatte. Karl-Dieter hingegen beschränkte sich auf den Salatteller »Theodor«, allerdings bat er die nette Bedienung immer wieder darum, den Brotkorb neu zu füllen. Radfahren aber machte nicht nur hungrig, Radfahren machte vor allem durstig. Und so goss sich Mütze ein Köstritzer nach dem anderen hinter den Knorpel. »Schweine müssen schwimmen«, lachte er und ließ sich ein weiteres Schnitzel kommen.

Über dem Abendessen war es dunkel geworden. Von Neuruppin würden sie nicht mehr viel zu sehen bekommen. Dennoch beschlossen sie, noch einen Gang durch die Gemeinde zu machen, und schlugen den Weg zur Uferpromenade ein, wo sich ihnen ein malerisches Bild bot. Der vom Rhin durchflossene Ruppiner See erstreckte sich wie ein weites Band bis zum Horizont, festlich tanzten die Lichter der Promenade auf den heiteren Wellen. Das alles würde der arme Tote von Ribbeck nicht mehr zu sehen bekommen. Karl-Dieters Stimmung wurde wieder melancholisch. Warum musste das so sein? Warum konnte er nicht einfach ungetrübt genießen? Die Schönheit, war sie nur dazu da, uns an unsere Vergänglichkeit zu erinnern? Nie konnte Karl-Dieter eine schöne Blume betrachten, ohne zugleich an ihr Verblühen denken zu müssen. Warum musste sich stets der bittere Tropfen des Abschieds in alles hineinmischen? Ein Freund vom Theater hatte ihm mal erklärt, das mache eben den Kern jeder wahren Melancholie aus: die tiefe Liebe zum Leben. Wer nicht richtig lieben könne, der würde auch keine Trauer verspüren, nicht die Trauer, die sich aus dem Leben und der Schönheit speise. Karl-Dieter atmete tief durch. Auf seine Melancholie wollte er nicht verzichten.

Von der Uferpromenade gingen sie stadteinwärts. Durch diese Gassen musste auch der kleine Fontane gelaufen sein, dessen Vater die Neuruppiner Löwenapotheke betrieben hatte. Die alte Apotheke, das Geburtshaus, stand unverändert auf ihrem Platz, wusste Karl-Dieter aus seinem Reiseführer, bevor der Vater aus Geldnot hatte verkaufen müssen. Morgen würden sie sich alles in Ruhe anschauen. Sie gingen weiter und kamen an einen weiten Platz, an dessen Prachtseite sich ein stattliches Schloss erhob. Auch ein beleuchtetes Denkmal war zu sehen, das hoch in den Nachthimmel ragte.

»Schau, da steht er, dein Fontane«, sagte Mütze.

»Fontane?«, Karl-Dieter schüttelte den Kopf, »das ist ein Preußenkönig, das müsste Friedrich Wilhelm II. sein.«

»Hübsch eingezäunt, damit die Monarchie bleibt, wo sie ist«, lachte Mütze, und sein Lachen hallte von den Wänden des weiten Platzes wider.

Neuruppin war bereits in tiefen Schlummer gefallen. Die beiden Freunde waren die Einzigen, die durch die Straßen bummelten. Sie hatten sich ziellos treiben lassen und befanden sich auf dem Rückweg zum Gasthof, als plötzlich eine Stimme durch die Gassen gellte. Da schrie doch jemand um Hilfe! Augenblicklich spurtete Mütze los.

Blut! Blut überall. Vom noch erhobenen Kopf lief es in Strömen über die Schultern und die Brust, floss tiefer herunter, um sich im Schoß zu sammeln. Schwarz glänzte der Saft im Schein der Straßenlaternen, Blut, Blut, überall Blut! Wer war nur der Ärmste, der dort auf der Granitbank saß, regungslos und stumm?

»Fontane!«, stammelte die alte Dame.

Die Polizeidirektion befand sich nur wenige Straßen weiter. Ein hübsches, fast palastähnliches Gebäude mit einer freundlichen Backsteinfassade. Mütze schaute überrascht, als er die Wache betrat. Das war doch Treibel, Rudi Treibel, sein Kollege vom Ribbecker Friedhof!

»Immer noch im Dienst?«, grinste Mütze.

»Muss«, seufzte Treibel und deutete auf seinen Rechner, »weißt schon, die Papierarbeit. Was verschafft mir die Ehre?«

»Man hat euren Fontane geschändet.«

»Nicht auch das noch!«, sagte Treibel und rollte mit den Augen, während ihm Mütze von der Sauerei berichtete.

»Ein Dummer-Jungen-Streich, nichts weiter«, meinte Mütze, »Schweineblut, wahrscheinlicher ein Eimer roter Farbe. Wird sich hoffentlich wieder abwaschen lassen.«

»Fontane muss warten. Erst müssen wir den Täter von Ribbeck ermitteln.«

»Natürlich«, sagte Mütze, »was gibt's Neues?«

»Ein Bierchen?«

»Wo warst du so lange?«, brummte Karl-Dieter, als Mütze ins Hotelzimmer geschlichen kam. Mitternacht war schon vorüber.

»Hab' einen alten Bekannten getroffen, den lieben Treibel, weißt schon, den Kommissar vom Birnbaum.«

»Und? Hat er den Mörder schon am Wickel?«

»Ne, ne, so schnell schießen die Preußen nicht. Eine Spur aber haben sie bereits gefunden.«

»Nämlich?«, fragte Karl-Dieter neugierig.

»Keine Fingerabdrücke an der Axt.«

»Wie bitte? Das soll eine Spur sein?«

»Auch fehlende Fingerabdrücke sind eine Spur.«

»Wieso das?«

»Spricht für eine klare Tötungsabsicht und gegen eine Tat aus dem Affekt.«

»Raubmord?«

»Fehlanzeige. Geldbeutel und Smartphone steckten in den Taschen.«

»Also eine Beziehungstat.«

»Oder ein Verrückter.«

Karl-Dieter musste unwillkürlich an den schrecklichen Anschlag bei Würzburg denken, an den jungen Islamisten, der vor einiger Zeit in einem Regionalzug wild um sich geschlagen hatte, ebenfalls mit einer Axt. Hoffentlich nicht schon wieder ein Anschlag, der aufs Konto des IS ging. Es gab genug Brandstifter in Deutschland, da brauchte es keinen Brandbeschleuniger.

»Und seine Frau, wie hat sie's aufgenommen?«

»Recht gefasst, meint Treibel. Aber das kennen wir ja, der Schock kommt oft erst später.«

»Feinde?«

»Keine in Sicht. Ihr Mann sei überaus beliebt gewesen, in der Nachbarschaft, bei seinen Jägerfreunden. Zu den Genossen seines Kollektivs habe er bis zuletzt Kontakt gehalten.«

Kollektiv! Manche Vokabeln schmeckten noch immer unverwechselbar nach Honni, FDJ und real existierendem Sozialismus, dachte sich Karl-Dieter und wälzte sich auf die andere Seite.

»Gute Nacht, Mütze!«

»Gute Nacht, Knuffi!«

Es war stockdunkel, als Karl-Dieter aufwachte. In seiner Wade verspürte er ein Brennen. Vorsichtig fuhr er mit der Hand über die Stelle und spürte eine Verschorfung und einen leisen Schmerz. Woher stammte die Wunde? Plötzlich fiel es ihm wieder ein. Das Hündchen, der weiße

Mopp! Der hatte ihn doch kurz in die Wade gebissen, um ihn zu seinem toten Herrchen zu führen. Komisch, dachte sich Karl-Dieter, es ist doch nicht mehr als ein Zwicken gewesen. Erst jetzt merkte er, dass er sich dabei verletzt hatte. Wie war das möglich? Leise schwang er sich aus dem Bett, stand auf und ging ins Bad. Es schien zum Glück nur eine oberflächliche Schramme zu sein, der Abdruck von zwei winzigen Zähnen war zu erkennen, rundherum eine geschwollene Rötung, nicht weiter schlimm.

Karl-Dieter öffnete das Badfenster, um etwas frische Luft zu tanken. Der Nacht war schwarz. Kein Stern blinkte am Himmel. War wieder Nebel aufgezogen? Aus der Ferne hörte er einen lang gezogenen tierischen Laut. Ob das der kleine Hund war, der um sein Herrchen trauerte? Unwahrscheinlich. Ribbeck lag eine Fahrradstunde entfernt. Auch war ein solch mickriges Hündchen wohl kaum in der Lage, auf diese Weise zu heulen. Das klang eher nach einem Schäferhund. Karl-Dieter lauschte in die Nacht. Da! Wieder hob das Tier an zu heulen, hohl und unheimlich. So klang kein Hund, der anschlug, weil er etwas Verdächtiges bemerkt hatte, so klagte ein Hund, dem etwas fehlte, der etwas vermisste. Wonach nur sehnte sich die einsame Kreatur?

Sie hob des Toten Haupt in die Höh
Und küsste die Wunden, ihr war so weh. (4)

MITTWOCH

So mochte Mütze sein Frühstück. Alles am Platz serviert ohne diese lästigen Ausflüge zum Büfett. Brötchen im Korb, weiche Butter, jede Menge Aufschnitt, dazu ein gekochtes Ei und eine große Kanne heißen Kaffee. Was brauchte es mehr? Karl-Dieter hätte sich über etwas Joghurt und einen Obstsalat gefreut. Immerhin lag ein Apfel auf dem Tisch.

»Schau, die Schlagzeile!«, sagte Karl-Dieter und hob die Märkische Allgemeine in die Höhe.

»Lies vor«, bat Mütze, der seine Lesebrille im Zimmer vergessen hatte.

»Mord unterm Birnbaum – Ein grausames Verbrechen ereignete sich in unmittelbarer Nähe des Birnbaums von Ribbeck. In den frühen Morgenstunden wurde die Leiche von Gerhard K. aus Ribbeck gefunden. Zeugen, die etwas Auffälliges bemerkt haben oder das Opfer zuletzt gesehen haben, sollen sich bitte bei der Polizeidirektion Nord melden. Herr K. führte einen auffällig kleinen Hund mit sich. – Auffällig klein? Vor dem Hund sollte gewarnt werden!«, ergänzte Karl-Dieter und betastete unauffällig seine Wade. Es schmerzte immer noch, wenngleich deutlich weniger als in der Nacht.

»Hm«, brummte Mütze, »mir bereitet der Kläffer eher Kopfschmerzen.«

»Wieso das?«

»Überleg doch mal, das passt doch hinten und vorne nicht. Krumbiegel soll ein passionierter Jäger gewesen sein. So ein Hündchen aber ist doch nichts für einen Waidmann.«

»Warum nicht?«, sagte Karl-Dieter, »selbst ein krummbeiniger Dackel wird als Jagdhund geschätzt. Keiner kommt besser in einen Fuchsbau.«

»Bei dem Winzling kriegt doch jeder Fuchs einen Lachanfall! Der Knirps war kaum größer als ein Meerschweinchen, der muss aufpassen, nicht in ein Maulwurfloch zu purzeln.«

»Vielleicht war Krumbiegel ja Maulwurfjäger?«, grinste Karl-Dieter.

»Idiot!«, grinste Mütze zurück.

Die Kellnerin, eine brünette Mittfünfzigerin mit kräftigen Oberarmen, trat an ihren Tisch und fragte, ob die Herren noch Wünsche hätten. Dabei fiel ihr Blick auf die Schlagzeile.

»Furchtbar, nicht wahr? Und das bei uns in der Nachbarschaft. Wenn Sie mich fragen, das war bestimmt wieder so ein Islamiker.«

»Wie kommen Sie darauf?«, fragte Karl-Dieter. Seine Stimme klang ungewöhnlich scharf.

»Die machen doch immer so Sachen mit Äxten und so. Das macht doch kein Deutscher. Warum man die nur reinlässt.«

Mütze sah die Kellnerin aufmerksam an. »Wieso Axt? Davon steht nichts in der Zeitung.«

»Ach, das wissen Sie noch nicht? Nein, wie sollten Sie auch, Sie sind ja nicht von hier. Bei uns aber weiß schon jeder Bescheid. Jawohl, mit einer Axt, wie ein Schlächter!«

Mütze seufzte und schenkte sich noch eine Tasse Kaffee ein. Die Sache mit der Axt war doch klassisches Täterwissen. Wie hatte sich das nur rumsprechen können? Irgendein Kollege musste gequatscht haben. Karl-Dieter seufzte aus einem gänzlich anderen Grunde. Mit seiner Befürchtung hatte er leider recht behalten. Wieder waren natürlich die Ausländer schuld. Ein Deutscher tut so was nicht. Wenn schon, dann mordet ein Deutscher anständig mit Gewehr und Pistole. Aber doch nicht wie so ein arabischer Beduine mit seinen primitiven Waffen. Jetzt würden die Diskussionen wieder beginnen, würde die AfD wieder stolz ihre Fahnen in den Wind hängen und sich ins Fäustchen lachen. Allein daran konnte man erkennen, wes Geistes Kind diese verblendete Bande war. Wer freute sich über islamistische Terroranschläge? Doch nur der IS und die AfD, in ihrer Beschränktheit brüderlich vereint. Wie hatte es Fontane ausgedrückt? »Gegen eine Dummheit, die gerade in Mode ist, kommt keine Klugheit auf.« Auf der anderen Seite: Hatte er nicht selbst an eine islamistische Tat denken müssen? Was machten solche Geschichten nur mit ihm! Man musste höllisch aufpassen, eh man sich versah, sog man das tückische Gift selber ein.

Die Kellnerin kam zurück und brachte frischen Aufschnitt.

»Kannten Sie den Toten vielleicht?«, fragte Mütze und versuchte, leutselig zu klingen und nicht wie ein Kommissar.

»Nicht näher«, sagte die Kellnerin, »aber seine Frau kenne ich.«

»Die Ärmste«, sagte Mütze scheinheilig, »die wird bestimmt fix und fertig sein.«

»Wie man's nimmt«, sagte die Kellnerin.

»Jetzt machen Sie uns aber neugierig«, sagte Mütze.

»Ach, vergessen Sie's«, sagte die Kellnerin und eilte zur Küche zurück.

Wie amputiert. So kam sich Mütze vor. Normalerweise hätte er lässig seinen Ausweis gezückt und eine anständige Vernehmung begonnen. Nun aber war er in Zivil, nun war er lediglich ein einfacher Tourist, der mit seinem Partner auf den Spuren von Fontane eine höchst unsinnige Radtour unternahm.

»Eine Radwanderung«, korrigierte ihn Karl-Dieter verschnupft.

»Ach, ist doch wahr«, stöhnte Mütze.

Nach dem Frühstück stand Neuruppin auf dem Programm, erst am Nachmittag wollten sie weiterradeln. – Die Radtaschen? Aber gerne! Selbstverständlich könnten die Herren ihr Gepäck an der Rezeption abstellen, sagte der freundliche Hotelier.

Der erste Gang führte die Freunde zum Fontane-Denkmal. Zwei städtische Arbeiter waren dabei, den beschmierten Dichter mit einem Hochdruckreiniger sauber zu spritzen, fluchten dabei aber schrecklich, denn die Farbe ließ sich nicht so einfach wegkärchern.

»Haben die Neuruppiner Lausejungen ihr Taschengeld wohl in teuren Autolack investiert«, scherzte Mütze.

Karl-Dieter verstand nicht, was es da zu scherzen gab. Wer stellte nur so eine Sauerei an? Was war denn das für ein Kulturverständnis? Was hatte Fontane nicht alles für die deutsche Literatur geleistet, Effi Briest, den Stechlin, all die wunderbaren Balladen! Und nun wurde er auf diese gemeine Weise geschändet! Schrecklich sah der Dichter aus, so, als hätte ihm jemand in den Kopf gehackt.

»Zum Beispiel mit einer Axt«, ergänzte Mütze den Gedanken.

Karl-Dieter verzog angewidert den Mund. Ihn zog es weiter, der Anblick war zu trübe.

»Lass uns gehen«, sagte er, da ging Mützes Handy.

»Treibel? Ja, guten Morgen! Ob ich …? Kein Problem, nein, nein, überhaupt kein Problem! Bin in einer Minute da!«

Mütze ließ sein Handy in die Tasche gleiten.

»Sag mal, Karl-Dieter, würde es dir etwas ausmachen, das Museum alleine zu besuchen? Treibel will mich noch mal sprechen.«

Karl-Dieter war verschnupft. So hatte er sich den Urlaub nicht vorgestellt. Nicht dass er erwartet hatte, Mütze würde sich ernsthaft für Fontane interessieren, so naiv war Karl-Dieter schon lange nicht mehr, nicht nach 20 gemeinsam verbrachten Jahren. Aber dass sich Mütze bei der ersten besten Gelegenheit vom Acker machen würde, damit hatte er nicht gerechnet. Klar, natürlich hatte er wieder eine Entschuldigung, schließlich ist er Zeuge in einem Mordfall geworden. Aber zumindest hätte er doch eine Prise Bedauern heucheln können. Ihn alleine ins Museum zu schicken! Karl-Dieter setzte sich mürrisch in Marsch. Zehn Minuten später stand er vor einem imposanten Barockgebäude, an dem ein moderner Anbau klebte. Lustlos betrat er das Stadtmuseum, das gerade erst geöffnet hatte, und löste seine Eintrittskarte. Na, dann mal los! Was gab's hier von Fontane zu sehen?

»Unser Museum hat eine lange Geschichte.«

Eine elegant in schwarz gekleidete Dame, die sich mit der Kassenfrau unterhielt, schenkte Karl-Dieter ein freundliches Lächeln.

»Schon Theodor Fontane hat unsere Sammlungen besucht und davon in seinen Büchern erzählt. Wenn Sie wollen, können Sie sich die Texte an 20 Stationen vorlesen lassen. Sie sind doch wegen Fontane gekommen?«

»Woher wissen Sie das?«, fragte Karl-Dieter erstaunt.

»Oh, das war nicht schwer zu erraten. 99 Prozent unserer Besucher kommen wegen Fontane.«

So kamen sie ins Gespräch. Die Dame in Schwarz hieß Lisa Ellernklipp und war die Museumsleiterin. Sie war sehr erfreut, als Karl-Dieter ihr von den Radwanderungen erzählte, die er und sein Freund Mütze auf Fontanes Spuren unternahmen. Davon würde sie gerne mehr erfahren. So verabredeten sie sich in einer Stunde an der Kasse. Dann wollte ihm Frau Ellernklipp den angrenzenden Tempelgarten zeigen.

»Den müssen Sie gesehen haben«, sagte die Museumsdame und warf sich ihren Seidenschal schwungvoll über die Schulter.

Die Ausstellung war liebevoll konzipiert. Ein hübscher Gedanke, Fontane selbst zu Wort kommen zu lassen, fand Karl-Dieter, auch wenn der Dichter wenig Positives über seine Geburtsstadt zu sagen hatte. Insbesondere störten ihn die überdimensionierten Plätze und Straßen. »Für eine reiche Residenz voll hoher Häuser und Paläste, voll Leben und Verkehr mag solche raumverschwendende Anlage die empfehlenswerteste sein, für eine kleine Provinzialstadt aber ist sie bedenklich«, klang es aus dem Lautsprecher. Die wenigen Menschen, die sich hier verliefen, würden den Eindruck von Langeweile verstärken, meinte Fontane.

Theodor Fontane war als Gymnasiast für kurze Zeit nach Neuruppin zurückgekehrt, welches er mit acht Jahren verlassen hatte, weil der spielsüchtige Vater seine Apotheke hatte verkaufen müssen. Mit dem restlichen

Geld war die Familie an die Ostsee gezogen, nach Swinemünde, das heute polnisch ist. Dort hatte der Vater erneut eine Apotheke aufgemacht und seinem Sohn Theodor und seinen jüngeren Geschwistern eine spannende Kindheit am Meer geschenkt, eine Kindheit, die man dennoch nicht wirklich als glücklich bezeichnen konnte. Manch dunkle Wolke war darüber gezogen, wusste Karl-Dieter, der Fontanes Kindheitserinnerungen kannte, das vielleicht persönlichste Buch des großen Erzählers.

Wie schön wäre es jetzt, seine Gedanken mit Mütze austauschen zu können. Aber der Kerl musste natürlich wieder auf Verbrecherjagd gehen und das im Urlaub. Dabei hatten sie daheim in Erlangen genau besprochen, was geht und was nicht geht. Mütze war nach längerem Zögern mit den Radwanderungen auf Fontanes Spuren einverstanden gewesen, er, Karl-Dieter hatte sich im Gegenzug verpflichten müssen, kein Wort über seinen Kinderwunsch fallen zu lassen. Und auch berufliche Themen waren Tabu. Alles hatten sie fein geplant und austariert. Und nun das!

Im nächsten Raum hing ein gewaltiges Ölgemälde. Wilhelm Gentz (1822-1890), stand auf der Tafel. Der Orientmaler war wie Fontane in Neuruppin geboren worden. Auch das Museumsbild zeigte eine orientalische Landschaft. Ein älterer Mann sprach mit lebhafter Gebärde zu einer Gruppe von muslimischen Glaubensbrüdern. »Prediger in der Wüste«, hieß das Bild.

Karl-Dieter musste an das dritte Tabuthema denken, die Flüchtlingsfrage. Selten hatten sie sich in all den Jahren, in denen sie zusammen waren, so häufig streiten müssen. Nicht dass er und Mütze prinzipiell anderer Meinung waren, auch Mütze war ein Humanist, trotz der harten Schale, die er zur Schau trug. Mütze aber vertrat den Standpunkt, man hätte sich die Kontrolle über die Einreise nicht aus der Hand nehmen lassen dürfen. Auch wundere es ihn, warum ausgerechnet so viele junge Männer auf der Flucht seien. Hieß es bei Katastrophen nicht zu Recht, Frauen und Kinder zuerst? Wo aber waren Frauen und Kinder, die doch die Ärmsten und Hilfsbedürftigsten wären? »Die können die Strapazen der Flucht eben nicht auf sich nehmen«, hatte Karl-Dieter erwidert. – »Ach, komm, die dürfen nicht in die böse westliche Welt. Die Frauen könnten ja auf die Idee kommen, dass ein Kopf ohne Tuch nicht gleich davonrollt.« Solcherlei Diskussionen hatten mehr als einen Abend vergiftet, und so war man übereingekommen, zumindest für die Dauer ihres gemeinsamen Urlaubs das Thema zu meiden. Es führte ja zu nichts.

Der Tempelgarten war tatsächlich sehenswert.

»Hat der junge Friedrich anlegen lassen, als er in Neuruppin stationiert war, der spätere Alte Fritz. Knobelsdorff hieß sein Architekt, hat die Gebäude im maurischen Stil errichten lassen.«

Die Museumsleiterin war von einer erfrischenden Lebendigkeit. Sie wies Karl-Dieter auf jedes verspielte

Detail hin. Ob es an dem hübschen Garten lag oder an einer wechselseitigen Sympathie? Spontan schlugen sie vor, sich doch mit dem Vornamen anzusprechen.

»Lisa.«

»Karl-Dieter.«

Sie setzten sich auf eine Bank in den Schatten. Obwohl es noch früher Vormittag war, begann die Sonne schon zu stechen, es versprach ein heißer Tag zu werden. Vielleicht ganz gut, dass sie heute erst später im Sattel sitzen mussten, dachte sich Karl-Dieter.

»Aber nun erzählen Sie, Karl-Dieter, wie sind Sie auf die Idee gekommen, Fontanes Wanderungen mit dem Rad nachzufahren?«, fragte Lisa Ellernklipp, legte den Kopf zur Seite und strich sich das dunkle Haar in den Nacken.

»Das ist ein weites Feld«, antwortete Karl-Dieter und freute sich, dass Lisa lachen musste. Sie kannte das Fontane-Zitat also, wodurch sie ihm gleich noch sympathischer wurde. So erzählte er frei von der Leber weg, dass er bereits als junger Gymnasiast Fontane verschlungen habe, und auch vom alten Ribbeck erzählte er und vom Gedicht vom Birnbaum. Dabei allerdings glitt ein Schatten über seine Stirn.

»Deshalb bin ich auch alleine hier. Mein Freund muss eine Zeugenaussage bei der Polizei machen. Wir sind gestern am Birnbaum gewesen.«

»Das waren Sie, Karl-Dieter? Sie haben den armen Krumbiegel gefunden?« Frau Ellernklipp setzte sich kerzengerade auf, und leichte Fältchen bildeten sich zwischen ihren braunen Augen.

»Ja, kannten Sie ihn etwa?«, fragte Karl-Dieter verwundert.

»Natürlich kannte ich ihn. Ich wohne doch in Ribbeck, keine zwei Straßen von Krumbiegels entfernt! Furchtbare Geschichte.« Lisa Ellernklipp schaute ganz betrübt und fasste spontan nach Karl-Dieters Hand. »Und Sie Ärmster haben den Toten gefunden? Mein Gott …«

»Und seine arme Frau erst! Wenn ich mir vorstelle, bei mir klingelts und die Polizei steht mit betretenem Blick vor meiner Tür.«

Abrupt zog die Museumsleiterin die Hand zurück, sah auf ihre Armbanduhr, stotterte etwas vor sich hin und verabschiedete sich überstürzt. Vielleicht, ja ganz bestimmt, sehe man sich ja wieder, irgendwo auf Fontanes Spuren.

»Das wäre schön«, sagte Karl-Dieter und sah der jungen Frau überrascht und etwas betrübt hinterher. Mit leichtem Schritt lief sie durch den Garten und verschwand im Museum.

Punkt zwölf trafen sich die Freunde auf dem Schulplatz beim Denkmal für den Preußenkönig. Es war tatsächlich Friedrich Wilhelm II.

»Etwas einfallslos in der Namenswahl, die alten Preußen, findest du nicht?«, grinste Mütze. »Entweder Friedrich oder Wilhelm und wenn sie sich nicht einig wurden, dann wurde eben ein Friedrich Wilhelm daraus.«

Karl-Dieter erwiderte nichts darauf, auch wenn ihm das schwerfiel. Wenn sie mal ein Baby haben würden, würde er es Alexander nennen. Das hatte er vor Kurzem beschlossen, selbstverständlich ohne Mütze etwas davon zu sagen. Alexander klang hübsch und frech zugleich, das musste an dem »x« liegen. Ein »x« gab einem Jungennamen den rechten Pfeffer. Wobei ihm ein Mädchen genauso lieb wäre, beeilte sich Karl-Dieter im Stillen zu sich selbst zu sagen.

»Vielleicht sollte man den Preußen mal ein Vornamenlexikon schenken?«

Mütze war in erkennbar bester Laune. Und das, obwohl er doch nicht ermitteln durfte. Wie war der Stimmungsumschwung zu erklären? Mütze klopfte auf die Tasche seiner Jeansjacke, in der sein Handy steckte.

»Treibel hält mich weiter auf dem Laufenden«, sagte Mütze.

»Gibt's denn was Neues?«

»Lust auf einen Imbiss?«

Sie setzten sich in ein Straßencafé. Mütze bestellte sich ein Bier und eine Boulette mit Kartoffelsalat, Karl-Dieter ein Käsebaguette.

»Es gibt eine erste Spur«, sagte Mütze und nahm einen tiefen Schluck.

»Und die wäre?«

»Ein anonymer Brief.«

Mütze zückte sein Smartphone, drückte auf »Galerie« und hielt Karl-Dieter das Gerät hin. Ein glatt gestrichenes Stück Papier war zu sehen, abfotografiert von einer Schreibtischplatte. Karl-Dieter begann zu lesen: »Nehmt euch die Jäger vor! Dann erfahrt Ihr, warum Krumbiegel verrecken musste.«

»Ein einfacher Computerausdruck, den wir natürlich auf Spuren untersuchen lassen.«

Karl-Dieter zog die Stirn kraus. Jetzt sprach Mütze schon von »wir«. Hieß das, dass Mütze nun Teil des Ermittlungsteams war? Dass sie ihre Radwanderung vergessen konnten?

»Nein, nein, natürlich nicht«, beeilte sich Mütze zu sagen, ohne dass sich seine Laune dadurch trübte, »sagen wir es mal so: Ich bin eine Art externer Berater.«

Karl-Dieter sah ihn skeptisch von der Seite an. Externer Berater! Das klang ja wie im Bankwesen.

»Treibel und ich telefonieren halt hin und wieder mal miteinander. Mehr nicht, versprochen!«

Karl-Dieter biss in sein Käsebaguette. So so, die Jäger waren also schuld! Er verstand nicht, warum Treibel und Mütze so viel auf einen anonymen Brief gaben. Denunziationen, zu welchem Zweck auch immer, waren doch nichts Ungewöhnliches, ihr Wahrheitsgehalt aber gewöhnlich umso dürftiger. Warum hatte der unbekannte Informant, wenn er denn so genau Bescheid wusste, keine konkreten Details genannt? Warum ist er nicht präziser geworden? Kein Wort zu einem möglichen Motiv. Und dann die Tatwaffe!

»Wenn es ein Jäger war, warum hat er nicht seine Flinte genommen?«

»Eben damit kein Verdacht auf ihn fällt, du Schlaumeier!«

Karl-Dieter goss sich vom Mineralwasser nach. Den »Schlaumeier« hätte sich Mütze sparen können.

»Und was ist mit seiner Frau?«, fragte er nach.

»Frau Krumbiegel war gerade auf der Wache, als ich eintraf. Sie trägt's weiter erstaunlich gefasst. Eine noch recht jugendliche Dame, deutlich jünger jedenfalls als ihr Mann. Nur Rollo, ihr Hündchen, wirkte weiter ziemlich verstört. An ihrem Mann sei ihr nichts Ungewöhnliches aufgefallen, auch nicht an den Tagen zuvor. Wie jeden Morgen sei er mit Rollo Punkt acht aus dem Haus. Ihr Mann sei ein Uhrmensch gewesen. Von einem Streit unter den Jägern wisse sie nichts, mit denen habe sie allerdings auch nicht viel am Hut. Reine Männergesellschaft, das Ganze.«

»Ich weiß nicht«, sagte Karl-Dieter, »erinnerst du dich an die Reaktion der Kellnerin beim Frühstück?«

»Was meinst du?«

»Als das Gespräch auf die Witwe kam, wollte sie doch nicht so recht mit der Sprache raus.«

»Hm«, brummte Mütze, »und weiter?«

»Komisch. Genau das Gleiche habe ich eben wieder erleben müssen, im Museum. Sympathische Dame, die

Direktorin. Sie heißt Lisa und wohnt in Ribbeck, nicht weit von Krumbiegels entfernt. Wir haben uns gut unterhalten, als ich mich jedoch nach der Witwe erkundigte, war das Gespräch abrupt zu Ende.«

»Du meinst …«

»Ach, was weiß ich, vielleicht alles nur ein Zufall.«

Mütze drohte ihm schalkhaft mit der Gabel: »Knuffi! Fängst du etwa wieder an, mir ins Handwerk zu pfuschen?«

Mütze gab sich sichtlich Mühe, Karl-Dieter einen schönen Tag zu schenken. Was ein schlechtes Gewissen doch alles bewirken konnte, dachte sich Karl-Dieter im Stillen, war aber gerne bereit, den Versöhnungsversuch zu akzeptieren. Schließlich konnte Mütze ja nichts dafür, dass sie über eine Leiche gestolpert waren. Den Vorschlag, einen weiteren Tag in Neuruppin zu verbringen, nahm Karl-Dieter mit argloser Dankbarkeit an. Schließlich hatte die Fontanestadt noch manches zu bieten. Also auf zum Sightseeing!

Egal, wohin Karl-Dieter Mütze führte, überall heuchelte der Freund freundliches Interesse. In der alten Klosterkirche, in der es nun wirklich kaum etwas Interessantes zu sehen gab, bis auf eine Maus im Gewölbe, die von einer Ratte gejagt wurde, ein seltsames Gemälde von unklarer Botschaft, über Fontanes Frage an die Küsterin, welche Mönche hier einst gelebt hätten und mehr noch über die Antwort der Küsterin, »Ich glob', es waren katholische«, über das Schaufenster der alten Löwen-apotheke, in der Fontane geboren worden war und vor dem sie jetzt standen. Selbst die Auslage der Apotheke betrachtete Mütze mit gespielter Neugierde. Ein aufgehängtes Porträt zeigte den Dichter in seinen besten Lebensjahren.

»Find ich echt knorke! Wer hängt noch einen Dichter in sein Apothekenfenster? Sonst nur Prostagutt forte!«

»Sein Vater musste alle Pillen selber drehen.«

»Und warum hat er den Laden verkaufen müssen?«

»Ist ein chronischer Spieler gewesen. Auch sonst war sein Lebenswandel wohl nicht der beste. Und doch hat sein Sohn Theodor mal über ihn gesagt: Alles, was ich hab', hab' ich doch nur von ihm. Kann es eine wunderbarere Liebeserklärung geben?«

»Wie hat er das gemeint?«

»Louis Henry, der Vater, war ein Original, er muss wunderbar Geschichten erzählt, ja, vorgespielt haben. Als das Geld für die Schule nicht reichte, unterrichtete er den kleinen Theodor selbst. Egal, welches Fach, Vater Fontane landete immer bei der Geschichte. Lauter Anekdoten aus den Napoleonischen Kriegen, nichts Zusammenhängendes, nichts Vernünftiges, aber ungeheuer lebendig und interessant. Sein Sohn sagte später, von all den Sachen, die er später auf der Schule gelernt habe, sei ihm nichts mehr in Erinnerung geblieben, aber wie sein Vater in die Rolle französischer Offiziere geschlüpft sei, davon wisse er noch jedes Wort. Und aus diesem Fundus hat er reichlich geschöpft.« (5)

»Was für ein Glück, so einen Vater gehabt zu haben.«

»Ja und nein. Die Mutter sah den Charakter ihres Mannes anders, verständlicherweise, hat er die Familie doch finanziell ruiniert. Und so begann sie ihren Mann zu strafen, auf die perfideste Art, die sich denken lässt. Kam ihr Mann angeheitert von einer seiner Spielerunden zurück, keinen Heller mehr in der Tasche, erzählte sie ihm, was der kleine Theodor tagsüber angestellt hatte und befahl ihm, den Jungen zu züchtigen. Kann man sich etwas Grausameres vorstellen?«

»Der Vater musste den Sohn züchtigen, obwohl er nicht wollte?«

»Genau so beschreibt es Fontane in seinen Kindheitserinnerungen.« (6)

»Das ist ja Sadismus pur.«

Karl-Dieter musste an seine eigene Kindheit denken. Das Bild seines Vaters blieb merkwürdig blass. Nachkriegsgeneration. Sein Vater hatte malocht bis zum Umfallen, und wenn er nach Hause gekommen war, hatte er nur sein Bier gewollt und seine Ruhe. Selten mal ein nettes Wort, selten überhaupt, dass man das Gefühl bekam, von ihm wahrgenommen zu werden. Aber gezüchtigt worden war er nicht. Dennoch, hätte er das nicht in Kauf genommen, vielleicht sogar gerne in Kauf genommen, wenn er auf der anderen Seite so reich durch Geschichten beschenkt worden wäre?

»Kauft nichts in dem Laden«, lallte es plötzlich hinter ihnen. Der Mann hatte offensichtlich kräftig einen geladen. »Wo Fontane draufsteht, muss noch lange nicht Fontane drin sein«, rief er und deutete auf die Apotheke. Sein Begleiter, ein schweigsamer Riese, der völlig in Schwarz gekleidet war, stützte ihn mühsam. Der Betrunkene aber stieß ihn von sich, schwankte die Straße hinunter und brach dabei in ein bitteres Lachen aus: »… muss noch lannnnge nicht Fontane drin sein.«

Karl-Dieter sah ihm nach, wie er die Straße hinuntertorkelte, dicht gefolgt von seinem Begleiter, der besorgt auf ihn achtzugeben schien. Der Betrunkene sah seltsam aus, irgendwie aus der Zeit gefallen mit seinem altertümlichen Mantel, dem Tuch über den Schultern und dem langen gezwirbelten Schnurrbart. Und voll, sternhagelvoll! So wird an vielen Abenden auch Vater Fontane durch Neuruppin geschwankt sein. Es war sicher nicht leicht, mit einem Trinker und Spieler verheiratet zu sein. Auch wenn es sich sonst um einen netten Menschen handeln mochte, die Süchte zerstörten doch letztlich alles.

»Schnaps, das war sein letztes Wort«, summte Mütze fröhlich vor sich hin. Er deutete amüsiert auf das Straßenschild. »Haste schon gesehen? Fontane ist in der Karl-Marx-Straße aufgewachsen!«

»Mensch, Mütze, du Nase! Marx und Fontane haben zur gleichen Zeit in den Windeln gelegen. Zur Karl-Marx-Straße wurde diese Straße doch erst mit der DDR.«

Schon erstaunlich, wie viele Karl-Marx-Straßen es in Brandenburg noch gab, auch Rosa-Luxemburg-Straßen und Karl-Liebknecht-Straßen. Noch der kleinste Ort, durch den sie geradelt waren, hatte ein kommunistisches Idol zu bieten. Die Revolution, zumindest auf den Straßenschildern, hatte gesiegt.

»Straßenschilder aller Länder, vereinigt euch«, witzelte Mütze.

Der Tag ging zur Neige, Karl-Dieter spürte, wie sich sein Magen meldete. Zeit einzukehren. Bloß wo?

»Moment«, sagte Mütze und lächelte triumphierend, »wozu haben wir unsere Beziehungen?«

Schwungvoll zog er sein Handy hervor.

»Treibel? Kurze Frage: Wo gibt's bei euch was Anständiges zu essen? – Wie bitte? Sag das noch mal! – Wow! Und was habt ihr jetzt vor? – Sehr gut! Ja, schick's gleich rüber! – Ach, Moment, noch mal zu der Frage des Lokals, was kannst du uns empfehlen?«

»Und?«, fragte Karl-Dieter.

»Die Jägerspur wird heißer. Ist der Magen bereit für ein paar Grausamkeiten?«

»Grausamkeiten?« Karl-Dieter sah Mütze fragend an.

»Kommen gleich an!«

Es machte »Plink!«, eine neue WhatsApp war herbeigeschwirrt.

Mütze drückte auf seinem Handy herum und hielt es Karl-Dieter hin. Karl-Dieter erbleichte.

»Hat Treibel auf Krumbiegels Smartphone gefunden«, sagte Mütze, »zuerst dachte er, es ist die Leiche eines Schäferhundes, ist aber nicht, das ist überhaupt kein

Hund. Jetzt halt dich fest: Das ist ein Wolf. Ein geköpfter Wolf.«

»Mein Gott, wer tut denn so was?«

»Wir werden es herausfinden. Zumal es nicht der erste ist. Drei Wölfe sind in Brandenburg schon auf die gleiche Weise getötet und verstümmelt worden.«

»Entsetzlich.«

Karl-Dieter schaute unverwandt auf das Smartphone. Welcher Mensch war zu so etwas fähig? Das arme Tier! Die hilflose Kreatur war Hunderte von Kilometern gerannt, nur um hier auf die grausamste Weise geschlachtet zu werden. »Homo homini lupus – der Mensch ist des Menschen Wolf. Und nicht nur das, er ist auch des Wolfes Wolf«, dachte Karl-Dieter mit Bitterkeit laut und wandte den Blick angewidert ab. Wie sehr hatte er sich auf den Urlaub gefreut, auf eine unbeschwerte, fröhliche Zeit. Und nun lauter so unappetitliches Zeug!

»Unappetitlich? Du hast recht, gehen wir essen«, grinste Mütze.

Das Restaurant »Waldfrieden« lag einladend am bewaldeten Ufer des Ruppiner Sees. Der Tipp von Treibel gefiel Mütze außerordentlich. Echte deutsche Hausmannskost, wo gab es die noch? Karl-Dieter jedoch, der seinen Fleischkonsum auf ein Minimum reduziert hatte, stand vor der Schwierigkeit, sich aus den Beilagen ein Gericht zusammenstellen zu müssen.

»Weißt du, an wen mich der Betrunkene vor der Apotheke erinnert hat?«, fragte Karl-Dieter.

»Keine Ahnung«, sagte Mütze, ohne seinen Blick von der Karte zu lassen.

»An Fontane! Es gibt einen Kupferstich von ihm, genauso sah der Betrunkene aus.«

»Hat Fontane denn ebenfalls gesoffen?«

»Quatsch! Ich meine doch nur das Äußere, die Art, die Haare zu tragen, der mächtige Schnauzbart, die Kleidung. Alles Fontane.«

»Vielleicht ein Fremdenführer. Wie Agnes Dürer in Nürnberg. Kostümführungen, der Renner. Mich beschäftigt was ganz anderes.«

Karl-Dieter blickte ihn an und musste wieder an die schauderhaften Fotos denken. »Glaubst du, Krumbiegel war der Wolfsmörder? Und musste deshalb sterben? Von fanatischen Tierschützern hingerichtet?«

»Wir wissen noch gar nicht, wie das Wolfsfoto auf Krumbiegels Handy kam. Unklar, ob er es selbst geschossen hat. Vielleicht ist es ihm auch nur zugespielt worden.«

»Wer in der Lage ist, ein Tier so bestialisch hinzurichten, der tötet auch Menschen.«

»Nun, nun. Da gibt es schon noch Unterschiede«, sagte Mütze, in seiner Stimme schwang ein deutlicher Tadel mit. Karl-Dieter begann sich zu sehr in seine Arbeit einzumischen. »Haben wir von Neuruppin denn wirklich schon alles gesehen?«, fragte er mit geheucheltem Interesse.

»Nicht alles hinterlässt sichtbare Spuren«, antwortete Karl-Dieter. Ihm ging es wieder etwas besser, nachdem er sich ganz gegen seine Gewohnheit einen Martini gegönnt hatte.

»Wie meinst du das?«

»Es hat eine Zeit gegeben, da hat Neuruppin einen zutiefst traumatisierten Menschen erlebt.«

»Den kleinen Fontane?«

»Nein!« Karl-Dieter musste lachen. »Den jungen Kronprinz Friedrich, den man später den Großen nennen würde.«

»Der Alte Fritz? Was hatte er denn so Schreckliches erleben müssen?«

»Das Schlimmste, was einem Menschen passieren kann. Er hatte zuschauen müssen, als man seinen besten Freund hingerichtet hat.«

»Wie das?«

»Kronprinz Friedrich war schwul, heißt es. Mit Katte, seinem geliebten Kameraden, hatte er vor seinem cholerischen Vater, dem Soldatenkönig, fliehen wollen. Ihre Flucht wurde verraten, Friedrich streng interniert. Eines Tages ließ ihn sein Vater in der Festung Küstrin vor ein Fenster führen. Von dort musste Friedrich mit ansehen, wie man unten im Kasernenhof seinen Freund Katte köpfte.«

»Is ja abartig.«

»Der Schock seines Lebens.«

»Und wie kam Friedrich nach Neuruppin?«

»Neuruppin ist Garnisonsstadt gewesen. Langsam hat sich der Kronprinz hier erholen können. ›Alle Schätze dieser Welt können uns nicht die geringste Befriedigung verschaffen, wohl aber die Ruhe‹, soll er hier gesagt haben.«

»Und warum hat er dann so viele Kriege geführt?«

Karl-Dieter liebte seine Rituale. Zu diesen Ritualen gehörte, es sich stets wohnlich einzurichten. Während Mütze seine Fahrradtaschen achtlos in die Ecke warf und nur das Notwendigste herauszog, ordnete Karl-Dieter seine Sachen akkurat im Kleiderschrank und legte selbst die T-Shirts auf Kante. Ordnung gab ihm ein Gefühl von Sicherheit. Sehr wichtig war es ihm auch, die Handtücher im Bad klar zuzuordnen. Nicht dass er sich vor Mützes Handtüchern ekelte, Gott bewahre, warum aber waren die Handtücher nach Gästen abgezählt, wenn die Gäste dann alles durcheinanderbrachten? Kopfschüttelnd stellte Karl-Dieter fest, dass Mütze das Tuch, das man vor die Dusche zu legen pflegte, als Handtuch benutzt hatte. Manche Sachen lernte Mütze wohl nie.

»Wo ist der Unterschied zwischen einem Handtuch und einem Bodentuch?«, gähnte Mütze, während er auf dem Bett lag und die Karte der Mark Brandenburg studierte.

»Das Bodentuch ist doch deutlich dicker«, rief Karl-Dieter aus dem Bad zurück und drehte seinen Zahnputzbecher richtig herum. Mützes Zahnputzbecher stand völlig unberührt auf der Ablage. Mütze benutzte aus Prinzip keinen Zahnputzbecher. Er schöpfe sein Zahnputzwasser immer mit der hohlen Hand, sagte er, und sei damit bislang immer gut gefahren. Ach, Mütze! Proll blieb Proll.

Während Karl-Dieter seine Nachtcreme auftrug, hörte er, wie im Zimmer Mützes Handy ging. Zu verstehen waren aber nur Bruchstücke. Es klang nach was Dienstlichem.

»Wer war's denn?«, fragte er, als er aus dem Bad kam.

»Treibel. Ein Zeuge hat sich gemeldet. Hat ein Auto mit hoher Geschwindigkeit davonfahren hören, kurz bevor wir am Friedhof ankamen.«

»Kennzeichen?«

»Fehlanzeige. Hat's nur gehört, nicht gesehen.«

»Schade.« Die Nachricht von dem Auto beruhigte Karl-Dieter ein wenig. Das sprach gegen einen Islamisten.

»Wieso das?«, fragte Mütze. »Die besorgen sich selbst LKWs.«

»Du glaubst nicht im Ernst an einen islamistischen Hintergrund?«

»Ich schließe nichts aus. Und auch Treibel nicht. Er hat schon seine Kollegen losgeschickt, in Ribbeck gibt's Flüchtlinge in einem alten Bauernhof.«

Karl-Dieter beschloss, lieber nichts dazu zu sagen. Als Polizist musste man in alle Richtungen ermitteln, schon klar, dennoch, die neuen Reflexe im Denken waren mehr als bedenklich. Je brutaler eine Tat, desto mehr roch sie nach einem verwirrten Islamisten. Alles klar! Als wäre ein deutsches Hirn nicht in der Lage, so etwas auszukochen.

»Und was ist mit der Jägerspur?«, fragte er, während er ins Bett kroch.

»Die Jägerspur ist weiter heiß.«

Als Karl-Dieter das Licht löschte, tanzte das Bild von dem Mann mit der Axt im Kopf vor seinem inneren Auge und vermischte sich mit dem Bild von dem verstümmelten Wolf. Wer war nur zu einer solch bestialischen Tat in der Lage? Tiefes Mitleid ergriff ihn mit der Kreatur. Mit großer Sympathie hatte er stets Berichte über Tierarten verfolgt, die endlich wieder in Deutschland heimisch wurden. Die Luchse, die Biber, die Adler, die Störche. Und nun das. Vermutlich war der Wolf irgendwo in Polen geboren worden, hatte sich einem geheimen Instinkt folgend von seinem Rudel gelöst, war aufgebrochen Richtung Westen, Richtung Deutschland, hatte Flüsse passiert, Autobahnen gekreuzt, hatte es schließlich glücklich bis in die Mark Brandenburg geschafft. Und hier hatte ihn nicht nur die Kugel erwartet, man hatte dem stolzen Tier auch noch den Kopf abgeschnitten. Widerlich!

»Treibel sagt, vielen sind es einfach zu viele geworden«, brummte Mütze von der anderen Bettseite.

Wie bei den Flüchtlingen, dachte Karl-Dieter. Auch sie machten vielen Angst, so wie die Wölfe. Wie alles, was fremd war. Und darum glaubte man, sie jagen zu dürfen.

»Du vergisst, dass Wölfe tatsächlich gefährlich werden können«, sagte Mütze, »sie haben schon manches Stück Vieh gerissen, Rehe, Schafe, Kälber.«

»Und wenn schon! Wie viel Vieh schlachtet der Mensch tagtäglich? Und tut's aus reiner Gier, der Wolf aus Notwendigkeit.«

Mütze musste tief durchatmen. Nicht noch eine Grundsatzdiskussion vor dem Einschlafen! Eine Bemerkung aber konnte er sich nicht verkneifen: »Auch ein Wolf kann in Blutrausch geraten.«

»Und würde doch niemals den Kopf seines Opfers als Trophäe mitnehmen!«

»Ich ließ dich rufen, ich bin im Herbst
Und die rotgelben Blätter fallen,
Hast du kein letztes Wort für mich?
Ich sterbe, Barbara Allen.«

DONNERSTAG

Stockdunkle Nacht. Friedlich schlafen Mensch und Tier. Durch ein Wäldchen nahe Rheinsberg aber pirschen zwei Männer. Ihren Wagen haben sie auf einem einsamen Waldweg stehen gelassen. Wenn die Beschreibung passt – und sie haben sie genau studiert –, ist es nicht mehr weit zu ihrem Ziel. Immer wieder lassen sie die Taschenlampen ihrer Handys suchend kurz über den Boden gleiten, um sie jedoch gleich wieder auszuschalten. Sicher ist sicher, man muss vorsichtig sein. Manchmal knackst es, wenn sie auf einen trockenen Zweig treten. Im Osten beginnt schwach der Morgen zu grauen.

»Hier muss es sein«, sagt der eine und lässt den Lichtschein seines Handys zur Seite gleiten.

Vom Waldweg zweigt ein kleiner Pfad ab, der zu einer Lichtung führt. Wenn sie sich die Richtung richtig eingeprägt haben, muss er hier stehen, der Hochsitz, nach dem sie suchen. Die beiden Männer lassen erneut ihre Handys aufflammen. Tatsächlich! Im matten Licht zeichnet sich eine hohe Holzkonstruktion ab.

»Polizei!«, rufen sie, »kommen Sie runter!«

Statt einer Antwort peitscht ein Schuss durch die Nacht. Mit einem Satz springen die Männer hinter einen Baum.

»Sind Sie verrückt geworden?«, schreit der eine empört, »hier ist die Kripo Neuruppin. Hauptkommissar Treibel und Kollege Itzenplitz. Kommen Sie auf der Stelle herunter, aber ohne Gewehr!«

»Was wollt ihr Verrückten hier mitten in der Nacht?«, ruft es krächzend zurück.

»Wir kommen in der Sache Krumbiegel.«

Stille. Nur der Ruf eines Käuzchens, sehr traurig und sehr fern.

»Was hab' ich damit zu tun?«, krächzt es endlich vom Hochsitz herab.

»Wir haben nur ein paar Fragen. Jetzt kommen Sie schon runter.«

»Kommt doch rauf, wenn ihr es ehrlich meint.«

Die Polizisten sehen sich an.

»In Ordnung«, ruft Treibel, »wir kommen. Aber keine Mätzchen!«

Treibel erklimmt die Stufen als Erster, sein Kollege folgt ihm dicht auf den Fersen. Als Treibel das Ende der Leiter fast erreicht hat, passiert aber das Unglück. Ein krachendes Geräusch, das morsche Brechen einer Strebe, ein gellender Schrei. Seinen Kollegen mit sich reißend stürzt Treibel in die Tiefe.

»Hier Mütze?«

Schlaftrunken rieb sich der Erlanger Kommissar die Augen. Wie spät war es?

»Treibel! Wo steckst du? – Im Gipsraum? Du machst

Witze! – Krankenhaus Neuruppin? Moment, ich bin gleich bei dir!«

»Was ist denn?«, gähnte Karl-Dieter.

»Ein Unfall. Muss kurz weg ins Krankenhaus, Treibel hat's erwischt.«

Eine Viertelstunde später warf Mütze sein Mountainbike in die Wiese neben der Notaufnahme und stürmte ins Krankenhaus. Zwei Beine von Treibel waren schon im Gips verschwunden, nun war sein rechter Arm an der Reihe.

»Mensch, Treibel, was machst du für Sachen?«

»Mütze, du musst mir einen Gefallen tun.«

»Und zwar?«

»Du musst den Fall übernehmen.«

»Ich bin doch nur der Außendienstler!«, versuchte Mütze Karl-Dieter zu beruhigen. »Noch ein Tässchen Tee?«

Karl-Dieter sah ihn kopfschüttelnd an. Erst externer Berater, jetzt der Außendienstler. Alles klar! Die Karriere schritt ja rasch voran.

»Es wird in Brandenburg doch noch andere Polizisten geben.«

»Schon«, sagte Mütze und machte ein betont sachliches Gesicht, um sich seine Freude nicht anmerken zu lassen, »normalerweise würde jetzt Itzenplitz übernehmen, doch den haben sie nach dem Sturz in die Charité geflogen. Verdacht auf innere Verletzungen.«

»Um Gottes willen«, rief Karl-Dieter, »doch nicht der sympathische junge Mann, der Treibel auf dem Ribbecker Friedhof begleitet hat, der mit dem süßen Grübchen am Kinn?«

»Exakt der. Ist für unbestimmte Zeit außer Gefecht. Treibel will unbedingt weitermachen, wenn's sein muss vom Krankenbett aus. Ich helf' ihm lediglich bei den Ermittlungen. Er hat eine Mordswut auf diesen Jäger, will ihn dingfest machen.«

»War er's denn?«

»Noch ein Tässchen Tee?«

Es war zum Verzweifeln mit Mütze! Und seinen Versprechungen glaubte Karl-Dieter schon lange nicht mehr. Man würde die Radwanderung so rasch wie möglich wiederaufnehmen, wahrscheinlich brauche man zwei, höchstens drei Tage. – Pah! Zwei, höchstens drei Tage! Karl-Dieter beschloss, das Beste draus zu machen. Dann würde er eben allein auf Tour gehen. So hatte er sich den Urlaub zwar nicht vorgestellt, aber was half's?

Nach dem Frühstück war Mütze gleich zur Wache gefahren, wohin er Lothar Siebenhaar bestellt hatte. Den Jäger hatte die Feuerwehr von seinem maroden Hochsitz holen müssen. Siebenhaar war 68 Jahre alt und von lebhaftem Temperament. Seine geröteten Wangen waren stark geädert und verrieten das Leben in der Natur. Siebenhaar wirkte keineswegs erschrocken oder eingeschüchtert. Steckte ihm der Schrecken noch in den Knochen, konnte er ihn gut verbergen.

»Hören Sie, was sind denn das für Methoden?«, pflaumte er Mütze zur Begrüßung an, »Ihre beiden Kollegen haben Glück, dass sie noch leben. Sich in völliger Dunkelheit einem Schießstand anzupirschen, wie blöd kann man nur sein?«

»Zur Sache«, sagte Mütze, »wie gut kannten Sie Krumbiegel?«

»Wir haben seit Jahrzehnten die gleiche Jagd gepachtet, da kennt man sich.«

»Ist es zum Streit gekommen?«

»Zum Streit? Zwischen Gerd und mir? Warum das denn?«

»Können wir uns drauf einigen, dass ich hier die Fragen stelle? Also, haben Sie sich gestritten?«

»Gestritten? Nie ernsthaft. Wie kommen Sie darauf?«

»Hatte Krumbiegel Streit mit anderen Jägern?«

»Hören Sie, Herr Kommissar, Sie glauben doch nicht, dass ich ...«

»Ich glaube gar nichts«, sagte Mütze, und seine Stimme wurde schärfer, »ich ermittle in einem Mordfall. Also: Gab es Streit?«

Siebenhaars linkes Auge begann zu zucken.

»Nun?«, hakte Mütze nach.

Siebenhaars Auge zuckte noch heftiger.

»Dann darf ich Ihnen dieses Foto zeigen, es wird Ihrem Gedächtnis vielleicht auf die Sprünge helfen.«

Mütze schob Siebenhaar sein Smartphone rüber, wodurch er Siebenhaars zuckendem Auge ein wildes Stakkato verpasste.

»Die Wolfsgeschichte«, murmelte der Jäger.

»Was hat es damit auf sich?«, fragte Mütze.

»Kennen Sie das Wort, das man in Lappland für Friede benutzt?«

Mütze zuckte die Achseln.

»Es bedeutet wörtlich übersetzt: Ruhe vor den Wölfen.«

»Und wer von Ihnen sorgt sich besonders um die Ruhe?«, fragte Mütze energisch und blickte Siebenhaar unbarmherzig in das zuckende Auge.

»Keiner von uns mag die Viecher«, brummte Siebenhaar, »Krumbiegel war der Einzige, der sich über solche Bilder aufregen konnte.«

»Hat Krumbiegel gewusst, wer der Wolfsmörder ist?«

Zur gleichen Zeit machte Karl-Dieter einen weiteren Gang durch die Stadt. Er hatte beschlossen, das Grab von Fontanes Mutter aufzusuchen. Emilie Fontane war nach Neuruppin zurückgekehrt, nachdem sie sich von ihrem Mann getrennt hatte, der Vater hatte sich in ein einfaches Haus im Oderbruch zurückgezogen. Auf eine Scheidung hatten die beiden verzichtet, zumindest offiziell, nie wieder aber hatte man sich versöhnt. So hatte Theodor Fontane seine Eltern nur noch getrennt besuchen können.

Karl-Dieter hatte den Bahnhof am Rheinsberger Tor erreicht, wo sich der Alte Friedhof einst befunden hatte.

Er existierte nicht mehr, wohl aber ein Erinnerungshain auf einem Teil des Geländes. Für manch berühmten Neuruppiner war eine Gedenktafel aufgestellt, so für die Verleger des berühmten Neuruppiner Bilderbogens, einer Art Bild-Zeitung früherer Zeiten. Nach kurzer Suche hatte Karl-Dieter gefunden, wonach er suchte. Die Grabplatte hatte man an prominenter Stelle platziert. »Ruhestätte der Mutter u. Schwester Theodor Fontanes«, las er.

»Es muss ein ziemlicher Rosenkrieg gewesen sein«, hörte Karl-Dieter eine Stimme hinter sich sagen.

Karl-Dieter sah sich überrascht um. Es war Lisa, die Museumsdirektorin.

»So ein Zufall«, sagte er erfreut.

»Wie man's nimmt«, antwortete Lisa, »ich bin gerade dabei, unsere Fontane-App zu aktualisieren.«

»Fontane-App?«

»Ein virtueller Rundgang auf Fontanes Spuren durch Neuruppin. Alle Infos kommen per App aufs Handy, dazu jede Menge O-Töne von Fontane.«

»Und was bringen Sie über die Mutter?«

»Emilie Fontane hat's nicht leicht gehabt.«

»Ich weiß«, sagte Karl-Dieter, »aber das entschuldigt nicht alles.«

»Natürlich nicht, Sie denken an die Kinder, nicht wahr?«, sagte Lisa leise. »Rosenkrieg ist ein dummer Begriff. Ein solcher Krieg hat wenig mit Rosen zu tun, nur mit Dornen.«

»Darf ich Sie zu einem Kaffee einladen?«

Karl-Dieter mochte die Art, wie die hübsche Museumsdirektorin den Strohhalm an ihre Lippen setzte, um ihren Kakao zu trinken, ein bisschen wie ein lebhaftes junges Mädchen, ein bisschen wie eine Dame von Welt.

»Wissen Sie, Karl-Dieter, in welchem Roman Fontane seinen Kindheitskummer am offensten zum Ausdruck gebracht hat?«, fragte sie und blickte ihm offen in die Augen.

»Verraten Sie es mir?«

»In ›Effi Briest‹. Erinnern Sie sich an die Szene, als Annie, die kleine Tochter, die Mutter erstmals wieder besuchen durfte? Wie Effi voller Aufregung und voller Freude ihre Kleine fragte, ob sie sich wieder häufiger sehen wollten, ob sie zusammen in den Tiergarten gehen wollten oder ein Eis essen und wie Annie, welche steif in der Tür stehen geblieben war, auf jede Frage nur monoton geantwortet hatte: ›Wenn ich darf‹, vom unbarmherzigen Vater abgerichtet wie ein Papagei.«

Karl-Dieter nickte: »Das hatte Effi endgültig das Herz gebrochen.«

»Davon hatte sie sich nie wieder erholt. So etwas kann man nur schreiben, wenn man es selber erlebt hat«, sagte Frau Ellernklipp und fügte leise hinzu, »glauben Sie mir, ich weiß, wovon ich spreche.« (7)

Mit einem raschen Schluck trank sie ihren Kakao aus.

»Entschuldigen Sie, dass ich gestern so rasch verschwunden bin. Das war grob unhöflich von mir.«

»Ich bitte Sie, Lisa! Ich hab' Sie von der Arbeit abgehalten.«

»Es ist nicht wegen der Arbeit gewesen, es ist nur so, die Sache geht mir ziemlich an die Nieren. Sie haben mir alles so offen erzählt, von Ihnen, Ihrem Freund und so, und ich lass Sie einfach sitzen. Wir hatten uns doch über die Witwe unterhalten, über Frau Krumbiegel. Es ist nämlich so …, also es ist etwas kompliziert.«

»Sie müssen mir doch nichts erzählen, was Ihnen unangenehm ist.«

»Ich will nur keine Gerüchte streuen, verstehen Sie, Karl-Dieter? Aber Ihnen vertraue ich, habe ich von Anfang an vertraut. Vielleicht ist es ganz gut, wenn ich jemanden habe, mit dem ich mich darüber unterhalten kann. Nicht wahr, Sie erzählen es doch niemandem weiter?«

»Großes Ehrenwort, Lisa!«

Lisa senkte die Stimme: »Es ist nämlich so, Frau Krumbiegel bekommt gelegentlich Besuch.«

»Besuch?«

»Männerbesuch.«

»Verstehe.«

»Ach, was versteht man schon. Ein ganz gewöhnliches Verhältnis vermutlich, etwas, das überall vorkommt. Ich hätte davon nie etwas mitbekommen, wenn unser Herr Meier nicht gewesen wäre.«

»Herr Meier?«

»Ein Nachbar von uns, wohnt gegenüber. Herr Meier ist Rentner und den ganzen Tag daheim hinter seiner Gardine. Parkt jemand sein Auto in unserer Straße, den er nicht kennt, schreibt er dessen Kennzeichen auf.«

Karl-Dieter musste lachen. Einen solchen Nachbarn kannte er auch.

»Was Herrn Meier auffiel, war, dass ein und dasselbe Auto seit Monaten bei uns geparkt wird und zwar jeden Dienstag, exakt um kurz vor acht Uhr in der Früh. Und eine knappe Stunde später fährt es wieder davon.«

»Und?«

»Herr Meier kam damit zu mir. Ich dachte mir zunächst nichts dabei. Vielleicht jemand, der in der Nachbarschaft Klavier unterrichtet oder eine Fremdsprache, was weiß ich. Herr Meier aber war misstrauisch geworden, auch weil der Mann seinen Hut stets auffallend tief in die Stirn gezogen trage, und so war er dem Mann am nächsten Dienstag nachgeschlichen.«

»Und?« Karl-Dieter kratzte sich im Nacken.

»Der Mann lief zwei Straßen weiter und verschwand im Haus von Krumbiegels.«

»Dann wird er eben Frau Krumbiegel Klavierunterricht gegeben haben.«

Lisa lachte bitter auf. »Und warum stellt er sein Auto dann zwei Straßen weiter ab?«

Karl-Dieters Juckreiz verstärkte sich.

»Auch gestern früh?«

»Auch gestern früh.«

Jetzt war es Karl-Dieter, der ein schlechtes Gewissen bekam. Lisa zog ihn ins Vertrauen, ohne zu wissen, dass er der Freund eines Kriminalkommissars ist. Der Beruf von Mütze wurde im Urlaub stets verschwiegen, es war unglaublich, was die Leute plötzlich neugierig wurden, wenn sie einen Kriminalkommissar vor sich hatten. Jetzt aber war Karl-Dieter in eine peinliche Situation gerutscht, konnte und durfte er diese Informationen doch nicht für sich behalten. Wie kam er nur aus dieser Klemme wieder raus?

»Haben Sie die Polizei schon informiert?«, fragte er betreten.

»Die Polizei? Nein, warum? Selbst wenn der Mann kein Klavierlehrer ist, was geht die Geschichte die Polizei an? Weder er noch seine Geliebte können etwas mit dem Mord zu tun haben, sie waren doch mit sich beschäftigt.«

»Ist Ihr Nachbar auch gestern dem Mann hinterher?«

»Nein, nicht, dass ich wüsste. Für Herrn Meier war die Sache erledigt, als er wusste, in welchem Haus der Unbekannte verschwindet. Von einem Liebhaber geht keine Einbruchgefahr aus.«

»Verstehe, dennoch kann auch diese Information für die Polizei wichtig sein. Vielleicht hat der Liebhaber was beobachtet, jemanden, der Herrn Krumbiegel hinterhergeschlichen ist, als er das Haus mit dem Hund verlassen hat.«

»Daran habe ich gar nicht gedacht. Karl-Dieter, an Ihnen ist ja ein Kommissar verlorengegangen!«

Jetzt wäre der richtige Augenblick gewesen, von Mütze und seinem Beruf zu erzählen. Karl-Dieter hatte ihn verpasst. Mit einem Lächeln hatte sich Lisa verabschiedet, während er im Café sitzen geblieben war. Karl-

Dieter war ziemlich durcheinander. Wie sollte er aus dem Dilemma wieder herauskommen? Es plinkte in seiner Tasche. Karl-Dieter zog sein Wischkastl hervor, wie er sein Smartphone mit liebevollem Spott zu nennen pflegte. Eine WhatsApp von Mütze: »Lust auf einen Kurztripp nach Potsdam?« Karl-Dieter schickte ein Lachsmiley auf die Reise. Wie viele Lachsmileys werden wohl verschickt, ohne dass dem Absender zum Lachen zumute ist?

Eine Viertelstunde später knatterten sie über die Landstraße. Schön, die Gegend mal wieder durch die Windschutzscheibe zu betrachten, fand Mütze und gab kräftig Gummi. Treibel hatte ihm seine Kiste zur Verfügung gestellt, einen uralten Moskwitsch. »War der Mercedes unter den Ostautos«, lachte Mütze. Das Teil röhrte wie ein Rennwagen. Und stank wie die Pest. »Riechen ja nur die, die hinter uns fahren.«

Karl-Dieter hatte für alte Autos nur wenig übrig, er mochte es modern und bequem. Dennoch war er Mütze dankbar, dass er ihn mitnahm. Wer wusste schon, ob sie es mit dem Rad noch nach Potsdam schaffen würden. In Potsdam befand sich das Fontane-Archiv, ein absolutes Muss jeder Fontane-Radwanderung. Beim Blick aus dem Seitenfenster wurde Karl-Dieter an eine Stelle aus Fontanes »Wanderungen« erinnert: »Kahle Plateaus, die nichts als Gegend sind.« So liebevoll der Dichter seine Heimat auch geschildert hat, niemals hat er sie glorifiziert. »Keine Schwärmerei für Mark und Märker«, hatte er mal einem Freund über sein Buchprojekt geschrieben, über seine Version der Mark Brandenburg, die man einst als Streusandbüchse des Heiligen Römischen Reiches bezeichnet hatte.

»Was musst du denn in Potsdam erledigen?«, fragte Karl-Dieter und sah belustigt zu, mit welcher Wonne Mütze den museumsreifen Schaltknüppel bediente.

»Och, nur einen Menschen besuchen, der Tiere ausstopft.«

»Du meinst … Der Wolfsmörder wird doch nicht so blöd gewesen sein, die Wolfsköpfe ausstopfen zu lassen.«

»Warum nicht? Sonst fangen sie doch an zu stinken.«

Karl-Dieter blieb die Fahrt über ungewohnt schweigsam. Es hämmerte in seinem Hirn. Wie sollte er Mütze nur vom Liebhaber der Witwe erzählen? Er hatte Lisa doch Stillschweigen versprechen müssen. Hoffentlich kam sie seinem Rat nach, sich selbst bei der Polizei zu melden. Und wenn nicht? Die Geschichte durfte nicht verschwiegen werden. Zwar hatte Lisa natürlich recht, Ehemann tötet Liebhaber, das kam vor. Aber Liebhaber tötet Ehemann? Warum sollte ein Liebhaber das tun? Er bekam doch alles, was er wollte.

»Hast du die Witwe schon näher kennengelernt?«, fragte er und versuchte, möglichst belanglos zu klingen.

»Nein, wieso?«, sagte Mütze und zog auf die Autobahn, »Treibel hat bereits zweimal mit ihr gesprochen, einmal in ihrem Haus in Ribbeck, gleich nach der Mordtat, einmal auf der Wache in Neuruppin. Wie gesagt, eine erfreulich nüchterne Dame, die uns aber nur wenig weiterhelfen kann.«

Eine erfreulich nüchterne Dame? Über das Verhalten der Witwe konnte Karl-Dieter nur den Kopf schütteln. Er war zwar kein Moralist, aber eine solch routinierte Form des Fremdgehens erschien ihm zutiefst befremdlich. Ein spontaner Seitensprung, wer war dagegen gefeit? Auch Mütze hatte ihm einen solchen beichten müssen, Jahre her, ein durchtriebener Praktikant in einer heißen Sommernacht auf der Wache, als Mütze den Deckenventilator reparieren wollte. Drei Rosensträuße hatte es Mütze gekostet, um die Sache wieder halbwegs gerade zu biegen. Es hatte dennoch eine Weile gebraucht, bis ihm Karl-Dieter verziehen hatte. Aber einen Betrug von solch systematischer Dimension? Das hätte wohl das Ende ihrer Beziehung bedeutet.

Karl-Dieter sah zum Seitenfenster hinaus. Irgendwo da hinten musste Ribbeck liegen. Ob die Sache mit dem Liebhaber doch was mit dem Mord zu tun hatte? Vielleicht gehörte der Liebhaber zu den Jägern, vielleicht ist er es gewesen, der die Wölfe getötet hat. Vielleicht war Krumbiegel dahintergekommen, vielleicht hatte er ihn anzeigen wollen. War das ein Motiv? Greift man da zur Axt? Vielleicht, vielleicht aber verhielt es sich auch ganz anders. Vielleicht hatte Frau Krumbiegel das Verhältnis beenden wollen, vielleicht hatte sie sich plötzlich für ihren Mann entschieden. Oder der Liebhaber hatte sie ganz für sich gewollt, und seine Geliebte hatte ihn ausgelacht, worauf er in Wut geraten und ihrem Mann hinterhergestürzt war.

Fest stand, Treibel gegenüber hatte Frau Krumbiegel offensichtlich nicht erzählt, wie sie die Zeit von acht bis neun verbracht hatte. Warum hatte sie das verschwiegen? Weil es ihr peinlich war? Könnte sein. Könnte aber auch andere Gründe gehabt haben. Vielleicht hatten die beiden die Tat gemeinsam geplant. Sie war ihres Mannes überdrüssig geworden, hatte ihn loswerden wollen. Und schickte deshalb ihren Liebhaber hinterher, forderte von ihm den ultimativen Liebesbeweis. Karl-Dieter seufzte. Hätte, hätte Fahrradkette! Und er saß hier mit seinem Wissen und durfte nichts davon preisgeben. Es gab nur einen Weg: Er musste sich noch mal mit Lisa treffen und zwar am besten heute noch, musste ihr offen und ehrlich von Mütze und seinem Beruf erzählen und dass er jetzt als Hilfskommissar in der Sache ermittelte. Konnte gut sein, dass das das Ende ihrer frisch geschlossenen Freundschaft bedeutete. Es war aber der einzig ehrliche Weg aus dem Schlamassel. Karl-Dieter schluckte schwer. Es war manchmal unmöglich, aufrichtig und ehrlich zu sein und zugleich niemanden zu verletzen.

Eine knappe Stunde später tauchte Potsdam auf, eine Schlösserlandschaft wie im Bilderbuch. Jeder Preußenprinz hatte gemeint, sich eine neue Hütte auf einen Hügel stellen zu müssen, moderner, prächtiger und größer natürlich als seine Vorgänger. Wie andernorts Doppelhaushälften aus dem Boden schossen, so in Potsdam die Schlösser. Verrückt, aber schön. Mitten drin im Schlösserdurcheinander stand die Villa Quandt, in der sich das Fontane-Archiv befand. Mütze bremste ab und rollte in den Kies.

»Ich hol dich in einer guten Stunde wieder ab, ist das okay?«

»Voll okay, lass dir nur Zeit!«

Karl-Dieter stieg aus. In Erlangen wäre auch die Villa Quandt ohne Weiteres als Schloss durchgegangen. Einladend stand das gelb gestrichene Herrenhaus mit den grünen Fensterläden inmitten freundlicher Gartenanlagen. Linker Hand sah Karl-Dieter einen alten Bekannten. Theodor Fontane! Ganz in Bronze gegossen lächelte ihn die Büste wissend an. Karl-Dieter trat zu ihm. Hinter dem rechten Ohr des Dichters glitzerte es in der Sonne, eine Spinne hatte frech ihr Netz aufgespannt. Sorgfältig wischte es Karl-Dieter weg. Bei aller Tierliebe, seinen Lieblingsdichter zu verstauben, das ging natürlich nicht. Nun wandte sich Karl-Dieter der Villa zu und ging die Treppe zum Eingang hinauf. Das Archiv hatte bis 16 Uhr geöffnet, genügend Zeit, sich einen Überblick zu verschaffen. Karl-Dieter meldete sich an und betrat den großen Archivsaal. Nun war er im Allerheiligsten, dem Zentrum der Fontane-Forschung. Karl-Dieter atmete tief durch und suchte sich einen Platz am Fenster.

Unterdessen knatterte Mütze an den Schlössern vorbei und über die Havel hinüber nach Babelsberg. Sein

Navi leitete ihn in ein unscheinbares Gewerbegebiet, an dessen Ende ein länglicher Schuppen zwischen hohen Brandmauern stand. »Tierpräparationen aller Art«, stand auf einem schmutzigen Schild, das über der Eingangstür hing. Mütze stieg aus und betrat den Schuppen.

Ein eigentümlicher Geruch hing in der Luft. Es dauerte ein Weilchen, bis sich die Augen des Kommissars an das Dämmerlicht gewöhnt hatten. Von allen Wänden glotzten ihn Tiere an, Rehe, Hirsche, hässliche Wildschweine, aber auch eine Schar ausgestopfter Vögel. Ein Auerhahn warf krähend seinen Kopf in den Nacken, ein Bussard sah ihn böse an, ein mächtiger Uhu breitete drohend seine Schwingen aus.

»Sie wünschen?«

Mütze hatte den kleinen Mann mit der karierten Schürze hinter der Glasvitrine überhaupt nicht wahrgenommen.

»Mütze, Kriminalpolizei.«

Das graue Männchen schien in keinster Weise überrascht zu sein.

»Bedaure, ausgestopfte Mörder führe ich nicht«, kicherte es.

»Aber vielleicht ausgestopfte Wölfe?«

»Wölfe?« Das Männchen hörte auf zu kichern. »Bedaure, auch keine Wölfe.«

»Ein Wolfskopf würde mir schon reichen.«

Das Männchen sah sich erschrocken um, so, als wäre sonst noch jemand im Raum, der sie hören könnte.

»Wie kommen Sie auf so was?«, fragte er lauernd.

»Sie sind doch Herr Polsterer, der Präparator?«, fragte Mütze zurück.

»Ja, freilich«, antwortete das Männchen.

»Also, hat man Sie schon mal einen Wolfskopf ausstopfen lassen?«

Der Präparator schien einen Moment zu überlegen, was er darauf antworten sollte.

»Herr Polsterer, es geht mir nicht um Verstöße gegen den Tierschutz, ich ermittle in einem Mordfall. Also, hat man Ihnen einen Wolfskopf gebracht?«

Die Augen des Männchens wurden größer und größer. Wieder sah es sich um, dann eilte es zur Tür und legte einen großen Riegel davor.

»Kommen Sie!«, sagte der Präparator und führte Mütze in einen Nebenraum, in dem es noch übler stank.

Mütze stieß mit dem Kopf gegen eine Wildschweinschnauze und wischte sich angeekelt die Stirn. Wer kam nur auf die Idee, Tiere ausstopfen zu lassen? Der Präparator ging zu einem hohen Metallschrank am Ende des Raumes, zog einen Schlüssel hervor und öffnete ihn. Mütze blickte in den Rachen eines Wolfes.

»Schauerlich!« Karl-Dieter fröstelte es bei der Vorstellung. »Und nun nimmst du dir den Jäger vor?«

»Wenn ich seinen Namen wüsste.« Mütze gab Gas und fuhr knirschend vom Hof der Villa Quandt.

»Wieso?«, wunderte sich Karl-Dieter, »hat ihn der Präparator nicht rausgerückt?«

»Er kennt ihn angeblich nicht.«

»Wie das? Stopft einen Wolfskopf aus und weiß nicht, für wen?«

»Den Kopf hätte er vor knapp vier Wochen in einer Kiste vor seiner Werkstatt gefunden. Mit 500 Euro zwischen den Zähnen. Die gleiche Summe gäbe es beim Abholen. Polsterer, so heißt das Männchen, soll den Wolfskopf heute um Mitternacht in der Kiste verpackt vor seine Werkstatt stellen.«

»Und dann schnappst du zu.«

»Worauf du Gift nehmen kannst.«

Lisa Ellernklipp war gerade dabei, ihr Museum zuzusperren, als sie Karl-Dieter bemerkte, der auf sie zu eilte.

»Karl-Dieter! Kommen Sie etwa zu mir?«

»Hätten Sie Zeit für einen kleinen Spaziergang?«

Sie gingen am Ufer des Ruppiner Sees stadtauswärts in nördlicher Richtung. Eine schneeweiße Jacht legte an einem Steg an, ein Mann mit zweifarbigen Schuhen und mit ölig nach hinten gekämmten Haaren sprang an Land und reichte seiner Begleiterin die Hand. Beide schauten zum See zurück, die Frau lachte hell. Am Ende des schwülen Tags stiegen im Westen dunkle Wolken auf, man konnte sich einbilden, bereits ein dumpfes Grollen zu vernehmen. Mücken tanzten in Schwärmen dicht über dem spiegelnden Wasser, gejagt von flinken Schwalben, die im rasanten Flug über die Wellen glitten.

»Kennen Sie das Märchen von der Gänsemagd?« Karl-Dieter hatte sich seine Worte sorgfältig zurechtgelegt.

»Von der Königstochter, die von ihrer Zofe betrogen worden ist und als arme Gänsemagd leben musste?«

»Genau das Märchen meine ich. Schön, dass Sie es kennen.«

»Oh, bei uns im Osten wurden die Märchen noch hochgehalten.«

»Dann erinnern Sie sich bestimmt daran, wie die Gänsemagd, die ja zu schweigen gelobt hatte, ihr Geheimnis doch preisgeben konnte.«

»Nein. Daran erinnere ich mich nicht mehr, erzählen Sie's mir.«

»Sie ist in ein Mauerloch geklettert und hat es dem Ofen erzählt.«

»Ja, stimmt, ich erinnere mich. Und draußen am Ofenrohr stand der Prinz und hat alles mitbekommen.«

»Genau. Und nun bin ich auf der Suche nach solch einem Ofen.«

Darauf blieb Karl-Dieter stehen und griff nach Lisas Hand.

»Lisa, ich muss Ihnen ein Geheimnis anvertrauen.«

Lisa lächelte verlegen und sah ihm scheu in die Augen, was Karl-Dieters Pein verstärkte.

»Lisa, ich fühle mich hundeelend. Ich bin nicht ehrlich gewesen, nicht zu Ihnen und nicht zu meinem Freund Mütze. Um es kurz zu machen: Mütze ist ein Bulle.«

Darauf sprudelte es aus Karl-Dieter heraus. Dass er das schon viel eher hätte sagen müssen, dass er sich dafür ohrfeigen könne, dass er das nur verschwiegen habe, weil das ein ungeschriebenes Gesetz zwischen ihm und Mütze sei, dass er gelitten habe, schrecklich gelitten, als Lisa ihm das Geheimnis von Frau Krumbiegel anvertraut habe, dass Mütze das alles doch wissen müsse, nicht nur, weil er sein Freund und Lebenspartner sei, sondern weil er nun in einem Mordfall mitermittle.

»Wenn Sie möchten, dürfen Sie mich nun in den See schubsen«, sagte Karl-Dieter erschöpft.

Doch Lisa war ihm nicht böse, nicht die Spur. Wie konnte sie auch?

»Sie haben Ihrem Freund wirklich nichts erzählt?«

»Kein Wort«, beteuerte Karl-Dieter.

»Und Sie sind extra zu mir gekommen, um sich von mir die Erlaubnis zu holen?«

Karl-Dieter nickte und schaute ziemlich bedröppelt drein.

Da drückte ihm Lisa spontan einen weichen Kuss auf die Wange.

»Karl-Dieter, Sie sind wirklich ein besonderer Mensch.«

Es wurde einer der längsten Spaziergänge, die Karl-Dieter je gemacht hatte. Jetzt, wo alles geklärt war, fühlte er sich unendlich erleichtert, und frohen Herzens erzählte er viel über sich, von seiner Arbeit als Bühnenbildner, die Lisa sehr zu interessieren schien, und natürlich auch von

Mütze. Ja, und auch von seinem Kinderwunsch sprach er. Mütze war ja nicht dabei, da fühlte er sich nicht an ihre Abmachung gebunden. Wie sehr er Mütze liebe und wie er zugleich darunter leide, dass Mütze mit Kindern nichts anfangen könne.

»Haben Sie Kinder?«, fragte er Lisa.

Lisa schüttelte den Kopf. Sie sei glücklich auch ohne Kinder, ihr fehle es an nichts.

»Freilich«, stotterte Karl-Dieter, »man muss keine Kinder haben, um glücklich zu sein.«

Im gleichen Moment spürte er, was für einen Quatsch er daherredete. Was musste Lisa nur von ihm denken? Eine Kehrtwende in zehn Sekunden! Wie blöd war das denn?

»Vielleicht ist das von Mensch zu Mensch unterschiedlich«, sagte Lisa, »Sie sind eben ein Kindermensch, Karl-Dieter.«

Karl-Dieter nickte eifrig. Ja, er war ein Kindermensch! Er konnte doch auch nichts dafür, er hatte sich das nicht ausgesucht. Früher war das anders gewesen, doch seit ein paar Jahren wurde der Kinderwunsch immer brennender. Er wusste auch nicht, woran das lag.

»Manche Wünsche tauchen erst spät in uns auf«, sagte Lisa, während sie weiterspazierten, »und manche tauchen auch plötzlich wieder unter.«

Karl-Dieter nickte. Darauf setzte Mütze. Dass sein Kinderwunsch wieder untertauchte. Die Aussitztaktik. Karl-Dieter aber konnte sich nicht vorstellen, dass dieser Wunsch je wieder verschwand. Bei jedem Kinderwagen, bei jedem Kleinkind, das glücklich in die Arme seines Vaters lief, verspürte er einen freudigen Schmerz. Und dieser Schmerz wurde nicht weniger, sondern nahm in grausamer Weise zu.

»Glauben Sie, dass ein schwuler Vater ein guter Vater sein kann?«, fragte er hastig.

»Ich glaube, dass Sie ein guter Vater wären«, sagte Lisa.

Karl-Dieter schoss das Blut in die Wangen und gab ihr etwas, was man für einen Kuss halten konnte.

Verdammt! Musste er auf sich aufpassen? War er dabei, sich zu verlieben? Ach, Unsinn, sagte er sich ärgerlich. Es lag doch nur am Gleichklang der Seelen, an nichts anderem. Er hatte sich zuletzt vor mehr als 40 Jahren in ein Mädchen verguckt, im gehobenen Kindergartenalter, seitdem nie wieder. Lisa war hübsch, kein Zweifel. Die Art, wie sie ihm in die Augen sah, wie sie lachte, alles ganz ungewöhnlich. Aber selbst, wenn er nicht die innere Bremse reinhauen würde, es würde nichts passieren. Schwul war eben schwul, und das war gut so, sagte sich Karl-Dieter trotzig.

Das Gewitter war unterdes näher gekommen, erst jetzt bemerkten die beiden, wie Böen aufkamen und Blitze ihre Gesichter erhellten.

»Wir müssen umkehren«, sagte Karl-Dieter, und Lisa nickte.

Während das Gewitter niederprasselte, saß Mütze im Neuruppiner Krankenhaus an Treibels Bett.

»Schmerzen?«

Treibel schüttelte den Kopf und versuchte mühsam, sich ein Stück aufzurichten. »Wenn der Schmerz im rechten Bein unerträglich wird, konzentriere ich mich auf das linke Bein, dann lenke ich mich mit dem verdammten Arm ab. Aber was schwätze ich! Welche Neuigkeiten hast du für mich?«

Als Mütze alles erzählt hatte, begannen die beiden Kommissare den Fall zu diskutieren. Konnte es wirklich sein, dass die illegale Wolfsjagd das Motiv für den Mord gewesen ist? Die Angst davor, verpfiffen zu werden? Der anonyme Hinweis jedenfalls schien nicht aus der Luft gegriffen, es gab tatsächlich jemanden, der Jagd auf Wölfe machte. Das sei zwar schon ein Weilchen bekannt, sagte Treibel, aber mit dem Mord in Ribbeck und dem anonymen Schreiben habe es eine ganz andere Dimension bekommen, erst recht mit der ausgestopften Trophäe. Viele Jäger hätten einen regelrechten Hass auf den Wolf, würden ihn als ihren Konkurrenten betrachten, meinte Treibel. Jedes Reh könne halt nur einmal erlegt werden. Doch auch viele andere Bürger seien als Wolfsfeinde bekannt, in erster Linie die Viehwirte. Sie hätten schon lange aufgehört, Wolfsschäden anzuzeigen, die Entschädigung schleppe sich elend lange hin, sodass viele resigniert hätten. Wirksame Wolfszäune würden von der öffentlichen Hand nicht bezahlt. Das sei die Idiotie bei der Geschichte. Jeder Politiker halte Sonntagsreden für den Wolf, für dessen Untaten aber fühle sich keiner zuständig.

»Wie nur kam Krumbiegel an die Fotos vom Wolfskadaver?«, fragte Mütze.

»Da sind unsere Techniker dran. Sicher ist, dass er die Fotos nicht mit dem eigenen Smartphone geschossen hat, sie besitzen ein anderes Format.«

»Er hat sie also zugeschickt bekommen.«

»Davon müssen wir ausgehen. Ob wir den Absender identifizieren können, ist aber höchst ungewiss. Wir haben eine Anfrage bei dem Provider gestartet, ob was dabei rauskommt, kann ich nicht sagen. Du weißt schon, der Datenschutz.«

Mütze nickte. Datenschutz, sein Lieblingsthema.

»Hast du an das Bier gedacht?«, fragte Treibel unvermittelt.

»Mensch, entschuldige«, sagte Mütze und griff in seine Tasche.

»Warum in Krankenhäusern immer nur Kamillentee ausgeschenkt wird, wird mir ein ewiges Rätsel bleiben«, sagte Treibel und sah mit leuchtenden Augen, wie Mütze zwei Dosen hervorzog, »die Kamillenindustrie muss die Krankenhausbetreiber bestechen.«

Mütze wollte die Dosen gerade zischen lassen, als es an der Tür klopfte. Eine energische Krankenschwester trat ein, ohne auf Antwort zu warten. Gerade noch gelang es Mütze, die Bierdosen in seine Tasche rutschen zu lassen.

»Herr Treibel, draußen wartet eine Frau, die sich ebenfalls nicht an die Besuchszeiten halten will!« Dabei warf sie Mütze einen strengen Blick zu.

Ins Zimmer trat eine Frau, der das Wasser aus den schwarzen Haaren lief. Lisa Ellernklipp.

»Sie sind Kommissar Treibel, nicht wahr?«, sagte sie und wischte sich eine nasse Strähne aus der Stirn. »Und Sie müssen Herr Mütze sein.«

Mütze blickte sie überrascht an. »Woher wissen Sie das?«

»Lisa Ellernklipp mein Name. Ihr Freund Karl-Dieter hat mir von Ihnen erzählt.«

Mütze stand auf und bot ihr seinen Stuhl an. »Was führt Sie zu uns?«

»Ich möchte eine Aussage machen.«

Mütze ließ den Moskwitsch aufheulen und kurvte vom Parkplatz der Klinik auf die Fehrbelliner Straße. Den Weg nach Ribbeck kannte er bestens, die gleiche Strecke war er ja erst vor Kurzem mit dem Rad entlanggestrampelt. Das Gewitter war vorübergezogen, der Asphalt dampfte, schwefelgelb wälzten sich die Gewitterwolken weiter Richtung Osten. Lustvoll jagte Mütze die alte Sowjetkiste durch die Pfützen, in Fontänen spritzte das Wasser auf und klatschte rhythmisch gegen die Alleebäume. Beschleunigte gar nicht schlecht, das Teil, die Federung allerdings hatte man glatt vergessen. Keine zehn Minuten später fuhr Mütze vor dem Haus der Krumbiegels vor. Er musste dreimal klingeln, dann erst wurde ihm geöffnet.

»Frau Krumbiegel?«

»Wer sind Sie?«

»Kommissar Mütze. Vertrete meinen Kollegen Treibel, den kennen Sie ja. Darf ich eintreten?«

»Bitte sehr, natürlich.«

Sie gingen durch einen Flur, an dessen Wand eine Parade von Rehgeweihen hing, Garderobenhalter vermutlich. Auch das Wohnzimmer dominierten Jagdtrophäen. Am eindrucksvollsten war ein Elchkopf, der über dem offenen Kamin mit schwarzen Glubschaugen ins Zimmer glotzte.

»Hat mein Mann in Schweden geschossen«, sagte Frau Krumbiegel. Ihre Stimme klang, als müsse sie sich dafür entschuldigen.

»Frau Krumbiegel, wo waren Sie, als Ihr Mann erschlagen worden ist?«

Frau Krumbiegel sah Mütze verwundert an.

»Zu Hause, wo sonst?«

»Alleine?«

»Das habe ich Ihren Kollegen doch alles schon erzählt.«

»Erzählen Sie's mir noch einmal.«

Frau Krumbiegel schlug die Augen nieder und schwieg. In ihr aber ging etwas vor, von einem Augenblick auf den anderen wirkte sie wie versteinert. Plötzlich jedoch sprang sie auf, eilte zum Fenster, stützte die schlanken Arme auf das Fensterbrett und sah hinaus in den Abend. Die vorbeigezogenen Gewitterwolken leuchteten in flammendem Rot.

»Frau Krumbiegel, wir wissen, dass Sie regelmäßig Besuch erhalten.«

»Und? Ist das ein Verbrechen?«, rief Frau Krumbiegel ohne den Blick vom Fenster zu wenden.

»Wer war am Morgen der Tat bei Ihnen?«

»Muss ich das sagen?«

Nun war es Mütze, der es vorzog zu schweigen. Er streckte seine Beine aus und ließ seinen Blick durchs Zimmer wandern. Der Elch glotzte ihn plötzlich mit blutroten Augen an. Komisch, irgendetwas schien in der Wohnung zu fehlen, bloß was?

»Also gut«, sagte Frau Krumbiegel, »ich weiß zwar nicht, was das mit dem Verbrechen an meinem Mann zu tun hat. Herr Liebstöckel ist bei mir gewesen, Martin Liebstöckel.«

»Martin Liebstöckel ist Ihr Liebhaber.«

Frau Krumbiegel lachte kurz auf und zündete sich eine Zigarette an. »Wenn Sie's so nennen wollen.«

»Wie würden Sie es denn nennen?«

»Hören Sie, Herr Kommissar, Martin ist mehr als irgendetwas, was Sie unter einem Liebhaber verstehen. Martin ist mein Rettungsring. Ohne ihn hätte ich das Leben in diesem Kaff nicht ertragen, niemals.«

»Verstehe. Haben Sie eine Zigarette für mich?«

Frau Krumbiegel warf ihm die Zigarettenpackung zu, in der auch das Feuerzeug steckte.

»Ach, was verstehen Sie schon? Niemand versteht das, der die Langeweile nicht kennt.«

Der Rauch, den sie ausstieß, nahm die glutrote Farbe der Gewitterwolken an.

»Wann hat Ihr Verhältnis begonnen?«

Frau Krumbiegel zuckte mit den schmalen Schultern. »Vor einem guten Jahr vielleicht.«

»Und Herr Liebstöckel kommt jeden Dienstag zu Ihnen?«

Frau Krumbiegel nickte und nahm einen tiefen Zug.

»Immer gegen acht, wenn Ihr Mann mit dem Hund Gassi war?«

Wieder nickte Frau Krumbiegel. Dann verzog sich ihr Gesicht, und sie deutete mit der Zigarette voller Hass gegen die Fensterscheibe.

»Meine lieben Nachbarn, nicht wahr? Sie haben es Ihnen erzählt, natürlich, woher sollten Sie es sonst wissen. Haben nichts Besseres zu tun, als mir nachzuspionieren. Was geht die Spießer mein Leben an?«

»Frau Krumbiegel, wie haben Sie Herrn Liebstöckel kennengelernt?«

»Er ist Jäger wie mein Mann.«

»Seit wann hast du's gewusst?«, wollte Mütze wissen, als er ins Hotelzimmer trat. Karl-Dieter saß an dem kleinen Schreibtisch und wischte auf seinem Smartphone herum. Eine kleine Urlaubsbotschaft für Tante Dörte. Sie freute sich über jedes Lebenszeichen. Er schickte ihr das Foto einer Mohnblume und einen Spruch von Fontane: »Man muss die kleinen Freuden aufpicken.« Auch Karl-Dieters Herz war freudig gestimmt. Jetzt, wo die Sache mit Lisa geklärt war, war eine große Last von seinem Herzen geplumpst.

»Ist das wichtig?«, fragte er ohne aufzuschauen.

»Nicht wirklich«, brummte Mütze, »jedenfalls danke für deine Hilfe.«

»Bitte sehr«, sagte Karl-Dieter.

Mütze streckte sich. Es war neun Uhr und der Tag war noch nicht zu Ende. Er wollte rechtzeitig in Potsdam sein. Nur mühsam konnte er Karl-Dieter davon überzeugen, dass es besser war, wenn er diesmal alleine fuhr.

»Mensch, Mütze«, sagte Karl-Dieter, »weißt du, wie gefährlich das werden kann? Wer Wölfen die Köpfe abschneidet, dem ist alles zuzutrauen.«

»Wenn er meinen Kopf abschneidet und ausstopfen lässt, sollst du ihn bekommen. Das lasse ich in mein Testament schreiben«, lachte Mütze, »neben dem Fernseher wäre doch noch ein hübsches Plätzchen.«

»Idiot«, schimpfte Karl-Dieter, »Mann, der Kerl ist Jäger. Der ist bestimmt bewaffnet.«

»Und du glaubst, ich gehe ohne Regenschirm aus dem Haus?«, fragte Mütze und deutete auf seinen Hosenbund, an dem sich ein Halfter abzeichnete.

Mütze liebte Nachtfahrten. Nirgendwo konnte er seinen Gedanken so gut nachhängen. Der Fall war wesentlich komplizierter geworden. Diesen Martin Liebstöckel würde er sich gleich morgen früh vorknöpfen. Karl-Dieter würde es gefallen: Liebstöckel arbeitete in Neuruppin für die Fontane-Gesellschaft, war dort eine Art Sekretär, wenn er die Witwe richtig verstanden hatte. Nach Wölfen hatte er sie nicht gefragt. Sollte Liebstöckel tatsächlich der Wolfsmörder sein, wäre es höchst unklug gewesen, ihn zu warnen. Wer weiß, vielleicht würde man sich heute in Potsdam begegnen. Mütze tastete noch mal nach seiner Pistole. Nichts war unmöglich. War Liebstöckel der Wolfsmörder und Krumbiegel ihm auf die Schliche gekommen, hätte Liebstöckel tatsächlich ein Motiv. Er war Krumbiegel nachgeschlichen und hatte ihn erschlagen. Und seine Geliebte hatte ihm ein falsches Alibi verschafft. Die Witwe war eine seltsame Frau. Mütze fingerte nach seinem Handy.

»Treibel? Ist die Luft rein? Dann hör zu …«

Treibel bedankte sich. Nein, er hätte noch nicht geschlafen, sein Morphium bekomme er erst um Mitternacht und auch nur, wenn er vor Schwester Adelheid brav Männchen mache.

Mütze lachte. »Verdammt, ich hab' das Bier wieder mitgenommen. Aber warte, mir kommt eine Idee, du sollst nicht dürsten!«

Karl-Dieter brummte unwillig. Zur Verbrecherjagd durfte er nicht mit, aber als Bierkutscher war er gut genug. Treibel sei doch Junggeselle, würde sich über etwas Besuch sicher freuen, hatte Mütze gemeint. Nun, gut, weil's der arme Treibel war. Aber erst wurde sich noch mal eingeloggt, um den Gruß an Tante Dörte loszuwerden. »Home is, where your Wi-fi connects automatically«, flüsterte er zufrieden und sandte die Mohnblume mit dem Fontane-Spruch in den Äther. Dann schlüpfte er in seine Jacke, stopfte sich zwei Bierdosen aus der Minibar in die Seitentaschen und verließ das Hotel.

Draußen war es dunkel geworden. Kurz überlegte er, ob er das Fahrrad nehmen sollte, dann aber beschloss er, lieber zu Fuß zu gehen. Die Klinik lag ja gleich am Rande des Städtchens, alles war sehr übersichtlich in Neuruppin. Der Gewitterguss hatte gutgetan. Die Luft roch frisch und würzig. Ob der Flieder schon blühte? Karl-Dieter musste an den Spaziergang am Ufer des Sees denken. Warum hatte er sich in Gegenwart von Lisa so wohl gefühlt? Trotz der peinlichen Geschichte? Und warum schoss ihm dauernd das Bild durch den Kopf, wie Lisa beim Lachen den Kopf schräg in den Nacken legte? Überhaupt ihr Lachen. Vielleicht lag darin ihr Zauber begründet.

Karl-Dieter hatte das Klinikgelände erreicht und ging durch eine kleine Grünanlage in Richtung beleuchteten Eingangsbereich. Im fahlen Schein einer Laterne saßen auf einer Bank zwei Männer. Die beiden kamen Karl-Dieter vertraut vor. Der eine, das war doch der Mann mit dem markanten Schnurrbart und dem altertümlichen Mantel, der Betrunkene, der so seltsame Sachen über die Fontane-Apotheke gefaselt hatte. Der andere war sein schwarz gekleideter Freund. Er war deutlich jünger und sein Gesicht starr wie eine Maske. Während Karl-Dieter über den Kiesweg schritt, hörte er den Schnurrbart dozieren:

»Immer enger, leise, leise, ziehn sich hin die Lebenskreise, schwindet Hassen, Hoffen, Lieben und ist nichts in Sicht geblieben als der letzte dunkle Punkt.«

Karl-Dieter blieb stehen. Das war doch Fontane! Ein Gedicht, das er in einer späten Lebenskrise geschrieben hatte, in einer Phase der Altersdepression. Der letzte dunkle Punkt, das war nichts anderes als der Tod. Warum saß der Mann auf der nächtlichen Bank und zitierte seinem Freund Fontane-Gedichte?

»Auch einen Schluck?«, lachte der Schnurrbart und hielt eine Flasche hoch.

»Danke sehr«, sagte Karl-Dieter und klopfte auf seine prall gefüllten Jackentaschen, »bin bestens versorgt.«

An einer Nachtschwester vorbeizukommen, war nicht so einfach, besonders, wenn sie Adelheid hieß. Im Neuruppiner Krankenhaus wurde auf Ordnung geachtet. Dass man nun einen Patienten hatte, der vom Krankenbett ermitteln wollte, war noch nicht vorgekommen und störte die Abläufe ersichtlich. Ob Treibel seine Zeugenbefragungen nicht bündeln könne, fragte ihn die Nachtschwester, als sie Karl-Dieter zu ihm einließ.

»Werd' mich bemühen, Frau Oberschwester«, lachte Treibel, »wären Sie dann so freundlich, das Protokoll zu schreiben?«

Mit säuerlichem Gesicht war Schwester Adelheid abgedampft. Vorsichtig öffnete Karl-Dieter eine Dose über dem Waschbecken. Trotzdem zischte eine Wolke Bierschaum in den Ausguss.

»Ach, Karl-Dieter, Sie sind ein Schatz«, seufzte Treibel, nachdem er einen tiefen Schluck genommen hatte.

»Der Sturz muss ziemlich übel gewesen sein«, sagte Karl-Dieter. Im gleichen Atemzug ärgerte er sich über sich selbst. Was für eine blöde Bemerkung angesichts des fast vollständig eingegipsten Kommissars!

»Hab' noch Glück gehabt. Dem armen Itzenplitz geht's richtig dreckig. Ihm hab' ich's zu verdanken, dass ich überhaupt noch lebe.«

»Wieso das?«, fragte Karl-Dieter erstaunt.

»Er war eine Art Airbag für mich, besser gesagt, sein Magen.«

»Sein Magen?«

»Itzenplitz hatte vor dem Einsatz 'ne anständige Portion Eisbein bei seiner Großmutter verputzt. Ich bin beim Sturz vom Hochsitz voll auf seinen Bauch, peng, war sein Magen geplatzt. Wissen Sie, wie lange die Ärzte in der Charité gebraucht haben?«

»Keine Ahnung«, sagte Karl-Dieter und wurde blass.

»Drei Stunden! Erst dann hatten sie die letzten Eisbeinreste aus Itzenplitzens Bauchraum entfernt.«

»Donnerlüttchen«, entfuhr es Karl-Dieter.

»Auf seine Genesung«, rief Treibel und hob seine Bierdose.

Karl-Dieter wollte sich gerade verabschieden, als das Telefon von Treibel ging. Erstaunlich behände gelang es dem Kommissar, mit einer Hand das Gerät zu bedienen.

»Treibel?« Sein Gesicht wurde amtlich. Scharf sah er zu Karl-Dieter herüber. »Sind Sie sicher? – Moment, wiederholen Sie bitte den Namen. – Okay. Ja, danke für die Nachricht. Könnte wichtig sein, Sie haben vollkommen recht. Ich melde mich, sobald ich was weiß.«

»Schlechte Nachrichten?«, fragte Karl-Dieter ängstlich. Er musste an Mütze denken, der nun draußen in Potsdam war.

»Schlechte Nachrichten für Sie«, sagte Treibel und blickte Karl-Dieter unverwandt an.

»Was ist es denn?«, fragte Karl-Dieter und rutschte verunsichert auf seinem Stuhl herum.

»Sie werden polizeilich gesucht!«

Karl-Dieter schüttelte den Kopf, selbst dann noch, als er wieder am Hotel eintraf. Die Sache war so blöd, sie war schon fast wieder komisch. Irgendein Rowdy hatte erneut mit Farbe geschmiert, dieses Mal hatte es die Fontane-Büste vor dem Potsdamer Archiv erwischt. Die Sekretärin des Archivs hatte durch das Fenster beobachtet, wie Karl-Dieter am Nachmittag zu der Büste gegangen war und sie näher inspiziert hatte. Schon das sei ihr verdächtig vorgekommen. Als sie dann beim Abendspaziergang den Farbanschlag bemerkt hatte, sei ihr sofort klar gewesen, wer der Täter war. »Zum Glück muss sich ja jeder Nutzer bei uns eintragen, deshalb kennen wir seinen Namen«, hatte sie der Polizei gegenüber telefonisch triumphiert. Treibel wäre fast der Hörer aus der Hand gefallen, als sein Potsdamer Kollege ihm Karl-Dieter als Verdächtigen genannt hatte. Dennoch, das Pokerface, was er sofort danach aufgesetzt hatte, ist höchst überflüssig gewesen, fand Karl-Dieter. Ihm einen solchen Schrecken einzujagen! Hätte ja wirklich was mit Mütze sein können. Karl-Dieter blickte auf die Uhr. Fünf vor zwölf! Mensch, Mütze, hoffentlich ging alles gut!

Mütze hatte den Moskwitsch im Schatten einer Rampe geparkt. Von hier hatte er den Ausstopfladen gut im Blick und auch die Straße, die durch das Gewerbegebiet lief und nahe der Eingangstür des Geschäfts endete. Um Punkt zwölf wurde die Tür geöffnet. Mütze erkannte Herrn Polsterer, den Besitzer. Mühsam wuchtete das schmächtige Männchen eine Kiste aus dem Haus und schob sie neben die Eingangstür. Dann sah er sich nach allen Seiten um und eilte in sein Geschäft zurück, das ihm zugleich als Wohnung diente.

Nun begann die Zeit des Wartens. Mütze hasste nichts mehr an seinem Beruf als endlose Observierungen. Hoffentlich holte sich der Wolfsmörder seine Trophäe bald.

Ob es tatsächlich der Liebhaber der Witwe war? Mütze glaubte nicht recht daran. Selbst wenn dieser Liebstöckel ein Motiv hatte, es hätte für ihn doch wesentlich leichtere Wege gegeben, Krumbiegel um die Ecke zu bringen, zumal als Jäger. Mit einer Axt neben dem berühmtesten Birnbaum der Welt, das war mehr als riskant. Wer wusste schon, ob so ein Anschlag gutging? Noch dazu, wenn das Opfer einen bellenden Hund bei sich führte. Mütze schlug sich mit der flachen Hand an die Stirn. Wurde er alt oder lag es daran, dass in der Universitätsstadt Erlangen, in der so zögerlich gemordet wurde, sein Gehirn vertrocknete. Erst jetzt fiel ihm auf, was er bei seinem Besuch bei der Witwe vermisst hatte. Den Hund, den nervösen Pudelverschnitt. Wo war Rollo hin? Nicht, dass der Hund wirklich relevant war, aber als Ermittler musste einem eben alles Ungewöhnliche auffallen. Mütze rieb sich die Augen. Vielleicht lag es am Urlaubsmodus. Urlaub machte träge. Hatte er neulich nicht erst gelesen, dass man im Urlaub einen vollen IQ-Punkt verlor? Hundert Mal Urlaub gemacht und das war's dann! Ab zur Lebenshilfe, wenn man den Weg dorthin noch fand.

Eine Woche war es her, dass sie ihre Radtour gestartet hatten. Wirklich 'ne nette Gegend hier oben, das musste Mütze zugeben. Die Havel war im Grunde kein Fluss, die Havel war eine Kette von Seen, die an einem kleinen Wasserband aufgefädelt waren. Auf den Seen spielte sich ein lustiges Leben ab. Kleine Boote, zum Teil mit Segeln, Kanuten, schwimmende Kinder in den Strandbädern. Und überall Imbisse mit Bier und Currywurst, ein einziges Urlaubsparadies. Ein Abstecher hatte sie zum Stechlin geführt, dem See, der mit der gleichnamigen Ortschaft Fontanes bekanntem Roman den Namen gegeben hatte. Auch die alte Sage hatte ihm Karl-Dieter am stillen Seeufer erzählt. Angeblich brodle und sprudle es im See, und ein roter Hahn steige laut krähend auf, wenn irgendwo in der Welt ein Unglück passiere, so beim schrecklichen Erdbeben von Lissabon. (8) Mütze konnte über solche Geschichten nur lachen. Der Hahn würde aus dem Krähen doch gar nicht mehr rauskommen, wenn er wirklich auf Katastrophen reagiere. Karl-Dieter hatte gemeint, der Hahn sei doch lediglich ein Symbol dafür, dass alles mit allem zusammenhänge. An so was glaubte Karl-Dieter. An Schicksal und geheime Verbindungen, von denen sich keiner freimachen könnte. Ach, Karl-Dieter! Manchmal schwebte er wirklich über den Wolken. Zum Glück hielt er sich bislang an sein Versprechen, nicht wieder mit seinem Kinderwunsch anzufangen. Mütze wusste, wie brutal diese Welt war. Wozu sich das Leben mit der Verantwortung für ein Kind versauen?

Der Zeiger der Uhr an dem herrlich altmodischen Armaturenblatt rückte auf eins, als Mütze eine Bewegung wahrnahm. Eine Person kam die Straße entlang, zu Fuß, sie führte einen Hund an der Leine, ein mittelgroßes, ziemlich zotteliges Tier. Mütze rutschte tiefer in seinen Sitz. Die Person näherte sich dem Laden des Präparators, der Hund lief voraus und begann an der Kiste zu schnüffeln. Darauf erklang ein ängstliches Knurren, das in ein hartes Bellen überging. Der Hund sprang zurück und begann aus sicherem Abstand erneut zu bellen. Sein Herrchen, es schien sich um einen Mann zu handeln, wie

Mütze zu erkennen glaubte, wollte ihn an der Leine weiterziehen, doch der Hund sträubte sich und bellte weiter die Kiste an. Schließlich schoss er, mutiger geworden, vor, stellte sich direkt neben die Kiste, hob das Bein und begann zu pinkeln. Dann kläffte er ein letztes Mal und zog sein Herrchen davon.

Na prima, dachte Mütze. Jetzt wartete er also vor einer angepissten Wolfskiste. Zäh krochen die Nachtstunden dahin. Nichts geschah. Kein Mensch war zu sehen, kein Auto fuhr vor. Gegen drei wäre Mütze fast eingeschlafen, als sein Handy vibrierte.

»Ja?«, flüsterte er ärgerlich.

Es war Karl-Dieter, der sich Sorgen machte. Rasch hatte Mütze das Gespräch beendet. Mann, er war doch kein Kleinkind, sondern ein Bulle auf Verbrecherjagd! Er brauchte keine Amme, die auf ihn aufpasste. Früher war Karl-Dieter nicht so ängstlich gewesen. Konnte es sein, dass die Nervosität bei manchen Menschen im Alter zunahm? Dann stand ihm ja noch was bevor. Aber Karl-Dieter stand nicht allein. Die Zahl der Morde und anderer Gewaltverbrechen befand sich im Sturzflug, doch je sicherer das Leben in Deutschland wurde, desto furchtsamer wurden zugleich die Leute. Objektive Sicherheit und subjektives Sicherheitsgefühl machten den Spagat, was wohl auch an den Medien lag. Die Morde pro Tatort nahmen rasant zu und auch deren Brutalität. Dazu die ganzen Krimis, die sich Romanautoren aus den angeknabberten Fingern sogen. Das musste doch Spuren in den Seelen der Menschen hinterlassen, zumal bei einem solch sensiblen Gemüt wie Karl-Dieter.

Vielleicht aber war der wahre Grund für Mützes Ärger ein anderer. Vielleicht ärgerte er sich schlicht darüber, dass es wieder einmal Karl-Dieter gewesen ist, dem er wichtige Hinweise verdankte. Wer weiß, ob sie so rasch hinter das Doppelleben der Witwe gekommen wären. Karl-Dieters kommunikative Art konnte zuweilen recht nützlich sein, das musste Mütze sich eingestehen. Wie er es geschafft hatte, dieser Museumsdame etwas über das Privatleben von Frau Krumbiegel zu entlocken, nicht schlecht, Herr Specht. Wenn ihm selbst so viel Glück bei seinen Ermittlungen gegönnt wäre wie Karl-Dieter bei seinen Zufallsbekanntschaften, dann hätte er den Fall längst gelöst. So aber saß er in einem rostigen Moskwitsch in einem gottverlassenen Potsdamer Gewerbegebiet und fror sich den Arsch ab. Und nichts tat sich.

Ob der Wolfsmörder gewarnt worden war? Und wenn, von wem? Wenn's Liebstöckel war, von Frau Krumbiegel, seiner Freundin, klare Kiste. Ganz sicher hatte sie sofort nach seinem Besuch zum Telefon gegriffen und ihm alles brühwarm erzählt. Ihrem Rettungsring! Mütze lachte spöttisch auf. Wenn es sie in Ribbeck zum Sterben langweilte, warum zog sie dann nicht nach Berlin? Was hinderte sie daran? Kinder hatte sie keine, ihr Mann war ihr offensichtlich egal, also was blieb sie in dem Kaff kleben? »Eine geheime Angst vor Veränderung vielleicht«, hatte Karl-Dieter gemeint. Menschen würden eben nicht immer logisch handeln. – Eine geheime Angst vor Veränderung! Da kam Mütze nicht mit. Und doch hatte Karl-Dieter natürlich nicht Unrecht, wenn er auf die Widersprüchlichkeit des Menschen hinwies. So war es auch nicht logisch, warum Liebstöckel, angenommen, er war der Wolfsmörder, seinen Wolfskopf nicht abholte. Denn die Wolfsmorde hatte Mütze der Witwe gegenüber ja bewusst verschwiegen. Vielleicht aber war Liebstöckel eingeschüchtert durch die Aufdeckung seines Liebesverhältnisses.

Mütze war sich nicht sicher, wie er den Tierpräparator einschätzen sollte. Auch Polsterer hätte den Wolfsmörder warnen können. Vielleicht war das Gerede von dem anonymen Auftrag ja alles Schwindelei. Vielleicht wusste das schmächtige Männchen nur zu genau, wer ihm den Wolfskopf geliefert hatte. Und ließ ihn, Mütze, hier draußen schnattern und lachte sich dabei 'nen Ast. Wenn der Wolfsmörder aber nicht gewarnt worden war, hatte er zumindest Lunte gerochen, denn warum sollte er auf die Trophäe verzichten, die ihm schließlich 1.000 Euro wert war? Alles blieb undurchsichtig.

Leise quietschte die Tür. Mit einem Ruck war Karl-Dieter wach.

»Mütze? Gott sei Dank, du bist wieder da! Wie spät ist es denn? – Das gibt's doch nicht, schon sieben! Hast du ihn dir geschnappt?«

Mütze wollte nur noch in die Falle. Der Morgen hatte bereits zu grauen begonnen, als die Tür aufgegangen war und der Präparator die Kiste wieder ins Haus geholt hatte. Mütze war noch zu ihm gerannt und hatte ihn tüchtig strammstehen lassen. Was das Spielchen solle? Ob er mit dem Kerl unter einer Decke stecke? Das Männchen hatte verstört reagiert und Stein und Bein geschworen, den Namen des Kunden nicht zu kennen. Mütze hatte ihm schnaufend befohlen, sich sofort zu melden, wenn der Wolfsmörder wieder was von sich hören ließe. Dann war er ab in den Moskwitsch und zurückgebraust. Mann, eine völlig verlorene Nacht!

»Weck mich um zehn!«, sagte Mütze und vergrub sich in seine Kissen.

Er war sofort eingeschlafen. Karl-Dieter musste an den ausgestopften Wolfskopf denken, der nun wieder im Laden stand. War der Wolf wirklich gefährlich oder nur ein Opfer alter Ammenmärchen? Karl-Dieter setzte sich im Bett auf, verstellte den Hals seiner Bettlampe so, dass ihr Schein nicht auf Mützes Gesicht fallen konnte, und angelte sich sein Handy. Dann googelte er »Wolf« und »Brehm«. Der gute alte Verfasser des berühmten Tierlebens kannte sich nicht nur bestens aus, kein anderer konnte die Tiere und ihre Eigenschaften so lebendig beschreiben wie er. Und außerdem hatte es zu Brehms Zeiten noch Wölfe in Deutschland gegeben. Karl-Dieter fand die Website, die er suchte, löschte das Licht und drehte sich zur Wand, um den schnarchenden Mütze nicht zu stören. Also, wie war das nun mit dem Wolf?

»In dicht bevölkerten Gegenden zeigt er sich nur ausnahmsweise vor Einbruch der Dämmerung, in einsamen Wäldern dagegen wird er schon in den Nachmittagsstunden rege, schleicht, lungert umher und sieht, ob nichts für seinen ewig bellenden Magen abfalle.«

Bellender Magen! Karl-Dieter lief ein leichter Schauer über den Rücken, der sich verstärkte, als er weiterlas.

»Er nähert sich einer ausersehenen Beute mit äußerster Vorsicht, unter sorgfältiger Beobachtung aller Jagdregeln, schleicht lautlos bis in möglichste Nähe an das Opfer heran, springt ihm mit einem geschickten Satze an die Kehle und reißt es nieder.«

Schauerlich! Wenngleich vermutlich ein schneller Tod. Wenn die Halsschlagader zerrissen war, blutete man in wenigen Minuten aus, vorher fiel man in eine gnädige Ohnmacht.

Karl-Dieter wischte hastig weiter.

»Im Norden Deutschlands schon fast ausgerottet, kamen die Wölfe mit den fliehenden Napoleonischen Soldaten aus Russland zurück, die Leichen lieferten ihnen überreichlich Futter. In der Nähe von Posen wurden 1814–1815 28 Kinder zerrissen, 1820 noch 19 Kinder und Erwachsene.«

Oje! Das durfte er Mütze nicht erzählen! Also hat es Zeiten gegeben, in denen die Wölfe dem Menschen tatsächlich gefährlich geworden sind. Aber vielleicht lag das nur daran, dass sich diese Wölfe zuvor an den menschlichen Kadavern gestärkt hatten, an den toten Soldaten, die ja schließlich durch andere Artgenossen umgebracht worden waren. Durch das Menschenfleisch sind die Tiere halt auf den Geschmack gekommen, versuchte Karl-Dieter die Wölfe zu verteidigen. Und was Brehm im Folgenden schrieb, beruhigte ihn weiter und rückte sein positives Wolfsbild zurecht. Brehm schrieb, dass Wölfe den Menschen fürchten und vor ihm flüchten würden. Nur in bitteren Wintern, wenn sie der Hunger quäle, wagten sie sich in die Siedlungen und würden dann allerdings auch nicht davor zurückschrecken, durch geöffnete Fenster zu springen.

»Wer aber lässt in einem bitteren Winter schon sein Fenster offen«, dachte sich Karl-Dieter. Und das, was er jetzt zu lesen bekam, beruhigte in vollends.

»Der Wolf verschmäht ebenso verschiedene Pflanzenstoffe, wie gesagt wird, selbst Mais, Melonen, Kürbisse, Gurken, Kartoffeln usw., nicht.«

Mais, Melonen, Kartoffeln. Das wäre doch die Lösung! Den Wolf zum Vegetarier machen! Dann würde sich keiner mehr vor ihm fürchten. Doch wie nur stellte man das an? Karl-Dieter schaltete sein Handy auf Flugzeugmodus und beschloss, selbst noch ein Schönheitsschläfchen zu halten. Der Wolf war besser als sein Ruf!

Drei Stunden Schlaf mussten reichen. Hatte das nicht schon Napoleon gesagt? Zum Glück gab es in dem Hotel ein Langschläferfrühstück. Nach einer kalten Dusche und zwei Kannen Kaffee war Mütze wieder einigermaßen hergestellt. Natürlich war Karl-Dieter neugierig, Mütze aber blieb einsilbig. In aller Kürze erzählte er von seinem gestrigen Besuch bei der Witwe und von deren Liebhaber, dem er jetzt einen Besuch abstatten würde.

»Er ist ebenfalls Jäger. Aber was für dich interessanter sein dürfte, er ist so eine Art Sekretär bei der Fontane-Gesellschaft. Arbeitet mitten in Neuruppin, im Alten Gymnasium am Schulplatz.«

Die Fontane-Gesellschaft hatte ihren Sitz in Neuruppin? Nicht ebenfalls in Potsdam oder in Berlin? Das war neu für Karl-Dieter.

»Musst mich halt fragen, wenn du was über Fontane wissen willst«, grinste Mütze.

»Nimmst du mich mit?«

»Exakt bis zur Eingangstür.«

Es war ein heiterer Tag, aber deutlich kühler als gestern. Harmlose Schäfchenwolken grasten den blauen Himmel ab, die barocke Planstadt zeigte sich von ihrer blendenden Seite. Das Alte Gymnasium entpuppte sich als das Gebäude, das sie bei ihrem ersten Stadtrundgang für das Schloss gehalten hatten.

»Klasse Fassade, typisch Barock«, wollte Mütze den Bildungsbürger rauskehren.

»Eher klassizistisch«, entgegnete ihm Karl-Dieter.

»Streber! Dafür weißt du nicht, was der Spruch dort über dem Eingang bedeutet.«

In Latein war Mütze nicht zu schlagen.

»Civibus aevi futuri – na, was heißt das?«

»Der City-Bus kommt später?«

»Dummkopf! Das bedeutet: Den Bürgern des künftigen Zeitalters.«

Den Dummkopf nahm Karl-Dieter Mütze nicht übel. Wie hatte es Tucholsky so schön ausgedrückt? »Der Vorteil der Klugheit besteht darin, dass man sich dumm stellen kann. Das Gegenteil ist schon schwieriger.« Karl-Dieter gefiel der lateinische Spruch. An seiner alten Dortmunder Penne, einem gesichtslosen Bau aus den 1960er-Jahren, war ein anderer Spruch zu lesen gewesen. Der gesprayte Aufruf »Macht kaputt, was euch kaputtmacht!« war trotz aller Überpinselungsversuche des Hausmeisters stets aufs Neue aufgetaucht. Man sollte die Sprüche deutscher Gymnasien mal wissenschaftlich untersuchen lassen. Und den Einfluss der Architektur auf die Lernfreude und das akademische Selbstbewusstsein der Schüler. Karl-Dieter hielt die Hand schützend über die Augen und staunte über den Prachtbau. Wenn man ein schlossartiges Gebäude ins Zentrum seiner Stadt stellte und zum Gymnasium erklärte, sprach das nicht für den Stellenwert, den die Bildung einst eingenommen hat? Da fühlte man sich als Schüler doch ganz anders, ernst genommen, wertgeschätzt. Er würde dafür sorgen, dass ihr kleiner Alexander einmal die beste Schule Erlangens besuchen würde.

»Den Bürgern des künftigen Zeitalters«, murmelte er anerkennend, da war Mütze schon im Alten Gymnasium verschwunden.

»Herr Liebstöckel? Guten Tag, Mütze, Kriminalpolizei.«

Martin Liebstöckel war ein schlanker Flachskopf Mitte 40, dessen gebräuntes Gesicht ein Dreitagebart verstoppelte. Sein weißes Leinenhemd hatte er so weit geöffnet, dass sich die blonden Brusthaare hinauskräuseln konnten. Liebstöckel sah entspannt über seinen Bildschirm hinweg zur Tür. Er schien in keiner Weise überrascht zu sein.

»Ich hab' Ihren Besuch erwartet, Herr Kommissar«, sagte er, »Kaffee?«

»Danke! Ich will Sie nicht lange stören, nur ein paar Fragen.«

»Setzen Sie sich doch. Traurige Geschichte mit Herrn Krumbiegel, tut mir aufrichtig leid.«

»Wann haben Sie ihn zuletzt gesehen?«

»Letzten Dienstag.«

»Und wo?«

»Als er mit seinem Hund das Haus verließ. Hören Sie, Herr Kommissar, wir müssen nicht lange drumrum reden, Sie wissen ja bereits über alles Bescheid. Ja, ich habe ein Verhältnis mit Frau Krumbiegel, und ja, ich bin jeden Dienstagmorgen zu ihr gekommen, immer dann, wenn ihr Mann den Hund ausgeführt hat. Was wollen Sie noch wissen?«

»Kannten Sie Herrn Krumbiegel näher?«

»Nur flüchtig, von der ein oder anderen Jägerversammlung. Und vom letzten Jägerball, bei dem ich Ilse kennengelernt habe. In einer Tanzpause sind wir beide vor die Tür, der Schampus, eine gemeinsame Zigarette, naja, Sie wissen ja, wie das so zu gehen pflegt.«

»Hat Krumbiegel Sie bedroht?«

»Bedroht? Nein, warum? Er wusste doch nichts von mir, also nichts von mir und Ilse.«

»Sind Sie sicher?«

»Absolut! Ilse hätte es mir doch erzählt.«

»Selbst die Nachbarn wussten Bescheid.«

»Und wenn schon. Die Nachbarn wissen immer mehr als der Ehemann.«

»Die Nachbarn hätten es ihm erzählen können.«

Liebstöckel lachte. »Warum sollten sie? Ist doch viel schöner, sich im Stillen das Maul zu zerreißen.«

»Krumbiegel hat Ihnen also nicht gedroht.«

»Wir haben nie ein einziges Wort miteinander gewechselt.«

»Auch nicht wegen einer illegalen Jagdgeschichte?«

Kratz! Zum ersten Mal hatte Mütze das Gefühl, dass das zur Schau getragene Selbstbewusstsein des arroganten Heinis Schrammen bekam. Plötzlich wurden Liebstöckels pralle Lippen schmaler, und um seine viel zu blauen Augen bildeten sich angestrengte Fältchen.

»Jagdgeschichte? Wovon reden Sie?«

»Von Wölfen!«

Wumms, der Schuss hatte gesessen! Liebstöckel musste tief durchatmen.

»Es war beschlossen, mich auf das Ruppiner Gymnasium zu bringen ... Der Tag nach unserer Ankunft war ein heller Sonnentag, mehr März als April. Wir gingen im Laufe des Vormittags nach dem großen Gymnasialgebäude, das die Inschrift trägt: *Civibus aevi futuri*. Ein solcher *civis* sollte ich nun auch werden, und vor dem Gymnasium angekommen, stiegen wir die etwas ausgelaufene Treppe hinauf, die zum ›alten Thormeyer‹ führte.« (9)

Das Exemplar von Fontanes »Kinderjahren« war schon ziemlich strapaziert. So sah ein Buch aus, das wieder und wieder gelesen wurde. Tatsächlich zählte es zu Karl-Dieters Lieblingsbüchern. Diese Passage allerdings hatte er nicht mehr so recht in Erinnerung gehabt, deshalb hatte sich Karl-Dieter das Buch hervorgezogen und sich auf eine Bank am Rande des weitläufigen Schulplatzes gesetzt, mit dem Blick auf das Alte Gymnasium. Trotz der intensiven Fontane-Atmosphäre aber war Karl-Dieter nicht so recht bei der Sache. Ja, er gestand es sich ein, er hatte Blut geleckt. Natürlich hatte er Mütze versprochen, hoch und heilig sogar, sich nie wieder in einen Kriminalfall einzumischen. Aber wenn das Schicksal es anders wollte? Wenn es ihn geradezu auserkoren hatte, der Gerechtigkeit zu dienen? Konnte man von einem Zufall sprechen, dass gerade sie über die Leiche gestolpert sind? Er ist es doch gewesen, der zum Birnbaum von Ribbeck gewollt hatte. Und konnte man von einem Zufall sprechen, dass er die Bekanntschaft mit Lisa gemacht hatte, die ihm das Geheimnis von Frau Krumbiegel verraten hat? Und war es darüber hinaus ein Zufall zu nennen, dass auch Theodor Fontane, auf dessen Spuren sie wanderten, sich mit spannenden Kriminalfällen beschäftigt hatte? In der Erzählung »Unterm Birnbaum« zum Beispiel, in der ein Gastwirt zusammen mit seiner Frau einen Mord begeht, oder in »Quitt«, wo ein junger Mann den Förster erschießt, von dem er übel schikaniert worden ist. Und auch die tragische Geschichte der unglücklichen Grete Minde endet in einer mörderischen Katastrophe. Karl-Dieter ließ das Buch sinken. Zufall oder nicht, er steckte mitten in einem Mordfall. Und wenn er deswegen schon auf seinen Urlaub verzichten musste, dann wollte er wenigstens mitmischen dürfen.

Warum Mütze nicht längst zurück war? Die Vernehmung schien sich in die Länge zu ziehen. Was wohl der Grund dafür war? Das Verhältnis zur Witwe oder die Wölfe? Endlich öffnete sich die Tür, und Mütze trat heraus. Karl-Dieter hob die Hand, und Mütze kam zu ihm gelaufen.

»Und?«, fragte Karl-Dieter.

»Ich muss noch mal raus nach Ribbeck. Kommst du mit?«

Jede Partnerschaft fordert Kompromisse. Am liebsten wäre es Mütze gewesen, konzentriert und ohne Karl-Dieter auf Verbrecherjagd zu gehen. Aber er wusste genau, dass er den Bogen nicht überspannen durfte, schließlich waren sie gemeinsam auf Urlaubsreise. Und was war schon dabei, wenn sich Karl-Dieter noch in Ribbeck umsah? Bestimmt gab's noch ein paar spannende Fontane-Orte zu entdecken. So warfen sie sich beide in Treibels alten Moskwitsch und knatterten los.

»Was hat der Liebhaber denn gesagt?«, wollte Karl-Dieter wissen.

»Liebstöckel? Nichts. Jedenfalls nichts Verwertbares. Bei der Wolfsgeschichte aber er ist er lebhaft geworden. Er musste zugeben, von den Wolfsmorden gewusst zu haben. Bei den Jägertreffen sei hinter vorgehaltener Hand darüber geredet worden.«

»Wen hat man im Verdacht?«

»Sagt er nicht. Wenn er's denn weiß. Krumbiegel sei der Einzige gewesen, der sich über die Abschüsse aufgeregt hat, hat uns Siebenhaar erzählt, weißt schon, der Mann vom Katastrophenhochsitz. Liebstöckel stellt es anders da. Längst nicht alle Jäger seien mit den Wolfstötungen einverstanden.«

»Auch er nicht?«

»Auch er nicht, sagt er jedenfalls.«

»Und was sagt er zu seinem Verhältnis zur Witwe?«

Der Fall war psychologisch interessant, fand Karl-Dieter. Partnerpsychologisch. Wie würde es mit den beiden weitergehen? Jetzt, wo Krumbiegel nicht mehr am Leben war.

»Wie viel Prozent des Verhältnisses werden tatsächlich Liebe sein?«, fragte Karl-Dieter.

»Du stellst Fragen«, brummte Mütze, »wie meinst du das überhaupt?«

»Wenn Erotik die alleinige Triebfeder für die Treffen gewesen ist, sehe ich schwarz für die Zukunft der beiden.«

Mütze lachte. »Erotik als Triebfeder, Karl-Dieter, an dir ist doch ein Poet verloren gegangen.«

»Im Ernst, Mütze. Warum empfing Frau Krumbiegel ihren Liebhaber immer dann, wenn ihr Mann den Hund ausgeführt hat?«

»Ja, du bist lustig! Sollen sich die beiden vergnügen, während Krumbiegel am Frühstückstisch sein Brötchen mampft?«

»Stell dich nicht so dumm. Sie könnten sich ja in einem Hotel treffen oder in Liebstöckels Wohnung oder in der Natur meinetwegen. Warum gerade in dem knappen Stündchen, in dem der Ehemann mit dem Hund Gassi geht?«

»Verrat's mir, aber schnell.« Mütze passierte das Ortsschild von Ribbeck.

»Der Kick des Verbotenen! Die Angst davor, entdeckt zu werden. Nur für einen Quickie war Zeit, dann musste Liebstöckel fort. Das aber fällt nun weg. Jetzt haben sie alle Zeit der Welt. Vielleicht zu viel Zeit.«

Mütze gähnte. Karl-Dieters Küchenpsychologie! Aber selbst, wenn er Recht haben sollte, was half ihm diese Erkenntnis bei der Lösung des Falls?

»Bitte links abbiegen! – Sie haben Ihr Ziel erreicht!«

Eine der Siedlungen, wie sie überall zu beklagen sind, gesichtslos in ihrer austauschbaren Biederkeit. Gepflegte Vorgärten, domestizierte Hecken, gescheitelte Vorhänge hinter blank geputzten Scheiben. Mütze drosselte die Geschwindigkeit. Das hier musste das Haus von Meier sein.

»Treffen wir uns unterm Birnbaum? In einer Stunde?«

Karl-Dieter nickte und spazierte los. Welches der Häuser gehörte wohl Lisa? Dass sie als alleinstehende Frau in so einer braven Siedlung wohnte, erstaunte Karl-Dieter. Er wäre in eine Stadtwohnung gezogen. Einer der Vorgärten aber sah anders aus, war wilder bewachsen. Farbentrunken standen die Blumen im fröhlichen Durcheinander auf der Wiese, der einzige Vorgarten der Straße, der keinen Rasenmäher zu kennen schien. Ein Namensschild sah Karl-Dieter keines, dennoch hoffte er inständig, dies möge das Haus von Lisa sein. – Schluss jetzt, befahl er sich zugleich. Was sollten denn solche Gedanken?

»M. Meier«, stand an der Klingel. Mütze musste grinsen. Dass es solche Namenschilder noch gab! Selbst im Ruhrpott dürften sie mittlerweile nur noch im Heimatmuseum zu finden sein, diese in farbige Bänder gestanzten Namen. Als Kind hatte er für den Hausmeister ihrer Mietskaserne die Schilder der neu eingezogenen Nachbarn prägen dürfen, Buchstabe für Buchstabe hatte er in Position gedreht und mit Lust die Pistole gedrückt. Hatte Spaß gemacht. Der Hausmeister hatte nur einen Arm gehabt, den Ärmel des fehlenden Armes hatte er sich immer in die Hose gesteckt. Als Mütze jung gewesen ist, hat es noch viele Kriegsveteranen mit fehlenden Gliedmaßen gegeben.

Mütze klingelte. Hinter dem Fenster neben dem Eingang meinte er eine Bewegung wahrzunehmen, ein leichtes Wehen der Gardine. Kurz darauf trat ein glatzköpfiger Mann aus dem Haus.

»Was wollen Sie?«

»Mütze, Kriminalpolizei.«

Der Mann war recht beweglich für sein Alter. Erstaunlich hurtig kam er zum Eingangstor geschlurft und öffnete das Gartentörchen. Dann bat er Mütze zu einer Art Veranda hinter dem Haus, neben der ein hoher Stapel Brennholz sorgfältig geschlichtet war.

»Sie kommen wegen des Mordes, nicht wahr?«, fragte der Rentner.

»Herr Meier, kennen Sie diesen Mann?«

Mütze hielt ihm sein Smartphone hin, auf dem Martin Liebstöckel zu sehen war. Die Aufnahme stammte von der Homepage der Fontane-Gesellschaft.

Der Alte fingerte seine Brille aus der Tasche seines Holzfällerhemdes und beugte sich vor.

»Ich bin mir nicht sicher, aber das könnte er sein.«

»Wer?«

»Na, der Mann mit Hut, der jeden Dienstag bei uns parkt.«

»Auch am letzten Dienstag?«

»Auch am letzten Dienstag. Kurz vor acht kam er, er kommt immer kurz vor acht. Nur, dass er dieses Mal später losfuhr als gewöhnlich.«

Mütze spitzte die Ohren. »Wann genau?«

»Erst gegen viertel nach neun. Sonst ist er um neun längst weg gewesen.«

»Woher wissen Sie das so genau?« Mütze stellte sich dumm.

»Einer muss ja aufpassen«, brummte der Alte, »Sie zum Beispiel sind vor fünf Minuten vorgefahren und haben das Kennzeichen HL-RT 61. Und fahren einen echten Gammelwagen.«

»Moment«, protestierte Mütze, »das ist ein Oldtimer!«

»Ein Dreck ist das, eine alte Russenkiste.«

»Welchen Wagen fuhr der Herr auf dem Foto?«

»Einen dunklen Golf. Wollen Sie das Kennzeichen wissen?«

»Ja bitte.«

Der Alte schlurfte ins Haus und kam mit einem dicken Kassenbuch zurück. Unter dem jeweiligen Datum waren in Kolonnen Autokennzeichen notiert, bis auf die letzten waren alle wieder durchgestrichen, aber auch die durchgestrichenen waren lesbar. Der Alte schrieb ein Kennzeichen auf eine Ecke, riss sie ab und gab sie Mütze.

»Und warum streichen Sie die Nummern wieder durch?«, wollte Mütze wissen, während er den Zettel einsteckte.

»Wenn kein Einbruch gemeldet wurde, können sie weg.«

»Verstehe«, Mütze nickte anerkennend. Der perfekte Überwacher, die lebende Videokamera. »Herr Meier, was wollte der Mann bei Ihnen in der Straße?«

»Nichts, also nichts bei uns. Als er das dritte Mal bei uns parkte, war wohl gegen Ende September, bin ich ihm nachgegangen, man kann ja nie wissen heutzutage. Er ging zwei Straßen weiter, wo sich das Haus von Krumbiegels befindet«, der Rentner senkte seine Stimme, »und jetzt kommt's, Herr Kommissar: Er wartete am Eck, bis Krumbiegel mit seinem Hund das Haus verließ. Erst dann ist er zum Haus hinüber. Was sagen Sie dazu?«

»Sie meinen …«

»Herr Kommissar, das ist doch klar wie Kloßbrühe. Der Mann geht Frau Krumbiegel an die Wäsche, Sie verstehen. Und das jeden Dienstag! Nur beim letzten Mal, da scheint was schiefgelaufen zu sein.«

»Wieso das?«

»Na, warum kam er denn später zurück als sonst? Am Tag, als der arme Krumbiegel erschlagen wurde. Ich sag Ihnen, was ich denke, Sie erzählen's ja nicht weiter: Für mich ist der Mann hochverdächtig.«

»Und warum haben Sie das nicht der Polizei gemeldet?«

»Na, ein bisschen Arbeit muss ich Ihnen ja lassen«, sagte der Rentner und brach in ein meckerndes Lachen aus.

Sein nächster Weg war nicht weit. Lohnte sich kaum, das Auto zu bewegen, dachte sich Mütze und ging zu Fuß. Frau Krumbiegel öffnete auch dieses Mal erst, nachdem er das dritte Mal geläutet hatte. Sie war im Morgenmantel und hatte die Haare aufgesteckt. Misstrauisch sah sie den Kommissar an.

»Hab' nur eine kurze Frage, Frau Krumbiegel. Wann genau hat Herr Liebstöckel am letzten Dienstag Ihr Haus verlassen?«

»So wie immer. Wieso?«

»Nicht etwas später als gewöhnlich?«

»Nein! Was wollen Sie?«

»Nichts, das war's schon. Ach so, ja, da ist noch was: Ihr Mann muss einmal einen Durchschuss erlitten haben, die Narben am Oberschenkel. Was hat es damit auf sich?«

»Jagdunfall. Er war als junger Treiber bei einer Drückjagd dabei, ein Schuss ging daneben.«

»Wer hatte geschossen?«

»Weiß ich nicht. War's das?«

»Eine letzte Frage noch: Wo ist eigentlich Ihr Hund?«

»Rollo? Ich hab' ihn gestern in den Garten gelassen, seitdem ist er verschwunden.«

Einen Tatort ein zweites Mal aufzusuchen, war Ermittlungsroutine. Wenigstens für Mütze. Nicht weil er an den alten Spruch glaubte, dass der Mörder stets an den blutigen Ort seiner Untat zurückkehre. Es fokussierte nur die Gedanken in besonderer Weise, den Fall von seinem Anfang aus zu betrachten. Karl-Dieter saß auf einer Bank neben dem Ribbeck-auf-Ribbeck-Ersatzbirnbaum. Auf seinem Schoß saß ein weißes Hündchen. Rollo!

»Ist er nicht lieb?«, sagte Karl-Dieter. »Stell dir vor, ich hab' ihn hinter dem Birnbaum gefunden. Genau an der

Stelle, wo sein Herrchen gelegen hat. Zuerst hat er mich angeknurrt, dann aber ist er ganz zutraulich geworden.«

Karl-Dieter streichelte den Hund, und Rollo versuchte, ihm mit seiner kleinen rosa Zunge die Hände zu lecken.

»So ein Hund ist unglaublich treu«, sagte Karl-Dieter, »einer soll mal ein ganzes Jahr auf dem Grab seines Herrchens gewacht haben, selbst im bitteren Winter.«

Mütze schüttelte unmerklich den Kopf. Das war doch kein Zeichen von Treue, das war ein Zeichen von Beschränktheit. Zu meinen, dass ein Toter wieder aus seiner Kiste krabbelt, um mit seinem Hund eine Runde um den Block zu laufen, wie blöd war das denn? Außerdem war jetzt weiß Gott keine Zeit für Tiergeschichten. Mütze blickte auf seine Uhr. Er hatte das Auto in der Siedlung stehen gelassen und war zu Fuß zum Birnbaum geeilt.

»Sieben Minuten«, stellte er fest.

»Sieben Minuten?«

»Sieben Minuten braucht man vom Haus der Krumbiegels zum Birnbaum.«

Wenn es stimmte, was der Rentner ihm erzählt hatte, wenn es stimmte, dass Liebstöckel eine gute Viertelstunde später losgefahren war als sonst, hätte er durchaus die Möglichkeit gehabt, Krumbiegel entgegenzulaufen und mit der Axt niederzustrecken. Theoretisch. Aber warum sollte er das gemacht haben? Was war das Motiv? Eifersucht? Hatte ihm Frau Krumbiegel erklärt, dass es nun aus sei mit ihnen, dass sie sich für ihren Mann entschieden hat? War der Flachskopf darauf wutentbrannt los und hatte die Axt auf Krumbiegels Schädel niedersausen lassen? Aber warum sollte ihn Frau Krumbiegel dann decken? Sie hätte ja mitbekommen müssen, wie erregt er gewesen ist. Denkbar war natürlich auch, dass sie die Tat zu zweit geplant hatten. Aber was sollte das Motiv dafür sein?

»Geld natürlich«, sagte Karl-Dieter, »hatte Krumbiegel eine Lebensversicherung?«

Mütze schüttelte über sich selbst den Kopf. Mann, wie peinlich war das denn? Natürlich, Karl-Dieter könnte recht haben. Warum hat er nicht danach gefragt? Das lernte man doch im ersten Semester!

»Lass uns gehen!«

»Wohin?«

»Rollo zurückbringen.«

Nur ungern ließ sich der Hund von Mütze auf den Arm nehmen. Er kläffte ängstlich und wollte zu Karl-Dieter zurück. Doch Mütze packte ihn mit energischem Griff, während er Karl-Dieter vor zum Wagen schickte. Frau Krumbiegel schien sich nicht besonders zu freuen, Rollo wiederzusehen. Sie sperrte ihn rasch in die Küche ein und kam dann zurück.

»Frau Krumbiegel, hatte Ihr Mann ein Testament gemacht?«

»Nein, wieso?«

»Wie ist die Erbregelung?«

»Wir waren verheiratet.«

»Hatte er eine Lebensversicherung abgeschlossen?«

Frau Krumbiegel verschränkte die Arme vor dem Bauch, ihr schmächtiger Körper verkrampfte sich. Hasserfüllt blickte sie Mütze an.

»Was wollen Sie? Meinen Sie, ich habe meinen Mann getötet? Meinen Sie, wegen ein paar lumpiger Euro werde ich zur Mörderin? Was sind Sie nur für ein Mensch!«

Krachend warf sie die Tür ins Schloss.

Die Fahrt zurück nach Neuruppin verlief schweigsam. Jeder hing seinen Gedanken nach. Wie schizophren ist doch der Mensch, dachte sich Karl-Dieter, während er sich ein weißes Hundehaar von der Hose zupfte. Den Nachfolger des Wolfs, den Hund, züchtet er, tätschelt und streichelt er und führt ihn an einer Leine spazieren. Den Wolf selbst aber hasst und tötet er, ja, schlägt ihm sogar den Kopf ab. Der Mensch mochte die Natur nur in ihrer domestizierten Form. Eigentlich konnte man gar nicht mehr von Natur reden. War Rollo Natur? Vom Mensch gezüchtet und dressiert gehörte er doch eher der kulturellen Sphäre an, auch wenn es dem Menschen nicht gelungen war, ihm den letzten Rest Instinkt zu rauben. Wehe aber, der Restinstinkt meldete sich! Dann galt er als böse, dann wurde er bestraft, wurde ihm auch dieser letzte Rest ausgetrieben.

So war es nicht nur mit dem Wolf, so war es mit der ganzen Natur. Karl-Dieter sah aus dem Seitenfenster. Welch wunderbare Moorlandschaft hatte sich einst hier erstreckt, bis der Mensch gekommen war, alles trockenzulegen, den Torf zu verkaufen und zu verheizen. Wenn der moderne Mensch heute von der Natur schwärmte, so meinte er doch nichts anderes als die Kulturlandschaften, die er selbst geschaffen hatte. Am meisten aber begriff er sich selbst als Wesen, das es kulturell zu gestalten galt. Brach bei einem Menschen das Instinkthafte durch, wurden alle Mittel eingesetzt, ihn in seine Grenzen zu weisen und ihm seine Triebe auszutreiben. Deshalb hatten viele Menschen wohl auch so ein tief verwurzeltes Misstrauen vor Kindern, deshalb gab es immer weniger Babys. Ein Kind war noch ganz Natur, brachte mit seiner Spontanität und Natürlichkeit die so sorgsam zurechtgebastelte Welt der Erwachsenen durcheinander. Das machte nicht wenigen Angst. Karl-Dieter warf einen Seitenblick zu Mütze hinüber und seufzte still. Wie gerne würde er sein geordnetes Leben durch ein Kind durcheinanderbringen lassen!

»Wo soll ich dich rausschmeißen?«, fragte Mütze.

Links tauchte das Krankenhaus von Neuruppin auf. Mütze ging kurz vom Gas. Sollte er Treibel einen schnellen Besuch abstatten? Nein, Treibel musste warten. Jetzt gab es Wichtigeres.

»Wo musst du denn hin?«, fragte Karl-Dieter.

»Zum Alten Gymnasium.«

»Hast du Liebstöckel immer noch im Verdacht?«

»Mehr denn je.«

Karl-Dieter beschloss, mit Mütze auszusteigen und einen kleinen Gang zum Tempelgarten zu machen. Wer weiß, vielleicht würde es sich ergeben, dass ihm Lisa über den Weg lief. Er wollte ihr gerne die Sache mit Rollo erzählen. Lisa hatte im Gegensatz zu Mütze einen Sinn für solche Geschichten. Geschichten wie diese machten doch eigentlich erst das Leben aus, alles andere war nur graue Routine. Karl-Dieter war überzeugt, Fontane hatte all die Wanderungen nur gemacht, um Geschichten zu sammeln und sie neu zu erzählen. So wie Monet oder van Gogh unterwegs gewesen sind, um Stoff für ihre Bilder zu finden. Man musste offen sein, um sich inspirieren zu lassen. Dabei kam es gar nicht drauf an, wie weit und exotisch die Reise war. Manche Menschen gingen nur einmal um ihr Haus herum und erlebten dabei mehr als ein Pauschaltourist auf einer Kreuzfahrt durch die Südsee. »Wenige Punkte sind so arm, dass sie nicht auch ihre sieben Schönheiten hätten. Man muss sie nur zu finden verstehen. Wer ein Auge dafür hat, der wage es und reise«, hatte Fontane mal gesagt und »Mehr als die Weisheit aller Weisen, galt mir reisen, reisen, reisen.« Nicht nur in der Mark Brandenburg war Fontane unterwegs gewesen, er hatte halb Europa bereist, besonders intensiv England. Fünf Jahre hatte er als Korrespondent in London gearbeitet. Interessanterweise war Fontane die Idee zu den Wanderungen durch die Mark Brandenburg in Schottland gekommen. Beim Besuch eines sagenhaften Sees hatte er an den märkischen See von Stechlin denken müssen. Erst dort, im fremden Schottland, hatte er die Schönheit und Einzigartigkeit der Heimat erkannt, ja hatte sie dort erst erkennen können. Vielleicht steckte darin das wahre Geheimnis des Unterwegsseins in der Fremde: die Schätze der Heimat neu zu entdecken. Karl-Dieter ging es doch selbst so. Wie viele Ideen hatte er vom Besuch seiner Lieblingsinsel Spiekeroog mit nach Hause gebracht. Nie hätte er das Bühnenbild für Shakespeares »Sturm« so naturnah gestalten können, wenn er nicht die Nordsee vor Augen gehabt hätte. Die Wellen waren ihm so echt geraten, die Hälfte des Publikums war seekrank aus dem Theater gestürzt.

»Also dann, bis später!«

Die Wege der Freunde trennten sich. Karl-Dieter querte den Schulplatz in nördlicher Richtung. Kaum jedoch hatte er den Tempelgarten betreten, als sein Smartphone plinkte. Eine WhatsApp von Mütze: »Muss nach Rheinsberg. Kommst du mit?«

Wieder knatterten sie im Moskwitsch eine grüne Allee entlang. (10) Mütze spürte, wie er in den Kampfmodus schaltete. Er würde diesen Liebstöckel aufspüren, wo immer er sich versteckte. Die fehlende Viertelstunde. Damit würde er ihn konfrontieren. Eine Viertelstundenlücke im Alibi, und das Alibi zerbröselte wie ein Mürbekeks. Manchmal reichte sogar schon weniger.

Mütze hatte in Dortmund mal einen Mörder überführt, der mit Kumpels in einer Eckkneipe gesoffen hatte. In der Nachbarschaft hatte man zur gleichen Zeit einer Oma den Schädel eingeschlagen und den Sparstrumpf geklaut.

Der Verdächtige sei höchstens mal kurz auf dem Klo gewesen, beteuerten seine Saufkumpane. Vom Klo aber, das hatte ihm Mütze nachweisen können, ist der Typ in den benachbarten Hof gesprungen und hat der Oma ihr Nudelholz über den Kopf gezimmert. Durchs Klofenster ist er wieder rein in die Kneipe und hat in Seelenruhe weitergezecht. Gerade mal fünf Minuten hatte das gedauert. In einer Viertelstunde würde man also nach Adam Riese drei Morde begehen können.

Mütze brannte darauf, sich Liebstöckel erneut vorzunehmen. Diesen Schnösel würde er zerlegen! Das ging nicht am Telefon, das ging nur Aug' in Aug'. Im Alten Gymnasium hatte man ihm gesagt, Liebstöckel habe heute in Rheinsberg zu tun, irgendwas mit einem neuen Fontane-Rundgang. Rheinsberg sei nicht groß, er würde ihn schon nicht verfehlen. Karl-Dieter hatte sofort freudig zugesagt. Auch Rheinsberg sei schließlich eine Fontanestadt.

Rheinsberg hatte sich herausgeputzt und räkelte sich im strahlenden Mittagssonnenschein. Auf seine Lage am Wasser war das Städtchen besonders stolz, eng schmiegte es sich an den Grienericksee und fühlte sich wie eine stolze Hafenstadt und nicht wie eine märkische Landpomeranze. Karl-Dieters Augen glänzten. Das Schloss, der Park, die Stadt! Der Tag war ja noch jung, er würde auf seine Kosten kommen. Und wenn Mütze, der Mörderjäger, wieder überstürzt aufbrechen musste, egal, wozu gab es den Bus? Karl-Dieter beschloss, sich durch nichts aus dem Urlaubsmodus bringen zu lassen. Reichte doch vollkommen, wenn Mütze sich ausklinkte. Sie parkten am Kirchplatz.

»Wenn ich fertig bin, schick' ich dir 'ne WhatsApp«, sagte Mütze, »vielleicht gehen wir noch 'ne Kleinigkeit futtern.«

Während es Karl-Dieter zum See und zum Schloss zog, ging Mütze zur nahen Touristikinfo.

»Sie wünschen, junger Mann?«

Mütze fühlte sich geschmeichelt.

»Herr Liebstöckel? Der sitzt mit unserer Chefin im Ratskeller.«

Der Ratskeller befand sich an der anderen Seite der Grünanlage, die den klingenden Namen Triangelplatz trug, direkt im historischen Stadtkern. (11) Der Ratskeller war gar kein Keller, sondern ein stattlicher Gasthof. Draußen auf der Terrasse, im Schutz einer grünen Markise, sah Mütze Liebstöckel sitzen. Er erkannte den Flachskopf sofort, trotz der Angebersonnenbrille, die der Fontane-Sekretär natürlich auch im Schatten aufgesetzt ließ. Liebstöckel war in ein angeregtes Gespräch mit einer Dame in Rot vertieft, wohl der Touristikchefin von Rheinsberg. Mütze beschloss, auf den Überraschungsmoment zu setzen, und platzte mitten in das Tête-à-tête hinein.

»Herr Liebstöckel! Gut, dass ich Sie finde. Ich hätte da noch ein paar Fragen.«

»Aber Herr Kommissar«, Liebstöckel sah kurz über den Rand seiner Brille, »hat denn das nicht Zeit? Sie sehen doch, ich bin in einer Besprechung.«

Mütze verzog keine Miene. »Gehen Sie davon aus, dass auch ich nicht zum Vergnügen hier bin, ich ermittle in einem Mordfall.«

Die Touristikchefin bekam große Augen und starrte erst Mütze, dann Liebstöckel an.

»Wo können wir uns ungestört unterhalten?«, fragte Mütze.

Sie gingen zum nahen Seeufer, von wo aus man einen prächtigen Blick auf das Schloss hatte. In schönstes Rokoko gekleidet, Rokoko der preußisch-nüchternen Art, lag es dicht am See, breite Kanäle trennten es von der Stadt, sodass es wie eine Insel wirkte. Weder Mütze noch Liebstöckel aber hatten ein Auge für die anmutige Kulisse.

»Ich will's kurz machen, Herr Liebstöckel. Wann genau haben Sie am Dienstag das Haus von Frau Krumbiegel verlassen?«

»Wann genau? So wie immer.«

»Wie immer, das heißt wann?«

»Wie immer um kurz vor neun.«

»Was haben Sie dann gemacht?«

»Dann bin ich nach Neuruppin gefahren, zur Arbeit. Hören Sie, ich hab' im Moment wirklich mehr als genug zu tun. Das Fontane-Jubiläum, Sie haben ja keine Ahnung, wie's bei uns zugeht.«

»Das heißt, Sie sind direkt zu Ihrem Auto und dann nach Neuruppin?«

»Sie sagen es, Herr Kommissar.«

Mütze merkte an Liebstöckels verändertem Atem, wie seine zur Schau gestellte Fassade Risse bekam. Gut so! Nun kam alles auf die nächste Frage an.

»Herr Liebstöckel, wir haben einen Zeugen. Er sagt, Sie seien erst um Viertel nach neun zurück zu Ihrem Auto.«

Sah Liebstöckel ihn an? Oder schaute er auf den See? Mütze hasste Sonnenbrillen. Sie gewährten zu viel Tarnung, vor allem, wenn sie verspiegelt waren. Aber auch so war deutlich zu erkennen, wie es in Liebstöckel arbeitete.

»Na schön, Herr Kommissar«, sagte Liebstöckel und legte den Kopf leicht in den Nacken, sodass seine blonden Locken auf die Schultern seines Sakkos fielen. »Wir hatten uns gestritten.«

»Wer?«

»Na, Ilse und ich.«

»Und?«

»Ich bin zurück, weil ich etwas vergessen hatte.«

»Zum Haus von Krumbiegels.«

»Genau.«

»Und dann?«

»Vor der Haustür hab' ich gezögert und bin dann doch zum Auto gegangen.«

»Worum ging es bei dem Streit?«

»Wüsste nicht, dass das jemand was angeht.«

»Ich erzähl's nicht weiter.«

Liebstöckel nahm die Sonnenbrille ab und sah zum See hinaus, auf dessen glitzernder Fläche zwei Boote unterwegs waren, ihre schneeweißen Segel spiegelten sich im Wasser. Er hob die rechte Hand und rieb sich mit Daumen und Zeigefinger die Augen. Plötzlich sah er sehr müde aus.

»Ilse wollte eine Entscheidung«, sagte er.

»Sie wollte sich von ihrem Mann trennen, um mit Ihnen zu leben?«

»So kann man's sagen.«

»Aber Sie wollten nicht.«

»Ich hatte um Bedenkzeit gebeten.«

»Und warum sind Sie zurück?«

»Weil ich ihr einen Kuss geben wollte.«

Mütze spürte, wie der Ärger in ihm hochstieg. Dieser Liebstöckel glaubte wohl, er könne ihn für dumm verkaufen. Wenn das stimmte, warum hatte er das nicht alles schon beim ersten Mal erzählt? Warum rückte er nur scheibchenweise mit seinen Antworten heraus, erst, wenn man ihm bewies, dass seine alte Version nicht stimmen konnte?

»Jetzt sag ich Ihnen mal, was ich denke. Das mit dem Streit nehme ich Ihnen sogar ab, nicht aber den Grund des Streits. War es nicht so, dass Ihre Geliebte genug von Ihnen hatte? War es nicht so, dass sie sich von Ihnen trennen wollte, weil sie sich für ihren Mann entschieden hat? Darauf sind Sie in Wut geraten, sind Krumbiegel entgegen und haben ihm den Kopf gespalten.«

Liebstöckel schien seine Fassung wiedergefunden zu haben. Er blieb vollkommen ruhig und lächelte nur spöttisch. Dann setzte er seine Sonnenbrille wieder auf.

»Ist das alles, Herr Kommissar? Dann würde ich gerne wieder meine Arbeit machen.«

Der Schlosspark von Rheinsberg stand dem Schloss in nichts nach. Eine gepflegte Anlage in verschiedenen Stilen, teils barock-diszipliniert mit sorgfältig gepflegten Rabatten, teils weit und frei wie eine englische Parklandschaft. »Lustgarten«, las Karl-Dieter am Eingangstor. Ein schönes Wort, fand er und atmete tief durch, als er den zauberhaften Garten betrat. (12) Unwillkürlich spürte Karl-Dieter, wie sich Frieden und Harmonie des Parks auf seine Seele legten. Auf solche Momente kam es an. Wie hatte es Fontane ausgedrückt? »Man muss die Musik des Lebens hören. Die meisten hören nur Dissonanzen.« Im Museumsshop des Schlosses hatte sich Karl-Dieter ein Büchlein gekauft, das ihm in seiner Jugend das Herz zum Hüpfen gebracht hatte, Kurt Tucholskys »Rheinsberg – Ein Bilderbuch für Verliebte«. Fontane wird nichts dagegen haben, dass er ihm für ein Stündchen untreu wird, ja, Karl-Dieter war überzeugt, dass auch Fontane Tucholskys Erzählung, die gut 20 Jahre nach Fontanes Tod erschienen war, viel Vergnügen bereitet hätte. Derselbe heiterere und zugleich menschliche Tonfall, die gleiche Lust, Menschen und Landschaft interagieren zu lassen. Was konnte es Schöneres geben, als sich mit diesem

Schatz auf eine schattige Bank zu setzen und zu schmökern?

Ausnahmsweise genoss es Karl-Dieter, dass Mütze nicht dabei war. Mütze würde gleich doppelt an ihm herumnörgeln. Erstens, weil er Geld für ein Buch ausgab, dass er doch bereits besaß, und zweitens, weil er eine Heteroliebesgeschichte lese. – Ach Mütze! Manche Sachen verstand er einfach nicht. War doch vollkommen schnuppe, wer sich hier in wen verliebte. Verliebt zu sein war doch immer herrlich. Und wenn alle Heteros so witzig miteinander umgingen wie Claire und Wölfchen in Tucholskys Romanze, war es fast schade, schwul zu sein.

Karl-Dieter fand die perfekte Bank. Ein leichter grüner Blätterschatten, der aber den Blick auf den See nicht verstellte. Wie sagte noch Fontane? »Ich bin immer, auch im Leben, für Ruhepunkte. Parks ohne Bänke können mir gestohlen bleiben.« – »Genau«, sagte Karl-Dieter zu sich, »mir auch!« Dann setzte er sich und begann zu lesen. Er war gerade bis zu der Stelle gekommen, an der Claire ihren Wolfgang mit kindlich verstellter Stimme fragte: »Glaubssu, dass es hier Bärens gibs?«, da plinkte es in seiner Tasche. Karl-Dieter rollte die Augen. Ja, war Mütze denn schon fertig?

»Und die Axt?«

»Die könnte er sich leicht geschnappt haben. Krumbiegels haben einen Schuppen direkt neben ihrem Haus.«

»Ich weiß nicht.«

Karl-Dieter pickte mit skeptischem Gesicht in seinem Salat herum, während Mütze einen dampfenden Braten in Angriff nahm. Er schien einen Mordshunger zu haben. Sie saßen in einem Ausflugslokal am Seeufer, etwas abseits einer Ausflugsgesellschaft, bei der es lustig zuging. Mützes Verdacht erschien Karl-Dieter übertrieben. Ein Streit zwischen Liebenden war nichts Schönes, klar, aber bringt man deshalb einen Menschen um?

»Es sind schon Menschen aus geringfügigeren Gründen ermordet worden, glaub' mir, ich weiß, wovon ich spreche«, schmatzte Mütze.

»Angenommen, du liegst richtig, angenommen Liebstöckel war der Täter. Dann wird seine Geliebte mitbekommen haben, was er getrieben hat. Erstens muss sie ihn ja mordswütend erlebt haben, und dann wird sie, spätestens als sie von der Tatwaffe erfuhr, das Fehlen der Axt bemerkt haben. Die Frage lautet dann: Warum deckt sie ihn?«

»Ich weiß nicht, du bist doch der Psychologe. Aus Scham vielleicht, vielleicht, weil sie sich mitschuldig fühlt, vielleicht, damit niemand etwas von ihrem Verhältnis erfährt. Vielleicht aber auch, weil sie Liebstöckel immer noch liebt.«

Vielleicht, vielleicht, vielleicht. Auch Mütze war sich unsicher, ob er richtig lag. Die Hypothese Liebstöckel wackelte wie der Trainerstuhl des HSV. Auch die Tatwaffe, die Axt, sprach sie nicht eher dagegen? Sie hatten keine Fingerabdrücke gefunden, das hieß, Liebstöckel muss sie abgewischt haben. Und zwar vor der Tat. Denn welcher Mensch hätte die Kaltblütigkeit besessen, die im Schädel steckende Axt abzuwischen? Wahrscheinlicher wäre es da gewesen, sie herauszuziehen und mitzunehmen, um sie irgendwo verschwinden zu lassen. Mütze säbelte am zweiten Bratenstück herum. Sein ganzes Theoriegebäude setzte voraus, dass Liebstöckel maximal erregt gewesen ist, dass er in heftigem Affekt gehandelt hat. Verschwendet man in solch einem Zustand seine Gedanken darauf, Spuren zu verwischen?

Karl-Dieter schien Mützes Gedanken erraten zu haben. »Es ist nebelig gewesen an jenem Morgen, erinnerst du dich? Vielleicht hing ein nebelnasses Tuch im Schuppen, damit könnte er die Axt abgewischt und eingewickelt haben.«

»Und mit dem Tuch um den Griff hat er dann zugeschlagen«, ergänzte Mütze.

Doch selbst wenn es so war, sie würden es Liebstöckel nicht nachweisen können. Es sei denn, seine Geliebte würde reden. Mütze klopfte mit dem Messer auf seinen Tellerrand. Wie würde er sie dazu kriegen? Wenn sich eine Chance auftat, dann morgen.

»Wieso morgen?«, fragte Karl-Dieter.

»Morgen ist die Beerdigung.«

Mütze liebte Beerdigungen. Also beruflich betrachtet. Beerdigungen setzten große Gefühle frei. In solch einem Zustand sagte man Dinge, die einem sonst nie herausgerutscht wären. Frau Krumbiegel war eine beherrschte, eine unzufriedene Frau. Über die Jahre schien sie sich einen emotionalen Panzer zugelegt zu haben. Bei der Beerdigung ihres Mannes aber würde dieser Panzer vielleicht zu knacken sein.

»Fahren wir zurück?«

»Noch 'ne kleine Tour mit dem Paddelboot? Nur 'ne halbe Stunde.«

Karl-Dieter war erstaunt. Mütze hatte seinem Vorschlag ohne Diskussion zugestimmt. So hatten sie sich ein Ruderboot ausgeliehen und waren in See gestochen. Karl-Dieter hatte den Tick, sich jede neue Stadt von der Wasserseite aus anzusehen, so es eine gab. Er konnte sich an viele schöne Bootspartien erinnern: in Hamburg der Klassiker, die Hafenrundfahrt, in Prag mit dem Tretboot die Moldau entlang, in Stockholm im schmalen Kajak über den Riddarfjärden, in Bamberg mit dem Gondoliere vorbei an Klein-Venedig. Wenn sich die Fassaden und Türme der Städte in den Wellen spiegelten, zeigten sie ihr Sonntagsgesicht. Wo konnte man ihr Panorama besser genießen als beim langsamen Vorübergleiten? Auch Fontane hatte bei seinen Wanderungen gelegentlich eine Wasserpartie unternommen, war auf diese Weise in Neuruppin gelandet.

»Keine üble Skyline, nicht wahr?«, sagte Karl-Dieter, während sich Mütze in die Riemen legte und Rheinsberg vorüberglitt.

Mütze musste grinsen. Rheinsberg und Skyline? Karl-Dieter neigte gelegentlich zur Übertreibung. Gut, das Schloss war keine üble Hütte, das musste man Rheinsberg lassen.

»Hat der Alte Fritz drin gehaust, als er noch der junge Fritz gewesen ist«, wusste Karl-Dieter, »zusammen mit seiner jungen Frau.«

»Ich dachte, der Alte Fritz sei schwul gewesen?«

»Damals haben doch alle Schwulen geheiratet. Als er König wurde, haben die beiden nur noch in getrennten Schlössern gewohnt.«

»Na, seine Frau wird wenig Spaß mit ihm gehabt haben.«

»Angeblich hat er in Rheinsberg die Ehe regelmäßig vollzogen, heißt es.«

Mütze runzelte die Stirn. Klar, ein Thronfolger musste her, da musste man auch mal auf die Zähne beißen. Den Ausdruck »auf die Zähne beißen« fand Karl-Dieter in diesem Zusammenhang ziemlich unpassend.

»Du musst das anders sehen«, gab er zu bedenken.

»Wie denn?«

»Genieße mit Fantasie! Alle Genüsse sind letztlich Einbildung. Wer die beste Fantasie hat, hat den größten Genuss.«

»Wow! An dir ist ein Psychologe verloren gegangen.«

»Ist nicht von mir, ist ein Zitat von Fontane.«

»War Fontane ebenfalls schwul?«

»Quatsch! Er blickte nur tiefer in die menschliche Seele.«

Karl-Dieter hielt eine Hand über den Bootsrand und sah zu, wie sich das Wasser teilte. Der Mensch war schon ein verrücktes Wesen. Wie gerne hätte der Alte Fritz seinen Freund Katte geheiratet, wenn er nur gedurft hätte, aber damals ist Homosexualität ja ein Verbrechen gewesen. Heute hingegen, wo Schwule endlich heiraten durften, wollten viele nicht. Besonders hartnäckig weigerte sich Mütze. Die Ehe sei doch längst überholt und nur was für Spießer. – Ja und? Wenn es spießig war, sich vor aller Öffentlichkeit und in festlicher Atmosphäre ein Liebesversprechen zu geben, dann war er eben ein Spießer! Mit der Zeit hatte sich Karl-Dieter mit Mützes Haltung zur Ehefrage abgefunden, nicht aber mit dessen negativer Einstellung zu einem Kind. In diesem Punkt aber würde er hartnäckig bleiben. Eigentlich brauchte er sich an sein vor der Reise gegebenes Schweigeversprechen nicht mehr halten, jetzt, wo eine Dienstreise Mützes daraus geworden war. Eigentlich könnte er ruhig mal wieder davon anfangen. Eigentlich.

»Lässt du mich mal rudern?«, fragte Karl-Dieter.

»Kein Thema«, sagte Mütze.

Sie tauschten die Plätze, und das Boot fing gefährlich an zu schwanken.

Als sie wieder in Neuruppin eintrafen, war die Sonne schon weit in den Westen gerutscht. Wieder war es schwüler geworden, dunstiger. Am Horizont begannen sich Wolken aufzutürmen. Zog erneut ein Gewitter auf? Mütze ließ den Moskwitsch auf den Klinikparkplatz rollen.

»Treffen wir uns zum Abendessen?«

»Gerne! Um 19 Uhr beim *Alten Fritz*? Bei ihm soll es durchgehend warme Küche geben.«

»Scherzkeks.«

Während Mütze zu Treibel eilte, beschloss Karl-Dieter, den versäumten Besuch im Tempelgarten nachzuholen. Wenn er richtig lag, müsste Lisa in diesen Minuten das Museum schließen. Vielleicht hatte er ja Glück. Als er durch die Parkanlagen der Klinik ging, kam ihm auf einem Kiesweg ein alter Bekannter entgegen. Fontane! Besser gesagt der Mann, der ihm neulich vor der Löwen-Apotheke wie eine Karikatur Fontanes erschienen war. Nicht nur der imposante Schnurrbart, der den Mund fast verdeckte, auch die leicht zerzausten Koteletten und die nach hinten gekämmten Locken, die bis auf die Schultern fielen, alles erinnerte Karl-Dieter an einen Fontanestich, ein Porträt, das in Fontanes mittlerem Lebensalter gemacht worden sein musste. Eigenartig. Die altertümliche Kleidung verstärkte den Eindruck. Das gestärkte weiße Hemd, der Binder, auch das Jackett wirkten aus der Zeit gefallen. Als sie auf gleicher Höhe waren, blieb der Mann stehen, deutete unbestimmt in die Ferne und deklamierte mit tiefer Stimme:

»Am Waldessaume träumt die Föhre.
Am Himmel weiße Wölkchen nur.

Es ist so still, dass ich sie höre,
die tiefe Stille der Natur.«

»Fontane!«, sagte Karl-Dieter. Unwillkürlich war er ebenfalls stehen geblieben.

»Kennen wir uns?«, fragte der Mann, und über sein Gesicht glitt ein erfreutes Lächeln. »Sie dürfen Theodor zu mir sagen. Darf ich nach Ihrem werten Namen fragen?«

Natürlich war das ein Irrtum gewesen, natürlich hatte Karl-Dieter den Namen des Verfassers gemeint und nicht den Namen des seltsamen Rezitators. Aber was soll's? Wenn es den Herrn freute, sollte er es nur auf sich beziehen.

»Karl-Dieter, welch schöner Name! Auch wenn ich ihn nie für eine meiner Romanfiguren verwendet habe. Aber was noch nicht ist, kann ja noch werden«, sagte Fontane und lächelte dazu geheimnisvoll, »wer weiß, vielleicht lasse ich meine kluge Melusine ja einmal einen Karl-Dieter heiraten. Oder haben Sie etwas gegen kluge Frauen?«

»Nichts, überhaupt nichts«, beeilte sich Karl-Dieter zu sagen. An dem Gebäude im Hintergrund hatte er den Hinweis »Psychiatrische Klinik« entdeckt. Das erklärte alles. Der Mann, der gerne Fontane sein wollte, war offensichtlich Patient hier und kein kostümierter Fremdenführer, wie Mütze angenommen hatte. Deshalb auch das bizarre Verhalten vor der Löwen-Apotheke neulich. Was hatte er damals im Suff von sich gegeben? »Es ist nicht überall Fontane drin, wo Fontane draufsteht.«

»Auf Wiedersehen, Herr Theodor!«, verabschiedete sich Karl-Dieter.

»Hat mich gefreut, Karl-Dieter, empfehlen Sie mich der Frau Gemahlin.«

Als Karl-Dieter schon weitergeschritten war, hörte er den falschen Fontane noch vor sich hinsprechen: »Glück, Glück! Wer will sagen, was du bist und wo du bist?«

Unterdessen saß Mütze schon an Treibels Krankenbett.

»Und wie geht's?«

»Muss. Schlimmer ist unser armer Itzenplitz dran. Komplikationen haben sich eingestellt, sie müssen ihm noch mal den Bauch aufschneiden.«

»Oje!«, heuchelte Mütze Anteilnahme, »und was ist mit dem Chaos auf deinem Bauch?«

Auf der Bettdecke des Neuruppiner Kommissars lagen allerhand Unterlagen verstreut.

»Ja, denkst du, ich bin untätig, bloß weil ich von diesem verfluchten Hochsitz gesegelt bin?«, lachte Treibel.

Er freute sich erkennbar über Mützes Besuch und brannte darauf, Neues zu erfahren. Aber zunächst begann er zu berichten, was die anderen Kollegen herausgefunden hatten.

»Zunächst zur Tatwaffe, der Axt.«

Treibel kramte aus einem Umschlag eine Handvoll Fotos hervor. Auf manchen steckte die Axt im Schädel, auf den anderen lag sie auf einem Untersuchungstisch neben einem Zollstock. Die Axt sei beinah jungfräulich frisch, weise kaum Gebrauchsspuren auf, sagte Treibel. Das Modell werde bei OBI vertrieben. Sie hätten einen OBI-Markt hier am Ort in Neuruppin. Die nächsten OBI-Baumärkte gebe es in Zehdenick und in Rathenow, auch dorthin seien Kollegen gefahren. Man hätte die Verkäufer der zuständigen Abteilungen gefragt, ohne Erfolg, was leider nur zu verständlich sei.

»Wir haben es mit einer LUX Yankee Axt zu tun. Was glaubst du, wie viele Märker haben sich eine solche Axt in den letzten Wochen zugelegt?«

»Keine Ahnung.« Mütze rückte den Plastikstuhl näher an das Krankenbett heran.

»Allein dieses Modell wurde 23 Mal verkauft.«

»Darum gibt es bei euch so wenig Bäume«, grinste Mütze. Die Märker schienen gerne Holz zu hacken. Lauter kleine Yankees. Tatsächlich hatte er auf der Radtour viele Männer in holzfällerähnlicher Kluft getroffen, nicht wenige mit Baseballkäppi, selbst ältere Herrschaften trugen die Schirmmütze. Treibel fingerte unterdessen an dem nächsten Umschlag herum.

»Der Befund des Pathologen. Sekundentod durch Zertrennung des Hirnstamms. So tief ist die Yankee-Axt in den Schädel gedrungen, bis ins Atemzentrum. Mageninhalt: Kaffee und ein bis zwei Schrippen, wahrscheinlich mit Honig bestrichen. Zwei längst vernarbte Wunden am rechten Oberschenkel, vorne und hinten, vermutlich ein Durchschuss. Sonst keine weiteren Auffälligkeiten. Der Mann war kerngesund.«

Treibel griff sich einen weiteren Umschlag, zog ein Blatt hervor und faltete es auseinander.

»Natürlich haben wir uns das Flüchtlingsheim vorgenommen. Es liegt etwas außerhalb des Ortes, fußläufig etwa eine Viertelstunde vom Tatort entfernt. Dort sind zwölf junge Männer untergebracht, überwiegend Afghanen, unbegleitete jugendliche Flüchtlinge. Alles anständige Jungs, sagt der Leiter der Einrichtung, Bernd Frühauf. Er würde für alle seine Hand ins Feuer legen. Kein Hinweis auf Radikalisierung, wir haben auch beim Verfassungsschutz gefragt. Einer der Bewohner hatte sich mit einer zweiten Identität in Berlin gemeldet, das ist aber schon alles. Bislang ist keiner in den Fokus geraten, auch keine bekannten Vorstrafen.«

»Habt ihr die Alibis überprüft?«

»Sind die Kollegen noch drüber.«

Der nächste Umschlag war an der Reihe. Er enthielt eine Auflistung sämtlicher tot aufgefundener Wölfe im Land Brandenburg, drei an der Zahl. Alle sind sie geköpft worden.

»Die genauen Daten der Tötungen kennen wir nicht. Allen wurde mit einem scharfen Gegenstand der Kopf abgetrennt.«

»Mit einer Axt?«, fragte Mütze.

»Könnte sein.«

Treibel reichte Mütze die Fotos. Eins grausamer als das andere. Ein toter Wolf ohne Kopf, kein schöner Anblick. Mit der Verstümmelung hatte man dem Tier das letzte bisschen Würde genommen. Mütze musste an den ausgestopften Wolfskopf denken, von dem er Treibel bereits berichtet hatte.

»Wie sind die Wölfe getötet worden?«

»Wurden erschossen.«

»Mit welcher Waffe?«

»Wurde nicht näher untersucht.«

»Warum nicht?«

»Mensch, Mütze. Ihr in Bayern mögt vielleicht ein unbegrenztes Budget haben. Meinst du, wir können es uns leisten, Kugeln ballistisch untersuchen zu lassen, mit denen ein Tier gewildert worden ist?«

»Sind die Kugeln denn wenigstens asserviert worden?«

»Fehlanzeige«, brummte Treibel.

Mütze musste tief durchatmen, sagte aber nichts. Er wollte nicht als Besser-Wessi rüberkommen, auch bei ihnen in Franken passierten Fehler. Mit der Untersuchung der Kugeln aber hätte man wichtige Informationen bekommen können. Stammten alle Kugeln aus der gleichen Waffe? Wenn ja, aus welcher? Alle Gewehre der infrage kommenden Jäger hätte man sich anschauen können, mit hoher Wahrscheinlichkeit wäre man auf diese Weise auf den Täter gestoßen. Allerdings, das musste sich Mütze fairerweise eingestehen, war unsicher, ob man damit zugleich auch den Axtmörder hatte. Denn dass der Wolfsmörder mit Krumbiegels Mörder identisch war, war doch eine sehr fragliche Hypothese. Die aktuellen Ermittlungen jedenfalls wiesen in eine andere Richtung.

Und damit begann Mütze zu erzählen. Als er mit seinem Bericht am Ende war, war Treibel sichtlich beeindruckt. Dennoch aber schüttelte er den Kopf.

»Weißt du, Mütze, bei uns in Neuruppin kennt man sich noch, was ein Vorteil ist. Natürlich kenne ich den jungen Liebstöckel. Er ist ein Womanizer, wie man heute zu sagen pflegt, früher haben wir Schürzenjäger dazu gesagt, ein Begriff, der schon lange aus der Mode gekommen ist, zu Recht, welche Frau trägt heute noch eine Schürze? Aber ein Womanizer ist noch lange kein Mörder. Selbst wenn ihm Ilse Krumbiegel den Laufpass geben wollte, warum hätte er deshalb ihrem Mann den Schädel spalten sollen? So einer wie Liebstöckel hat doch nie nur eine, er flirtet bei uns in Neuruppin mit jedem Rock, der bei drei nicht über den Rhin gesprungen ist. Nein, ich glaube nicht an Eifersucht als Motiv.«

»Liebstöckel hat selbst zugegeben, nach dem Streit zum Haus zurückgegangen zu sein. Selbst wenn das nicht stimmt – und ich glaube, es stimmt nicht – beweist es aber nicht zumindest, dass ihm in diesem Fall die Sache doch nahegegangen ist?«

»Mag sein«, sagte Treibel und versuchte sich ächzend am Galgen hochzuziehen, um eine bequemere Liegeposition einzunehmen, »nein, nein, geht schon, danke, das schaffe ich mittlerweile alleine. Dennoch, ich glaube nicht, dass es Liebstöckel war.«

»Er gehört auch zu den Jägern. Vielleicht gibt es ein zusätzliches Motiv.«

»Du meinst die Wolfsmorde?«

»Krumbiegel könnte dahintergekommen sein.«

»Mord, um eine andere Straftat zu vertuschen.«

»Nicht ausgeschlossen. Denk' an das anonyme Schreiben.«

»Hm.«

Möglich war's. Aber war es auch wahrscheinlich? Mütze musste sich eingestehen, sie tappten weiter völlig im Dunkeln. Hoffentlich würde die Beerdigung die Zunge der spröden Witwe lösen. Es klopfte an der Tür. Schwester Adelheid, der Stationsdrachen. Mit verkniffenem Gesicht kündigte sie weiteren Besuch für Herrn Treibel an.

»Nicht jetzt«, sagte Treibel, um gleich hinterherzurufen, »wer ist es denn?«

Ilse Krumbiegel. Das war eine Überraschung! Mütze sprang sogleich von seinem Stuhl auf, denn offensichtlich war die Witwe gekommen, um mit Treibel zu sprechen. Frau Krumbiegel aber lehnte es ab, sich zu setzen. Sie brauche nur eine Minute, sagte sie, eigentlich sei sie nur wegen dieses Heftes hier gekommen. Mit diesen Worten überreichte sie Treibel einen dünnen blauen Schnellhefter.

»Was ist das?«, fragte Treibel verblüfft.

»Hab ich im Zimmer meines Mannes gefunden. Könnte Sie vielleicht interessieren.«

Treibel öffnete den Ordner, und Mütze trat neugierig zu ihm ans Kopfende. Wieder diese furchtbaren Wolfsfotos! Die Bilder von den Kadavern, wie sie hilflos in ihrem Blut lagen, irgendwo in der märkischen Provinz, alle mit abgeschlagenen Köpfen. Treibel blätterte rasch weiter. Auf die Fotos, die mit einem simplen Gerät ausgedruckt worden waren, folgte eine Liste, etwa 30 Namen, von denen etwa zwei Drittel durchgestrichen waren.

»Lauter Jäger«, sagte die Witwe.

»Ihr Mann war dem Wolfsmörder auf der Spur?«

»Offensichtlich. Auch wenn er nie etwas davon erzählt hat.«

Rasch überflogen die Kommissare die Liste. Zwei der Namen kannte Mütze: Siebenhaar und Liebstöckel. Liebstöckel war durchgestrichen, Siebenhaar nicht.

Manche Pläne werden schneller über den Haufen geworfen, als man sie gemacht hatte. So ging es auch dieses Mal. Und Mütze konnte Treibel nicht einmal böse sein. Erstens, weil Treibel immer noch der Boss in der Sache war, und zweitens, weil er es an Treibels Stelle wohl nicht anders gemacht hätte. Und dennoch ist es ein Fehler gewesen, das spürte Mütze leider nur zu genau. Wenn sich ein schwieriger Zeuge oder gar ein Verdächtiger einmal auf eine Version festgelegt hatte, hielt er eisern daran fest. Mütze war überzeugter denn je: Der richtige Zeitpunkt für die Vernehmung wäre die Beerdigung gewesen. Deshalb wäre er bei Treibels Frage fast zusammengezuckt.

»Frau Krumbiegel, erzählen Sie uns doch noch mal, wie der Morgen des Tattages verlaufen ist.«

»Aber das wissen Sie doch.«

»So? Wissen wir das? Wir kennen bislang sogar zwei Varianten. Ihre Ursprungsvariante lautete, Sie seien allein zu Hause geblieben, während Ihr Mann den Hund ausführte. Beim zweiten Mal haben Sie zugegeben, dass Sie Herrn Liebstöckel empfangen haben. Und jetzt hätten wir gerne gewusst, wie der Morgen tatsächlich abgelaufen ist.«

Nun setzte sich die Witwe doch. Mütze beobachtete sie scharf. Sie wirkte erschrocken, eingeschüchtert. Und doch hatte er das untrügliche Gefühl, auch das war nur gespielt. Sie machte ihnen wieder etwas vor. Bestimmt wusste sie von Liebstöckel bereits, was ihm der Kerl in Rheinsberg aufgetischt hatte, und hatte sich nun die nächste Lüge zurechtgelegt.

»Wir hatten uns gestritten«, sagte sie und starrte dabei auf das Gestell unterhalb von Treibels Krankenbett, wo es trübe in der aufgehängten Urinflasche schwappte.

»Weshalb?«, fragte Treibel.

»Ich hatte ihm gesagt, dass ich mich für meinen Mann entschieden hab'.«

»Und dann?«

»Martin wollte das nicht akzeptieren.«

»Und?«

»Ich hab' ihm erklärt, dass ich diese Art zu leben nicht mehr ertrage.«

O, wie sie log! Jetzt war sich Mütze ganz sicher. Wenn einer Frau so gekonnt die Tränen in die Augen stiegen, dann war sie nichts weiter als eine Schauspielerin.

»Wie hat Martin Liebstöckel reagiert?«, wollte Treibel wissen.

»Sehr erwachsen. Ich meine, er war enttäuscht, ganz klar. Ob das die Trennung bedeute, ob das endgültig sei? Solche Fragen. Als er erkannt hat, dass ich es ernst damit meinte, hat er sich verabschiedet.«

»Wann war das?«

»Gegen kurz vor neun.«

Mütze hätte fast aufgelacht. In solch einer Situation hatte man natürlich nichts Besseres zu tun, als auf die Uhr zu schauen. Was für ein billiges Schauspiel!

»Und dann?«, hakte Treibel nach.

»Dann habe ich mir eine Zigarette angezündet.«

»Und dann?«

»Dann hab' ich ihn gesehen, durch die Scheibe.«

»Wen?«

»Na, Martin.«

»Was hat er gemacht?«

»Er kam zum Haus zurück, stand draußen vor der Haustür, hat aber nicht geklingelt.«

»Hat er Sie gesehen?«

»Nein.«

»Woher wissen Sie das?«

»Ich stand im dunklen Zimmer.«

»Was geschah dann?«

»Nach einer Weile ist er davon.«

»In welche Richtung?«

»Richtung Auto.«

Deshalb war die Witwe gekommen. Nicht wegen der Mappe mit den Wolfsbildern. Wegen dieser Geschichte. Sie war raffiniert, äußerst raffiniert. Liebstöckel hatte sie über das Gespräch, das sie am Ufer von Rheinsberg geführt hatten, sofort informiert, worauf sie beschlossen hatte, in die Offensive zu gehen. Mütze hätte sie durchschütteln können. Mann! Sie tischte ihnen eine Lüge nach der anderen auf. Nun konnte er sich nicht länger beherrschen, nun platzte ihm der Kragen.

»Und das sollen wir Ihnen glauben? Nach all den anderen Lügen? Hören Sie, Frau Krumbiegel, jetzt ist Schluss mit der Märchenerzählerei. Ihr Mann ist ermordet worden, grausam ermordet, und Sie erfinden eine Geschichte nach der anderen. Warum? Weil Sie was zu verbergen haben, weil Sie in der Sache drinstecken, Sie und Ihr sauberer Herr Liebhaber! Geben Sie es doch endlich zu, Sie wollten Ihren Mann loswerden, Sie und Liebstöckel. Oder war es Liebstöckel alleine und Sie decken ihn? Wie war's? – Nein, Sie stehen jetzt nicht auf, Sie bleiben hier. Frau Krumbiegel …«

Da war die Witwe schon aus dem Zimmer hinaus, stolz und mit erhobenem Kopf.

Karl-Dieter hatte eine Weile über den seltsamen Kauz den Kopf schütteln müssen. Er hatte gehört, dass es schon lange keine Napoleons und Caesars mehr gab, die die psychiatrischen Kliniken bevölkerten. Heute nur noch Burnout und Borderline. In Neuruppin, ausgerechnet in Neuruppin, ein vollendetes Exemplar Fontanes zu finden, war mehr als skurril. Was mochte den Armen dazu gebracht haben, sich ausgerechnet die Identität Fontanes auszusuchen? Oder suchte man sich das nicht aus? Wurde man im Gegenteil von seiner Scheinidentität ausgesucht? Ob man wollte oder nicht, verlor man seine eigentliche Persönlichkeit und wurde in die Rolle eines anderen gepresst, war es so? Karl-Dieter kannte sich damit zu wenig aus. Zwar begegneten ihm auf der Bühne ständig irgendwelche Paranoiker. King Lear, Hamlet, Lady Macbeth, Woyzeck, alle lebten sie doch in irgendwelchen Parallelwelten. Aber das hier, das war doch etwas anderes, das war das wirkliche Leben.

Als Karl-Dieter am Museum vorbeikam, öffnete sich die Eingangstür. Lisa! Für einen winzigen Moment setzte Karl-Dieters Atem aus, ein kurzer, aber heftiger Moment der Freude, über den er sich augenblicklich zu ärgern begann. Ihm blieb jedoch keine Gelegenheit, darüber und über den Fauxpas seines Körpers nachzudenken, schon hatte ihn Lisa entdeckt und winkte ihm lebhaft zu. Sie schlug ihm einen gemeinsamen Spaziergang vor, und Karl-Dieter war froh darüber. Ungern hätte er sich mit ihr in ein Café gesetzt. Lisa war die ideale Partnerin zum Spazierengehen. Das Wetter schien sich zu halten, und so gingen sie erneut hinunter zum See, dieses Mal aber wählten sie den Weg, der nach Süden führte. Karl-Dieter drängte es, von seiner seltsamen Begegnung zu berichten. Lisa lachte, während er erzählte, und warf dabei ihre braunen Haare über die Schulter.

»Das war unser Fontane, wie er leibt und lebt!«

»Tatsächlich?«

»Natürlich. Ein harmloser Irrer. Nur wenn er etwas über den Durst getrunken hat, kann er lauter werden. Er lebt seit Jahren in der Psychiatrie, von gelegentlichen Versuchen abgesehen, ihn in irgendwelchen Wohngruppen unterzubringen.«

»Verrückt, er sieht genau aus wie Fontane.«

»Es heißt, er sei einmal ein kleines Genie gewesen, ein äußerst begabter Germanist. Hätte sogar mal in Oxford gelehrt, direkt nach der Wende. Dann aber hat er die Krise bekommen und sich nicht mehr davon erholt.«

»Tragisch.«

»Wie gesagt, ein völlig harmloser Mensch. Selbst wenn sich die Kinder über ihn lustig machen, fällt er nicht aus der Rolle.«

Karl-Dieter kannte einen ähnlichen Fall aus Erlangen, einen Mann, der wie Nietzsche aussah, also wie Nietzsche im Endstadium. Dieser Mann lief ständig durch die Fußgängerzone und stieß dabei fürchterliche Sachen aus. Tourette-Syndrom vermutlich. Bevorzugt benutzte er einen Ausdruck, der imperativ zu einer unüblichen Sexualpraktik aufforderte. Regelmäßig erschraken die Leute darüber, ja, es gab ältere Damen, die ihn empört zurechtwiesen, worauf sich sein Geschrei jedoch nur steigerte. Gelegentlich, wenn er es zu arg trieb, wurde er in die Psychiatrie eingewiesen. Da er aber ansonsten vollkommen friedlich war, wurde er stets schnell wieder entlassen.

»Ein gewisses Maß an seelischer Abnormität muss die Gesellschaft halt ertragen«, fand Karl-Dieter, und Lisa nickte. Ihr würde Fontane direkt fehlen, wenn er nicht mehr durch Neuruppin laufe.

»Denken Sie sich, Karl-Dieter, er kann fast alle Gedichte Fontanes auswendig aufsagen!«

Sie verließen das Seeufer wieder, um noch einen Gang durch die Stadt zu machen. So kamen sie auch am Fontane-Denkmal vorbei.

»Wie sich der Künstler Fontane bei seinen Wanderungen durch die Mark vorgestellt hat«, lächelte Lisa, »den Wanderstock abgestellt, um sich von den Strapazen für eine Weile auszuruhen. Dabei hat er überwiegend die Kutsche benutzt.«

»Tatsächlich?«

»Tatsächlich. Am liebsten saß er vorne neben dem Kutscher auf dem Bock. Fontane unterhielt sich gerne mit den einfachen Menschen, lieber noch als mit den Vertretern der sogenannten höheren Kreise. Die Kutscher redeten, wie ihnen der Schnabel gewachsen war. Viel davon wird in Fontanes Bücher eingeflossen sein.«

Karl-Dieter nickte. Vielleicht mochte er Fontane deshalb so gerne. Weil seine Bücher so menschlich waren. Dieses Denkmal hatte sich der Dichter redlich verdient, auch wenn es ihm wahrscheinlich etwas peinlich gewesen wäre, hier bei Wind und Wetter herumzusitzen. Zum Glück hatte man die rote Farbe beseitigen können, nur unten auf den runden Steinen waren ein paar Spritzer zu sehen.

»Die Steine, das sind alles Findlinge aus der Mark Brandenburg. Jeder Ort, den Fontane durchwandert hat, hat einen Stein gespendet und hierher bringen lassen.«

Eine hübsche Idee, fand Karl-Dieter. Das hätte sicher auch Fontane gefallen, steinerne Ostereier für sein Fundament. Wer nur auf die Idee kam, seine Denkmäler zu schänden? Erst das hier in Neuruppin, dann die Büste vor dem Fontane-Archiv in Potsdam. Ein Zufall? Oder gab es jemanden, der was gegen Fontane hatte?

»Vielleicht Schüler, die ein Deutschlehrer mit dem Auswendiglernen von Fontane-Balladen gequält hatte«, sagte Lisa und kratzte mit dem Fingernagel einen roten Farbspritzer von einem Stein. Sie hatte hübsche Finger, fand Karl-Dieter, und sehr gepflegte Nägel. Er selbst liebte es, sich die Nägel machen zu lassen, nirgendwo konnte man so wunderbar entspannen. Mütze hingegen schnitt sich seine Fingernägel stets mit der dicken Haushaltsschere über dem Küchenausguss ab. So sahen sie dann auch aus. Ein bisschen mehr Pflege würde ihm auch nicht schaden, fand Karl-Dieter mit leisem Bedauern. Aber so war Mütze eben, ein ewiger Ruhrpottprolet, der auch noch stolz darauf war.

»Lisa?«

»Karl-Dieter?«

»Darf ich Sie was fragen?«

»Aber natürlich.«

»Wollen wir vielleicht Du zueinander sagen?«

Mütze hatte beschlossen, dem Flüchtlingsheim von Ribbeck einen Besuch abzustatten, und verabschiedete sich von Treibel. Er war sauer, stinkesauer. Diese Krumbiegel log doch wie gedruckt. Und sie steckte mit Liebstöckel unter einer Decke, das stand fest, Streit hin, Streit her. Wenn es denn je einen Streit gegeben hatte. Wie eng sich die beiden abstimmten. Das machte man nur, wenn man sich weiter liebte. Oder wenn man sich weiter brauchte. Etwa, um ein gemeinsames Verbrechen zu vertuschen. Den schönen Überraschungsmoment bei der Beerdigung jedenfalls konnte er vergessen. Der liebe Treibel war vorgeprescht wie ein Wasserbüffel. Manchmal war Schweigen die goldene Variante, selbst für einen Kommissar. Kairos – der richtige Zeitpunkt. Manchmal kam alles auf das richtige Timing an.

Das Flüchtlingsheim von Ribbeck war in einem ehemaligen Bauernhof untergebracht und lag umgeben von hohen Kastanien am Ende eines Feldweges. Als Mütze aus seinem Moskwitsch stieg, sah er vor dem Haus etwa zehn junge Männer mit einer älteren Dame um einen Holztisch sitzen. Die resolute Dame erwies sich als pensionierte Lehrerin. Mütze hörte, wie sie im strengen Tonfall einen Satz sagte, den dann alle im Chor wiederholen mussten. Waren sie fertig, kam der nächste Satz an die

Reihe. Mütze trat an den Tisch, worauf ihn ein strafender Blick der Lehrerin traf.

»Sie wünschen?«

»Sie wünschen?«, erklang das Echo der Flüchtlinge.

»Mütze, Kriminalpolizei. Ich hätte gerne den Leiter der Einrichtung gesprochen, Herrn Frühauf.«

»Herr Frühauf macht Einkäufe. Kann ich Ihnen helfen?«

»Herr Frühauf macht Einkäufe. Kann ich Ihnen helfen?«, wiederholte die Gruppe gehorsam.

Mütze kniff die Augen zusammen. Wollten ihn die Kerle veräppeln? Alle aber sahen ihn freundlich und völlig unschuldig an, sie schienen tatsächlich nur etwas viel Respekt vor ihrer gestrengen Frau Lehrerin zu haben. Sollte er wieder umkehren? Die Männer sind doch alle schon befragt worden, alle hatten sie ein Alibi. Zwar nicht durch Frühauf selbst, aber doch untereinander. Niemand ist im fraglichen Zeitraum allein unterwegs gewesen.

»Ich habe nur eine Frage an Ihre Schüler, wenn Sie gestatten. Hat jemand am letzten Dienstag jemanden mit einer Axt herumlaufen sehen?«

Die Flüchtlinge schauten erst Mütze, dann ihre Lehrerin fragend an.

»Eine Axt. Wer weiß, was eine Axt ist?«, fragte sie in die Runde, ohne ihren strengen Tonfall zu verändern.

»Eine Axt. Wer weiß, was eine Axt ist?«, wiederholte die Gruppe, wobei viele Schwierigkeiten hatten, das Wort Axt richtig auszusprechen.

»Nein, nein«, sagte die Lehrerin, »wer kennt eine Axt?«
»Nein, nein. Wer kennt eine Axt?«
Die Lehrerin schüttelte energisch den Kopf, griff sich ein auf dem Tisch liegendes Blatt und zeichnete mit ein paar schnellen Strichen eine Axt aufs Papier.
»Axt!«, sagte sie.
»Axt!«, wiederholte die Gruppe.
Ein junger Mann mit wachen Augen, der seinen Platz direkt neben der Lehrerin hatte, schien schon besser Deutsch zu können. An ihn wandte sich die Lehrerin nun und bat ihn, die Frage ins Afghanische zu übersetzen. Doch nur ein allgemeines Kopfschütteln war die Folge. Niemand hatte jemanden mit einer Axt gesehen.
»Bedauere, Herr Kommissar«, sagte die Lehrerin.
»Bedauere, Herr Kommissar«, wiederholte die Gruppe.
Als Mütze zu seinem Wagen zurückging, klingelte sein Handy. Ein Anruf aus Potsdam. Der alte Polsterer.
»Er hat sich wieder gemeldet, Herr Kommissar.«

Wenn man sich sympathisch fand, warum sollte man sich nicht duzen? Das war doch ganz normal. Am Theater duzte man sich sogar, wenn man sich erwürgen könnte. Dort wurde sich prinzipiell geduzt. Also doch kein Grund zum Erröten, dachte sich Karl-Dieter und schimpfte sich selbst einen Esel. Sie beschlossen, den schönen Abend mit einem Glas Wein einzuleiten. Ein bisschen Zeit blieb ja noch bis zu der Verabredung mit Mütze. Lisa wusste ein nettes Gartenlokal in der Nähe. Als sie dort ankamen, kam ihnen ein Mann entgegen, der ebenfalls in den Garten strebte. Lisa begrüßte ihn erstaunt.

»Ja hallo, Martin!«

»Lisa, meine Hübsche! Was für eine Freude!«

Er gab ihr einen Wangenkuss, strich sich eine blonde Locke aus der Stirn und lächelte sie an.

»Darf ich vorstellen?«, sagte Lisa. »Martin, das ist ein neuer Freund von mir, Karl-Dieter. Dreimal darfst du raten, auf welchen Spuren er unterwegs ist?«

»Ich hoffe, nicht auf deinen«, scherzte Martin und gab ihr einen weiteren Wangenkuss.

So eine blöde Bemerkung! Und was die dauernde Küsserei nur sollte! Der dumme Kerl gehörte wohl zur örtlichen Schickeria, dachte sich Karl-Dieter. Was stürzte er Lisa in eine solche Verlegenheit! Doch Lisa schien gar nicht verlegen, im Gegenteil, sie wirkte nur erheitert.

»Du musst dir nichts dabei denken«, sagte sie zu Karl-Dieter, »Martin liebt es, kleine Scherze zu verstreuen, nicht wahr, Martin?«

Dann erzählte sie von Karl-Dieter und seinen Radwanderungen durch die Mark Brandenburg und seiner Fontane-Leidenschaft, was ihren Bekannten zu interessieren schien.

»Hast du Zeit für ein Gläschen mit uns?«, fragte Lisa ihn zu Karl-Dieters Entsetzen.

»Für dich immer«, sagte Martin und zwinkerte ihr zu. »Du hast doch nichts dagegen, Karl-Dieter?«

»Natürlich nicht, ganz im Gegenteil.«

Für dich immer! – Karl-Dieter spürte heftigen Ärger in sich aufsteigen. Was für ein Phrasendrescher! Bussi hier, Bussi da, warum musste nur dieser alberne Geck hier auftauchen!

»Du musst wissen, Martin leitet die Fontane-Gesellschaft«, sagte Lisa, als ihr der Blondschopf galant den Stuhl zurechtrückte.

»Nur die Geschäfte«, wiegelte der Blondschopf ab.

Nun wurde Karl-Dieter hellhörig. Die Geschäfte der Fontane-Gesellschaft? Dann konnte das nur dieser Liebstöckel sein. Oje! Karl-Dieter erblasste. Wie kam er aus dieser Kiste nur wieder raus? Wenn Mütze erfuhr, dass er mit einem Hauptverdächtigen Wein trank! Unter keinen Umständen durfte Liebstöckel erfahren, mit wem er unterwegs war. Hoffentlich lenkte Lisa nicht das Thema auf Mütze. Sie wusste ja nicht, durfte nicht wissen, dass Liebstöckel der Mann war, der jeden Dienstagmorgen nach Ribbeck fuhr, um es mit Frau Krumbiegel zu treiben. Er hatte es ihr doch nicht erzählen dürfen, es konnte sich ja um Täterwissen handeln. In diesem Moment verfluchte es Karl-Dieter, Freund eines Polizisten zu sein. Ständig diese Heimlichkeiten, ständig geriet man in Schwulitäten. Die Kellnerin kam und fragte nach ihren Wünschen.

»Wein? Ach, was!«, rief Liebstöckel, »ich spendiere eine Flasche Schampus!«

Ojemine, selten war eine Tischgesellschaft so unglücklich zusammengesetzt! Karl-Dieter hätte sich unter irgendeinem Vorwand gerne verkrümelt, aber er wollte Lisa gegenüber nicht unhöflich sein.

»Erzählen Sie, wie radelt es sich auf Fontanes Spuren?«, fragte Liebstöckel zu Karl-Dieters nicht geringer Erleichterung.

So kamen sie auf Fontane zu sprechen. Liebstöckel schien sich nicht wirklich Interessantes von Karl-Dieter zu erhoffen und begann stattdessen, von der Fontane-Gesellschaft zu erzählen. Nach der Wende erst habe sich diese gegründet, aber man habe bereits über 1.000 Mitglieder in 20 Ländern, überall in Deutschland verstreut gebe es Freundeskreise.

»Wo sind Sie her, Karl-Dieter?«

»Aus Erlangen.«

»Aus Erlangen? Dort ist einer unserer aktivsten Freundeskreise zu Hause, erstaunlich, wo Fontane doch nichts mit Erlangen zu tun hatte.«

»Erlangen ist eine Stadt der Leser.«

»Die Universität, nicht wahr? Wie schön! Da müssen Sie bei uns Mitglied werden.«

Lisa lachte und unterbrach Liebstöckel.

»Passen Sie auf, Karl-Dieter, Martin lässt keine Gelegenheit aus, auf Fischfang zu gehen.«

»Doch nur bei den hübschen Damen«, erwiderte Liebstöckel und küsste Lisas Hand.

Lisa sah ihn mit tadelndem Lächeln an und streckte ihre Finger aus: »Siehst du das hier?«

»Oh! Haben wir uns verletzt?«

»Unsinn, das ist doch kein Blut. Das ist Farbe. Ich hab' ein bisschen mitgeholfen, euer Fontane-Denkmal wieder zu säubern.«

»Du bekommst unseren Verdienstorden«, scherzte Liebstöckel. Dann aber wurde er ernster und begann, über den Missetäter zu schimpfen. »Weißt du, wen ich im Verdacht habe?«

»Erzähl!«

»Fontanowski, unser Fontane-Imitat!«

»Wie kommst du darauf?«

»Du kennst die Vorgeschichte nicht.«

Ein Anruf und die ganze Planung des Abends war für die Katz. Wieder saß Mütze im Auto, wieder hämmerte er die Gänge ins Getriebe. Karl-Dieter würde ein langes Gesicht ziehen, aber es half nichts. Jetzt musste er dranbleiben, er musste nach Potsdam. Auch wenn Polsterer nicht genau angeben konnte, wann der unbekannte Wolfsjäger überhaupt kommen würde. Polsterer solle auf einen zweiten Anruf warten, hatte der unbekannte Anrufer gesagt, dann würde ihm alles Weitere für die heutige Abholaktion mitgeteilt. Mütze ließ Ribbeck hinter sich. Ob der Wolfsmörder spürte, dass sie hinter ihm her waren? Warum sonst das seltsame Verhalten? Warum ließ er Polsterer die Kiste mit dem Kopf nicht ein weiteres Mal vor die Tür stellen? Abholaktion – was für ein seltsamer Ausdruck!

Mit quietschenden Reifen bog Mütze auf die Autobahn. Ob ihn jemand beobachtet hatte, damals, bei der Observierung der Kiste? Ihm war nichts aufgefallen. Vielleicht hatte ihn der Typ bemerkt, dessen Hund, der an die Wolfskiste gepinkelt hat. Vielleicht ist dieser Mann der Jäger gewesen, den sie suchten. Jäger durfte man nicht unterschätzen. Jäger hatten Augen wie Luchse, sahen in der Dunkelheit Dinge, die kein anderer sah. Vielleicht hatte ihn der Mann im Auto entdeckt und kalte Füße bekommen. Und jetzt suchte er nach einem anderen Weg der Übergabe.

Mütze ging die Liste nicht aus dem Kopf, die ihnen die Witwe ins Krankenhaus gebracht hatte. Etwa 30 Namen hatten darauf gestanden, gut zwei Drittel davon waren durchgestrichen. Krumbiegel hatte systematisch nach dem Wolfsmörder gefahndet, das stand fest, wie auch immer er dabei vorgegangen sein mag. Jeden, der nicht infrage kam, hatte er durchgestrichen. Zehn Namen waren übrig geblieben, darunter auch Siebenhaar, der Mann von dem morschen Hochsitz. Krumbiegel schien fest daran geglaubt zu haben, dass der Täter aus dem Kreis der Jäger stammte. Krumbiegel ist ja einer der wenigen gewesen, der die Rückkehr der Wölfe begrüßt, ja, der sich an ihnen erfreut hatte, jedenfalls hatte Siebenhaar das behauptet. Daher Krumbiegels Ehrgeiz, den Killer zu finden. Vielleicht hatte der Wolfsmörder mit Krumbiegel eine persönliche Rechnung offen gehabt und versucht, ihn mit den Wölfen an seiner empfindlichsten Stelle zu treffen. Liebstöckel ist es augenscheinlich nicht gewesen, sein Name war durchgestrichen, und Mütze konnte sich auch nur schwer vorstellen, dass dieser Bruder Leichtfuß nächtlich auf Wolfsjagd ging. Das passte doch hinten und vorne nicht zu ihm. Der jagte doch ein ganz anderes Wild. Warum aber hatte ihnen die Witwe die Liste gebracht? Das roch nach einem durchsichtigen Ablenkungsmanöver. Sie präsentierte ihnen Material, das sie auf eine andere Spur lenken sollte. Und diese Spur lautete: Der Wolfsmörder ist auch Krumbiegels Mörder gewesen. Krumbiegel ist ihm dahintergekommen, dafür hat er mit seinem Leben bezahlen müssen.

Mütze drückte das Gaspedal durch. Und er war so blöd, dieser falschen Fährte auch noch nachzugehen. Wenn, ja wenn es denn eine falsche Fährte war. Denn auch das hatte Mütze in all den Jahren bei der Polizei gelernt: Selbst eine falsche Fährte konnte gelegentlich zum Ziel führen.

Polsterers Laden war schon geschlossen, ein altes Blechschild baumelte an der Tür. Als Mütze klingelte, wurde von innen umständlich aufgesperrt. Noch habe sich der Wolfsmörder nicht wieder gemeldet, sagte das graue Männchen. Es wirkte recht mürrisch und auch etwas nervös. Mütze sah die Kiste neben der Theke stehen und nickte. Er würde in seinem Auto in der Nähe warten, Polsterer solle ihm Bescheid geben, wenn es so weit wäre.

»Jawohl, Herr Wachtmeister«, brummte der Präparator, und Mütze ging zu seinem Wagen.

Er wollte gerade starten, als sein Handy zu dudeln begann. Es war Treibel.

»Mütze? Du, ich hab' mir die Liste genauer angesehen, weißt schon, die Namensliste mit den Jägern.«

»Und?«

»Habe mir von der Stationsschwester das Mikroskop ausgeborgt, frag mich nicht, wie mir das gelungen ist. Was auffällt, ist, dass zwei Kugelschreiber zum Durchstreichen benutzt worden sind. Bei allen Namen ist der übliche blaue Farbton zu sehen, einmal aber ist die Farbe etwas anders, dunkler, fast violett. Dreimal darfst du raten, welcher Name damit durchgestrichen worden ist.«

»Liebstöckel?«

»Der Kandidat hat hundert Punkte!«

Karl-Dieter war froh, dass Liebstöckel sich kurz verabschiedete, um im hinteren Teil des Weingartens ein Telefonat zu führen. Rasch nutzte er die Gelegenheit, Lisa zu bitten, unter keinen Umständen zu erwähnen, dass Mütze Kriminalkommissar sei.

»Versteh' mich bitte nicht falsch, aber das gehört zu diesen Dienstgeheimnissen, du weißt schon.«

Lisa begriff und lächelte ihn an. Dann griff sie ihren Sektkelch und hob ihn munter in die Höhe.

»Auf die Freundschaft!«

»Auf die Freundschaft!«

»Du darfst Martin nicht ernst nehmen«, sagte Lisa,

als sie die Gläser wieder abgestellt hatten, »er ist, wie er ist, dafür aber immer amüsant.«

Amüsant. Das war es wohl, das erhofften sich die Menschen vom anderen. Dass er amüsant war. Die Menschen wollten amüsiert werden. Selbst Lisa, die so feinfühlig, so ganz und gar nicht oberflächlich war, selbst sie liebte dieses seichte Geplänkel, diese spielerische Art des Flirtens. Karl-Dieter atmete tief durch. Vielleicht war er zu streng, ja, vielleicht sogar ein bisschen eifersüchtig, weil er sich selbst so schwertat, locker zu wirken. Aber sind nicht auch die Dialoge von Tucholsky in diesem Tone geschrieben worden? Manchmal schwang selbst im oberflächlichsten Gespräch eine zweite Ebene mit.

»Na, ihr beiden Turteltauben«, sagte Liebstöckel, als er zurückkam, »ich hoffe, ihr seid anständig geblieben!«

Er müsse sich leider schon verabschieden, Fontane ließe ihn einfach nicht in Ruhe. Aber man würde sich sicher bald wiedersehen. Er hätte sich jedenfalls sehr gefreut, sagte er, gab Karl-Dieter die Hand und Lisa zwei Wangenküsse, sie sollten die Sektflasche nur in Ruhe leeren.

»Ciao, ciao, bella!«

Damit war er verschwunden. Karl-Dieter blickte auf die Uhr. Auch für ihn wurde es langsam Zeit. Als Lisa zum letzten Mal ihre Gläser füllte, summte sein Handy. Karl-Dieter ging dran und zog ein langes Gesicht.

»Etwas Unangenehmes?«, fragte Lisa.

Karl-Dieter schüttelte den Kopf. »Mütze kann nicht, hat noch in Potsdam zu tun.«

Leicht besäuselt spazierte Karl-Dieter zu seinem Hotel zurück. Der Sekt war ihm zu Kopf gestiegen. Er hatte Lisa zum Museum begleitet, wo ihr Auto parkte. Gerne hätte er ihr einen Abschiedskuss gegeben, aber nach der penetranten Küsserei von Liebstöckel war das nicht mehr gegangen. Ein Kuss musste doch etwas Besonderes sein, man durfte ihn nicht durch Gewohnheit entwerten. Alles Wertvolle war kostbar, weil es selten war. So hatte er Lisa zum Abschied lediglich die Hand gereicht, was ihm kalt und förmlich vorgekommen war. Nun ärgerte er sich über sich selbst. Als der Ärger nachließ, geriet er ins Grübeln. Er verstand sich selbst nicht mehr. Welcher Art waren seine Gefühle Lisa gegenüber? Wie konnte er als Schwuler nur eifersüchtig sein? Hätte er nicht statt mit Lisa lieber mit diesem Liebstöckel anstoßen müssen? Es war alles etwas verwirrend, aber vielleicht lag das am Sekt. Verwirrend ist auch gewesen, was Liebstöckel über den Patienten der psychiatrischen Klinik gesagt hatte, den er so abfällig als Fontanowski bezeichnet hatte. Schade, dass Mütze nicht da war. Dringend musste er ihm von der Sache erzählen. Was Mütze wohl davon hielt?

Als Karl-Dieter am Hotel ankam, spürte er, dass es noch viel zu früh war, sich aufs Zimmer zurückzuziehen. Der Abend war lau, und so beschloss er, einen Spaziergang zur Klinik zu machen, um dem armen Treibel sein abendliches Bier vorbeizubringen. Karl-Dieter stopfte sich zwei frische Dosen aus der Minibar in die Taschen und zog los. Als er das Klinikgelände erreichte und durch den kleinen Park ging, sah er ihn auf der Bank sitzen. Fontane! Neben ihm saß sein schweigsamer Freund, wieder war er ganz in Schwarz gekleidet und lauschte einer Ballade, die Fontane mit geschlossenen Augen vortrug. Karl-Dieter blieb stehen und lauschte gleichfalls.

König Jakob sprang herab vom Pferd,
Hell leuchtete sein Gesicht,
Aus der Scheide zog er sein breites Schwert,
Aber fallen ließ er es nicht.

»Nimm's hin, nimm's hin und trag es neu
Und bewache mir meine Ruh,
Der ist in der tiefsten Seele treu,
Der die Heimat liebt wie du.

Zu Ross, wir reiten nach Linlithgow,
Und du reitest an meiner Seit',
Da wollen wir fischen und jagen froh
Als wie in alter Zeit.« (13)

Archibald Douglas! Und gekonnt vorgetragen! Spontan applaudierte Karl-Dieter. Fontane öffnete die Augen, und als er Karl-Dieter erkannte, straffte sich seine Haltung, und ein Lächeln glitt über sein Gesicht.

»Karl-Dieter, wohin des Wegs? Sie kommen gerade recht, um unsere Runde zu vervollständigen. Nehmen Sie doch Platz!«

Und Karl-Dieter folgte der Einladung und tat es nicht ungern. So saßen sie zu dritt auf der Parkbank, Fontane in der Mitte.

»Ja, der gute alte Archibald Douglas! Wisst ihr, wann ich ihn zum ersten Mal vorgetragen habe? Im Dezember 1854 ist das gewesen, in ›Arnims Hotel‹ Unter den Linden. Wir hatten unser Stiftungsfest, ihr kennt ihn ja, den ›Tunnel über der Spree‹, unseren Berliner Dichterclub. Der gute Storm ist zu Gast gewesen, und der Beifall war enorm. Ja, das sind noch Zeiten gewesen!«

»Eine Ballade, die einen heute noch ergreift«, fand Karl-Dieter.

»Weil es ein ewig aktuelles Thema ist.« Fontane wurde lebhaft. »Vertrieben zu werden aus seiner Heimat, was kann es Schlimmeres geben? Glaubt mir, ich weiß, wovon ich spreche.«

»Sind Sie denn auch vertrieben worden?«, fragte Karl-Dieter teilnahmsvoll.

»Und ob!« Auf Fontanes Stirn quollen dicke Falten hervor. »Heimat ist nicht immer ein Ort, Heimat kann auch die Familie sein, auch aus ihr kann man vertrieben werden.«

Hierauf verfiel Fontane in ein düsteres Grübeln. Es

schien, als würde er in eine eigene Welt versinken. Karl-Dieter spürte, dass es besser war zu gehen. Behutsam stand er auf und verabschiedete sich. Fontane schien es gar nicht wahrzunehmen. Leise begann er vor sich hin zu sprechen, die ersten Verse des Archibald Douglas:

»Ich hab' es getragen sieben Jahr,
Und ich kann es nicht tragen mehr!
Wo immer die Welt am schönsten war,
Da war sie öd' und leer.

Sein dunkler Freund begann zu beben und sein Gesicht schmerzlich zu verziehen, da aber war Karl-Dieter schon weitergeeilt. An der Biegung vor dem Klinikgebäude stand ein Krankenpfleger und rauchte eine Zigarette.

»Ich wette, er hat wieder den Archibald Douglas rezitiert, stimmt's?«

»Stimmt genau, woher wissen Sie das?«, fragte Karl-Dieter erstaunt.

»Sein aktuelles Lieblingsgedicht, wir können es alle nicht mehr hören, nur Shadow hört ihm weiter geduldig zu.«

»Shadow?«

Der Pfleger lachte auf. »Der Riese in Schwarz, heißt eigentlich Manfred Czako. Spricht nie ein Wort mit niemandem und folgt Fontane wie ein Schatten. Deshalb Shadow.«

»Ist Fontane immer Fontane, ich meine, ist er nie er selbst?«

»In seltenen Momenten schon, dann aber fällt er in fürchterliche Depressionen, deshalb lassen wir ihn Fontane sein.«

»Sie meinen, Sie reden ihn als Fontane an?«

»Wenn's ihm gefällt.«

Karl-Dieter verabschiedete sich. Ob das die richtige Einstellung war? Es konnte doch nicht Aufgabe der Psychiatrie sein, einen Menschen in seinem Wahn zu bestätigen. Auf der anderen Seite, hatte er sich nicht eben genauso verhalten? Vielleicht war dies tatsächlich ein Akt der Barmherzigkeit. Nach allem, was er von Liebstöckel über den armen Kerl erfahren hatte, war es bestimmt das Beste, ihn nicht mit seiner wahren Identität zu quälen. Wie grausam musste man am Leben leiden, um freiwillig in eine andere Rolle zu schlüpfen. Wenn es denn eine freie Entscheidung gewesen ist.

Treibel freute sich außerordentlich, mit frischem Bier versorgt zu werden. Er müsse nur vorsichtig sein, Karl-Dieter wisse schon, mit der Nachtschwester sei nicht gut Kirschen essen.

»Wenn man Adelheid heißt, hat man einen Ruf zu verteidigen«, scherzte der Kommissar, »schön, Sie zu sehen. Bleiben Sie doch einen Moment. Ich weiß ja, dass Mütze Überstunden schieben muss.«

In Karl-Dieter zuckte kurz der Gedanke auf, Treibel nach Einzelheiten über Mützes nächtlichen Einsatz zu fragen, überlegte es sich aber schnell anders. Wie kam denn das! Wenn er gewollt hätte, hätte Mütze ihm doch selbst davon berichtet.

»Habe übrigens veranlasst, dass Sie von der Fahndungsliste gestrichen wurden«, lachte Treibel, zog sich am Galgen hoch, schob die Lippen vor und begann einen vorsichtigen Schluck aus der Dose zu nehmen.

»Fahndungsliste?«

»Na, die Sache in Potsdam, der verschmierte Fontane vor dem Archiv.«

»Ach so«, sagte Karl-Dieter, »hat man den Täter wohl geschnappt?«

»Noch nicht. Sie sind's doch nicht gewesen, oder?« Treibel zwinkerte Karl-Dieter konspirativ zu.

Dieses Mal hatte er sich einen anderen Warteplatz gesucht. Für alle Fälle, falls ihn der Wolfsmörder tatsächlich in dem geparkten Moskwitsch erkannt hatte. Der Parkplatz heute lag völlig uneinsehbar hinter rollbaren Müllcontainern. Wie durch eine Schießscharte hatte Mütze den Laden des Präparators im Blick. Mit dem alten Polsterer hatte er alles genau besprochen. Das Handy lag griffbereit auf dem Beifahrersitz, das graue Männchen würde ihn sofort anrufen, wenn sich der Wolfsmörder meldete. Wann das allerdings der Fall sein sollte, das stand in den Sternen. Mütze griff nach seinem Smartphone, wischte darauf herum und holte sich das Foto her, das er im Krankenhaus von der Namensliste der Jäger geschossen hatte. Dann zoomte er auf maximale Größe und verglich die Kugelschreiberstriche. Tatsächlich! Treibel könnte recht haben. Auch auf dem Foto meinte man, einen anderen Farbton wahrzunehmen, der Name Liebstöckel war tatsächlich mit einem anderen Stift durchgestrichen. Wenn das kein ganz blöder Zufall war, dann hieß das doch, jemand anderes als Krumbiegel hatte Liebstöckels Namen durchgestrichen. Und das konnte ja wohl nur seine Geliebte gewesen sein. Sie deckte ihn auch in dieser Angelegenheit. Wusste sie, wer der tatsächliche Wolfsmörder war? Ist es doch Liebstöckel gewesen? Oder hatte sie nur vermeiden wollen, dass der Verdacht unschuldigerweise auf ihn fiel? Oder aber – was noch durchtriebener war – sie rechnete damit, dass der Polizei die unterschiedlichen Kugelschreiber auffielen, und wollte Liebstöckel bewusst dadurch belasten. Doch warum? Das ergab doch alles keinen Sinn.

Mütze schaute durch die Seitenscheibe. Es war Nacht geworden. Letzte Autos verließen das Industriegebiet, nach und nach erloschen die Lichter der umliegenden Gebäude. Einen solch verwickelten Fall hatte er lange nicht lösen müssen. Sage noch einer, im Osten sei nichts los. Ob es doch einer von den Flüchtlingen gewesen ist? Dass sie alle ein Alibi hatten, bewies noch lange nichts. Wie wackelig Alibis waren, lehrte jeder Tag aufs Neue. Auf der anderen Seite, wenn es ein terroristischer Angriff mit einer Axt gewesen ist, ein Amoklauf, warum hatte der Täter dann nicht weitergemacht? War er über sich selbst erschrocken? Hatte ihn der Anblick der Leiche so geschockt, dass ihn jeder weitere Mut verlassen hatte? Auszuschließen war das nicht. Bei aller Schulung durch IS-Videos, digitale Verbrechen waren doch etwas anderes als ein analoger Axthieb. In den sozialen Netzwerken wurde die Terroristenhypothese bereits wie eine feststehende Wahrheit behandelt. – Soziale Netzwerke! Mütze lachte trocken auf. Asozialere Netzwerke waren kaum denkbar. Wenn es nach dem Netz ginge, bräuchte man Leute wie ihn gar nicht mehr. Das Netz löste jeden Fall.

Im Land Brandenburg sei das Klima besonders vergiftet, hier gebe es ein paar besonders aktive rechte Idioten, hatte Treibel berichtigt. Erst kürzlich sei es ihnen gelungen, die Täter zu fassen, die eine Flüchtlingsunterkunft abgefackelt hatten, eine Sporthalle im nahen Nauen. Zum Glück habe das Potsdamer Gericht die beiden Neonazis zu hohen Haftstrafen verurteilt. Ob das jedoch Nachahmer abschrecke, bleibe höchst ungewiss. Ob Neonazis auch Jagd auf Wölfe machten?

Um sich die Zeit zu vertreiben, googelte Mütze nach Wolfsjagden. Erstaunlich, was da alles angeboten wurde. In leicht schiefem Deutsch warb ein rumänischer Reiseveranstalter für ein spannendes Jagdvergnügen: »In der Nacht mit Vollmond wird ebenso im geschlossenen Hochstand gejagt. Dies ist sehr spannend, weil man die Wölfe in der Gegend sich gegenseitig anheulen hört. Dies geht einem durch die Knochen.« Ob ihr Wolfsmörder genau diesen Kick gesucht hatte? Oder ob er den Wolf wegen der Trophäe jagte? Aus reiner Jagdgier? Und nicht, weil er Isegrim als Konkurrenten ansah?

In diesem Augenblick läutete das Handy. Es war Polsterer, der sich nervös räuspern musste, bevor er sprechen konnte.

»Ich soll die Kiste auf die Lange Brücke fahren und über der Neuen Fahrt halten. Dort bekäme ich den nächsten Hinweis.«

»Neue Fahrt?«

»Ein Arm der Havel.«

»Okay! Auf geht's!«

Von seinem Versteck aus konnte Mütze beobachten, wie der Präparator aus der Tür trat, ein altes Garagentor öffnete und mit einem Kleintransporter heraussetzte. Dann verließ er den Wagen wieder, öffnete die seitliche Schiebetür, ging in seinen Laden zurück und kam mit mühsamen Trippelschritten zurück, die Kiste in den Händen. Als er den Wolfskopf eingeladen hatte, sah er sich um, stieg ein und fuhr los. Mütze startete ebenfalls und fuhr in einigem Abstand hinterher. Die Fahrt ging am Babelsberger Bahnhof vorbei, dann die Großbeerenstraße entlang und auf die Bundesstraße 1 Richtung Potsdam. Auf dem ersten Teil der Havelbrücke bremste der Kleintransporter und hielt an. Mütze war vorsichtshalber schon vor der Brücke stehen geblieben. Von dort konnte er beobachten, wie Polsterer ausstieg und sich umsah. Dann ging er zum Brückengeländer, an dem ein weißer Zettel im Nachtwind flatterte. Der

Präparator riss den Zettel ab, ging zu seinem Fahrzeug zurück, stieg ein und fuhr los.

»Verdammt«, dachte Mütze laut, »was sollte das mit dem Zettel? Und warum ruft er nicht an?«

War das hier 'ne Schnitzeljagd? Von der Bundesstraße 1 ging's nach rechts auf die Bundesstraße 2 Richtung Innenstadt, dann verlangsamte der Transporter seine Fahrt. »Was hat er nur vor?«, murmelte Mütze. Das durfte doch nicht wahr sein! Jetzt bog der Präparator verkehrswidrig ab und fuhr auf einen großen Platz, auf dem ein hoher beleuchteter Triumphbogen stand, der aussah wie ein Modell des Brandenburger Tores. Dicht davor hielt Polsterer, stieg aus, holte die Kiste heraus, stieg auf einen Vorsprung und wuchtete sie auf einen der hohen Sockel des Tores. Überall waren Spaziergänger unterwegs, manche hielten an und schauten zu, was da Seltsames vor sich ging. Polsterer schien's egal. Er lief zu seinem Transporter zurück, gab Gas und fuhr davon.

»Mist«, fluchte Mütze, »hat wohl kalte Füße bekommen.«

Wie blöd musste der Wolfsmörder aber auch sein, sich einen solch exponierten Ort für die Übergabe auszusuchen? Immer mehr Menschen liefen herbei und lachten über die Kiste. »Wie blöd«, durchzuckte es Mütze, »oder wie raffiniert!« In dem entstehenden Gewühl konnte man viel leichter entkommen. Mütze riss die Tür auf und lief gleichfalls zu dem Triumphbogen hinüber. Als er bei dem Sockel ankam, stellte sich ein junger Mann auf die Zehenspitzen und versuchte, sich die Kiste zu angeln. Dabei geschah es: Die Kiste geriet ins Rutschen, der junge Mann konnte sie nicht halten, die Kiste fiel krachend aufs Pflaster, zersplitterte und mit aufgerissenem Gebiss kugelte der Wolfskopf heraus. Unter lautem Kreischen sprang alles auseinander.

»Ich bin überzeugt, er hat ihn gar nicht abholen wollen«, sagte Mütze ärgerlich und hörte nicht auf, im Zimmer auf und ab zu gehen, während er sich zugleich die Kleider vom Leib riss. »Er will sich über uns lustig machen, glaub mir, Knuffi, er hat die Aufmerksamkeit bewusst erzeugt, um allen zu zeigen, wie es dem nächsten Wolf ergeht, der sich nach Brandenburg traut.«

»Aber was ist mit dem ersten Mal gewesen?«

»Als er nicht gekommen ist? Vielleicht hat er was bemerkt. Oder Polsterer hat ihm was gesteckt, nicht ganz auszuschließen. Und so hat er Plan B entwickelt.«

»B wie beschissen.«

»Du sagst es.«

Mütze riss die Minibar auf, öde Leere gähnte ihn an.

»Wo ist denn das Bier hin?«

»Hab ich Treibel gebracht.«

Und nun begann Karl-Dieter zu erzählen, von dem zufälligen Treffen mit Liebstöckel und was ihm dieser über den seltsamen Patienten erzählt hatte, der sich für Fontane hielt.

»Du erinnerst dich doch an den Mann. Neulich vor der Löwen-Apotheke, der so seltsam dahergeredet hat.«

»Der betrunkene Fontane?«

»Leo Umbreit heißt er eigentlich. Liebstöckel aber nennt ihn immer nur Fontanowski, bescheuert, nicht?«

»Und?«

»Leo Umbreit ist ein Germanist, der lange bei der Fontane-Gesellschaft aktiv war. Mit der Zeit aber sei er immer verschrobener geworden, habe sich in bestimmte Aspekte von Fontanes Biografie verbissen, habe schließlich behauptet, Fontane habe einen unehelichen Sohn gezeugt und er sei dessen Enkel.«

»Noch mal, ich komm' nicht mit. Dieser Umbreit glaubt, der Enkel von einem unehelichen Sohn Fontanes zu sein?«

»Genau.«

»Und ist er das?«

»Natürlich nicht. Wahrscheinlich gibt es gar keine unehelichen Kinder, meint Liebstöckel, es sei nichts als ein altes Gerücht. Alle hätten sich zunehmend lustig über Umbreit gemacht, besonders, als dieser anfing, sich wie Fontane zu kleiden. Schließlich habe man ihn rauswerfen müssen.«

»Wo raus?«

»Aus der Fontane-Gesellschaft. Auf einer Tagung, bei der man die tatsächliche Urenkelin Fontanes für ihre Verdienste ehren wollte, habe er die Bühne gestürmt, habe sich auf die Brust geschlagen und gerufen: Hier steht der legitime Erbe!«

»Verrückt!«

»Darauf hat man ihn in die Psychiatrie gesperrt.«

»Verständlich. Aber sag mal, Karl-Dieter, warum erzählst du mir das alles?«

»Ich hab' da so ein Jucken im Gehörgang, dass da was faul ist. Weißt du noch, was er vor der Apotheke gerufen hat?«

»Irgendwas von Fontane.«

»Wo Fontane draufsteht, muss noch lange nicht Fontane drin sein.«

»Ja und?«

»Das wird er in seinem Wahn auf die Urenkelin bezogen haben. Verstehst du, Mütze? Er hält sich für den wahren Fontane.«

»Das mag ja alles sein, aber worauf willst du hinaus? Ich bin doch kein Psychiater.«

»Im speziellen Sinn mag er die Urenkelin gemeint haben, im erweiterten Sinn aber meinte er die ganze Fontane-Gesellschaft. Sie ist seine geistige Heimat gewesen, aus der man ihn vertrieben hat. Daher sein Hass. Die Farbanschläge auf die Fontane-Denkmäler, verstehst du? Das war er, meint Liebstöckel.«

»Hm. Na großartig, gratuliere! Dann wäre der schwierigste Fall ja gelöst.«

Karl-Dieter blickte ihn an und war sichtlich enttäuscht. Klar, mit dem Mord hatte das nichts zu tun, aber war es nicht dennoch eine dramatische Geschichte? Mütze klopfte ihm auf die Schulter.

»Nimm's nicht tragisch, Knuffi. Morgen sag' ich Treibel Bescheid, er soll bei Gelegenheit einen unterbeschäftigten Kollegen losschicken, der Sache nachzugehen. Auch Sachbeschädigungen gehören schließlich aufgeklärt.«

Während Karl-Dieter leicht schmollend ins Bett kroch und sein iPad hervorzog, warf sich Mütze seinen Bademantel über und trat ans Fenster. Als Freund der systematischen Schule ging er den Stand der Ermittlungen im Geiste durch. Hauptverdächtiger blieb für ihn Liebstöckel. Sein Motiv? Mord aus Eifersucht oder aus Angst, von Krumbiegel als Wolfsmörder enttarnt zu werden. Die Namensliste mit den Verdächtigen war der Ehefrau, also seiner Geliebten, in die Hände gefallen, Ilse Krumbiegel hatte Liebstöckel davon erzählt, Liebstöckel hatte die Panik bekommen, hatte sich die Axt geschnappt und Krumbiegel mundtot gemacht, worauf die Witwe seinen Namen schnell von der Liste gestrichen hat. Warum aber hatte sie die Liste nicht vernichtet? Vielleicht, weil sie damit rechnen musste, dass andere Jäger der Polizei davon erzählen würden. Vielleicht war Krumbiegel mit der Liste von Jagdkollegen zu Jagdkollegen gezogen, und wenn er sich sicher war, dass der Mann sauber war, hatte er vor dessen Augen einen Strich durch dessen Namen gemacht.

Angenommen aber, Liebstöckel war nicht mit dem Wolfsmörder identisch. Auch dann blieb er verdächtig. Er war am Mordtag in Ribbeck gewesen, der Streit mit seiner Geliebten könnte ihn erregt und zu der Mordtat gebracht haben. Für die entscheidende Viertelstunde hatte er kein Alibi, denn die Behauptung der Witwe, er habe noch einmal bei ihr geklingelt, sie hätte aber nicht aufgemacht, konnte nichts als eine reine Schutzbehauptung sein. Sie liebte ihn eben immer noch, sah vielleicht sogar eine Chance darin, ihn durch ihre Lügendienste enger an sich zu fesseln. Liebstöckel war der Hauptverdächtige, kein Zweifel. Wenn Liebstöckel aber die Wölfe nicht getötet hatte, gab es einen anderen Wolfsmörder, und auch dieser besaß ein handfestes Motiv. Zudem war bei Jägern die Tötungshemmung weniger ausgeprägt. Vielleicht dieser Siebenhaar? Auch sein Name war nicht durchgestrichen.

Mütze öffnete das Fenster und atmete die milde Sommernachtsluft ein. Er erinnerte sich an das Seminar eines Polizeipsychologen, zu dem sie neulich in Nürnberg verdonnert worden waren. Jeder hatte sieben Karten mit Abbildungen unterschiedlicher Mordabläufe vorgelegt bekommen mit dem Auftrag, sie nach aufsteigender Tötungshemmung zu sortieren. Auf dem ersten Bild erstach ein Mann einen Juwelier von hinten mit einem Fleischermesser, auf einem zweiten schnitt der Täter einer schlafenden Frau die Kehle durch, ein drittes zeigte eine Frau, die eine kleine Pistole auf einen Einbrecher richtete, auf dem vierten Foto schüttelte ein Mann ein Baby zu Tode, auf dem fünften Foto stieß ein Mann einen zweiten von einer Brücke, auf dem sechsten fuhr einer mit dem Auto frontal einen Fußgänger über den Haufen und auf dem siebten und letzten Bild war eine Frau zu sehen, die Gift in das Essen ihres Mannes streute. Wo war die Tötungshemmung am größten?

Die meisten hatten spontan auf das Bild von dem sein Kind zu Tode schüttelnden Mann gezeigt. Einem unschuldigen Baby gegenüber musste die Tötungshemmung doch riesig sein. Das Bild der Gift ins Essen streuenden Frau lag bei den meisten am anderen Ende der Skala, interessanterweise noch vor der Einbrecherszene. Das wäre typisch, hatte ihnen der Psychologe erklärt, das läge daran, dass die Tötungshemmung wüchse, wenn man dem anderen ins Auge schauen konnte. Je räumlich distanzierter man dem Opfer während des Tatvorgangs sei, desto geringer sei auch die Tötungshemmung und umgekehrt. Mit einer Axt einen Schädel zu spalten, dieses Foto aber hätte alle anderen getoppt, selbst das Baby-Schüttel-Bild, da war sich Mütze sicher. Dazu war nur ein völlig abgebrühter Mensch fähig. Die Jäger aber, gehörten sie nicht zu dieser Sorte?

Dann war – drittens – die IS-Hypothese noch nicht vom Tisch. So ungern Mütze sie auch in Betracht zog, man durfte als Kommissar nicht auf einem Auge blind werden. Die Welt richtete sich nicht nach unseren Wünschen. Selbst wenn man dem gesammelten Hass der Ausländerfeinde keine Munition liefern wollte, ein Mord war ein Mord und gehörte aufgeklärt. Nur darum ging es, die Wahrheit ans Licht zu bringen, und sei sie noch so unangenehm.

Mütze schloss das Fenster und ging zu Bett. Gerne hätte er bei offenem Fenster geschlafen, aber Karl-Dieter behauptete, von der Zugluft in der Früh Wadenkrämpfe zu bekommen. So war das eben in einer Partnerschaft, man musste Kompromisse schließen.

Karl-Dieter bekam überhaupt nicht mit, dass sich auch Mütze ins Bett schmiss. Zu gebannt war er von dem, was ihm Herr Google aufs iPad gebeamt hatte. Dieser Aufsatz hier, er schien die verrückte Idee von Umbreit zu bestätigen, jedenfalls den Ausgangsgedanken. Karl-Dieter hatte als Suchbegriff »Fontane« eingegeben und »uneheliches Kind«. Wumms! Sofort hatte er mehrere Treffer gelandet, darunter einen Artikel aus der »Zeit«, einen Bericht aus dem »Spiegel« und als PDF-Datei den Aufsatz eines Wissenschaftlers von der Uni Bielefeld, der sogar den Plural benutzte: »Fontanes uneheliche Kinder«. Weil ihm diese Quelle am seriösesten erschien, hatte er sie sich runtergeladen. Ein einziger Krimi. Ausgangspunkt war ein Brief Fontanes an einen Freund vom »Tunnel über der Spree«, den zwei Jahre älteren Dichter Bernhard von Lepel vom 1. März 1849.

»Denk dir«, schrieb Fontane, »Enthüllungen No II; zum zweiten Mal unglückseliger Vater eines illegitimen Sprösslings. Abgesehn von dem moralischen Katzenjammer, ruf ich auch aus: ›Kann ich Dukaten aus der Erde stampfen usw.‹ Meine Kinder fressen mir die Haare vom Kopf, eh die Welt weiß, dass ich überhaupt welche habe. O horrible, o horrible, o most horrible! ruft

Hamlets Geist und ich mit ihm. Das betreffende interessante Aktenstück (ein Brief aus Dresden) werd' ich Dir am Sonntage vorlegen, vorausgesetzt, dass Du für die Erzeugnisse meines penes nur halb so viel Interesse hast wie für die meiner Feder.« (14)

»Die Erzeugnisse meines penes!« Karl-Dieter musste schlucken und las weiter. Einiges wusste man von einem Kind, das Fontane in Dresden gezeugt hatte, das aber schon früh gestorben war. Diese Spur brauchte also nicht weiter verfolgt zu werden, jedenfalls nicht in Bezug auf Umbreit. Das zweite Kind schien allem Anschein nach in Berlin geboren worden zu sein, vermutlich im Revolutionsjahr 1848. In Zeiten der Revolutionen sei eine allgemeine Lockerung der Sitten nicht untypisch. »Auch hier wird es sich also um ein ›Vaterunbekannt-Kind‹ gehandelt haben«, schrieb Bernd W. Seiler, der Autor des Artikels. Von solchen Kindern habe es in Berlin so viele gegeben, dass sich ohne weitere Anhaltspunkte jede Nachforschung erübrigen würde.

Ob Umbreit dennoch Nachforschungen angestrengt hatte? Ob er dabei fündig geworden war? Ob er das Leben des Kindes rekonstruieren konnte? Und ob er tatsächlich seine Herkunft von diesem unehelichen Kind hatte nachweisen können? Oder ob das alles Wunschdenken gewesen ist, das Hirngespinst eines unglücklichen Germanisten, der um jeden Preis nach

Anerkennung gesucht hat? Karl-Dieter ließen diese Fragen nicht los. Erst spät fiel er in einen unruhigen Schlaf.

Nacht über der Mark Brandenburg. Hin und wieder fiel das Licht des Mondes durch das dichte Blattwerk des Stechliner Waldes. In gleichmäßigem Trab lief jemand durch das silbrig glänzende Dickicht, doch selbst wenn der Mond nicht geschienen hätte, hätte der einsame Läufer seinen Weg gefunden. Hin und wieder stoppte er und hielt seine schwarze Nase in den Wind. Alles war fremd und doch zugleich vertraut. Mit seinen kleinen, aufrecht stehenden Ohren nahm er die kleinsten Geräusche wahr. Das dunkle Quaken der Moorfrösche aus den nahen Sümpfen, den lang gezogenen Schrei des Käuzchens. Feinde kannte er keine, bis auf den einen, den Menschen, doch der war längst zu Bett gegangen. Dennoch war es besser, auf der Hut zu sein und kein Risiko einzugehen. Klug und ausdrucksvoll war der Blick des nächtlichen Waldläufers, um die Schnauze schimmerte es hell. Ein schönes, ein elegantes Tier. Im Wald fühlte er sich sicher, doch die Lichtung vor ihm lockte ihn, witterte er doch den Geruch einer Hirschkuh. War sie alt oder krank, könnte er sie erwischen, könnte er ihr mit seinen scharfen Zähnen die tödliche Wunde zufügen. Seine Muskeln spannten sich, hellwach waren seine Sinne. Den hohen Kasten, das getarnte Haus auf den langen Stelzen, aber nahm er nicht wahr. Wäre der Wind von dort gekommen, hätte er ihn vielleicht gerochen, den Mann, der dort oben wartete, seinen Schweiß, seine Erregung, sein Jagdfieber. Geduckt und mit langsamen Schritten schlich sich der Wolf auf die Wiese, hielt neben einem Busch kurz inne. Was war das? Was ist das für ein Geräusch gewesen? Dieses metallische Klicken? Sofort spannten sich alle seine Muskeln an, bereit für den Sprung zurück ins schützende Dickicht, da zerfetzte ein Schuss die Nacht.

Das Schiff geborsten. Das Feuer verschwelt.
Gerettet alle, nur *einer* fehlt. (15)

FREITAG

»Das darf nicht wahr sein«, knurrte Mütze ins Handy, »wirklich erst am Abend? Um 19 Uhr? Komische Sitten.«

»Was ist denn?«, fragte Karl-Dieter neugierig, während Mütze sein Handy auf die geblümte Tischdecke warf, um sich seinen Audi-Toast zu basteln, wie er es nannte, ein Brot mit vier sich überlappenden Salamischeiben.

»Treibel sagt, die Beerdigung findet erst am Abend statt. Wegen der neuen Pfarrerin von Nauen. Sie meint, man solle auch den Berufstätigen die Möglichkeit geben, Abschied zu nehmen.«

»Hübsche Idee. Aber warum Nauen? Wird Krumbiegel denn nicht in Ribbeck bestattet?«

»Dort gibt es keinen Friedhof mehr, nur noch Birnbäume.«

Krachend biss Mütze in seinen Toast. Die gestrige Nacht saß ihm noch in den Knochen. Er war so was von bedient. Wer zum Teufel hatte sich getraut, ihn so übel zu foppen? Wer war der Kerl, der mit ihm eine Schnitzeljagd durch halb Potsdam veranstaltet hatte? Denn nur um ihn war es doch gegangen, Polsterer ist nur ein Werkzeug in dem miesen Spiel gewesen. Den Präparator hatte Mütze spät am Abend telefonisch erwischt. Es war, wie Mütze vermutet hatte. Polsterer hatte die Nerven verloren und nur noch nach Hause gewollt. Vor seiner Tür aber habe ein Umschlag gelegen. Die restlichen 500 Euro.

Mütze konnte sich gut vorstellen, wie das graue Männchen mit den ewig gelben Händen den Umschlag zitternd geöffnet hatte. Dieser Hund von einem Wolfsmörder! Chuzpe, nannte man das wohl. Auf diese Weise am Ende kalt lächelnd seine Schulden zu bezahlen. Mütze hatte den Präparator gebeten, den Zettel von der Brücke für ihn aufzubewahren, auch wenn er wenig Hoffnung hatte, dass die Spusi damit etwas anfangen konnte. Der Kerl war mit allen Wassern gewaschen. Wer so etwas tat, der ließ auch Äxte auf Köpfe sausen.

Mütze schob krachend den letzten Bissen Audi-Toast in seinen Mund und begann, auf dem Handy herumzuwischen. Auch wenn Karl-Dieter es unmöglich fand und sie ein Handyverbot für die Mahlzeiten vereinbart hatten, die Situation forderte es nun. Mütze wischte sich das Foto mit der Namensliste herbei. Zehn Namen waren offen, elf, wenn man's genau betrachtete, denn Liebstöckel war hinzuzuzählen. Ob das gestern Nacht Liebstöckel gewesen ist? Gleich nach dem Frühstück würde er veranlassen, die Alibis der elf Verdächtigen überprüfen zu lassen. Liebstöckel würde er selbst übernehmen. Mann! Er war so was von bedient! Vorher aber würde er nach Potsdam fahren, um sich den Zettel zu beschaffen, der an der Havelbrücke gehangen hatte. Auch würde er den Präparator ins Gebet nehmen. Vielleicht war ihm ja doch was aufgefallen.

»Wann sehen wir uns wieder?«, fragte Karl-Dieter.

»Ich ruf dich an.«

Eine knappe Stunde später hatte Mütze Potsdam erreicht. Einer plötzlichen Eingebung folgend aber parkte er nicht direkt vor dem Laden des Präparators, sondern ein deutliches Stück von diesem entfernt. Auch beschloss Mütze, das Geschäft nicht durch die Ladentür zu betreten, sondern von hinten über den Hof. Seine Nase sagte ihm, dass es besser war, überraschend aufzutreten. War es denn ausgeschlossen, dass das graue Männchen mit dem Wolfsmörder unter einer Decke steckte? Dass es bei der gestrigen Aktion eingeweiht gewesen ist? Zudem: Ein Präparator, dem man illegal erlegte Wölfe zum Ausstopfen gab, was war von dem zu halten?

Mütze verschwand in einem schmalen Gang, der beidseits von hohen Backsteinmauern gesäumt wurde. Eine Reihe von Mülltonnen stand hier Spalier, es roch streng und unangenehm. Mütze quetschte sich an den Tonnen vorbei, dann ging's ums Eck herum zu einem weiteren Gang, der zu einem dunklen Innenhof führte. Oben hing ein verdrecktes Taubennetz, in einer Ecke schwebte ein toter, schon halb verwester Vogel, den rechten Flügel bizarr zur Seite abgewinkelt. Wohl eine Taube, die sich in den Maschen verfangen hatte und hängengeblieben war. Mütze sah sich um. Drei Türen führten zu den umgebenden Gebäuden, zwei davon mussten zur Werkstatt des Präparators gehören. Vorsichtig drückte Mütze die Klinke einer der Metalltüren herunter, die sich unter einem leisen Quietschen öffnete. Als Mütze die Tür zur Hälfte geöffnet hatte, zuckte er zusammen. Ein riesiger Tiger sprang ihn an, das Maul gierig aufgesperrt.

»Ruinieren Sie mich nicht, bitte ruinieren Sie mich nicht!«

»Das liegt nicht in meiner Hand, aber wenn Sie kooperieren, werde ich ein gutes Wort für Sie einlegen.«

Der Präparator nickte und rieb sich nervös die gegerbten Hände.

»Ich weiß, ich hätte den Auftrag niemals annehmen dürfen, niemals annehmen dürfen. Hätte er mich zuvor gefragt, hätte ich garantiert Nein gesagt. Aber er stand einfach da, hat mir den Metallsarg in die Werkstatt geschoben, ohne mich zu fragen. Was glauben Sie, was ich geguckt habe, als ein Tiger zum Vorschein kam.«

»Den Sie dann, als sich der erste Schrecken gelegt hat, nach allen Regeln der Kunst ausgestopft haben.«

»Ich weiß, ich weiß, war ein Fehler, aber bitte ruinieren Sie mich nicht.«

»Ich will eines wissen: den Namen des Mannes. Wer hat den Tiger hierhergebracht?«

»Ich bitte Sie, Herr Kommissar, das darf ich nicht sagen, verstehen Sie? Ich hab' dem Kunden mein Ehrenwort gegeben.«

»Dann tut's mir leid, dann kann ich leider nichts mehr für Sie tun.«

Mütze griff zu seinem Handy und tat so, als würde er wählen.

»Bitte nicht, Herr Kommissar!«, flehte das graue Männchen, »ich sag ja alles!«

»Den Namen!«

»Von Tulpenstengel. Fridor von Tulpenstengel, Unternehmer. Wohnt hier in Potsdam.«

»Der gleiche Mann, der Ihnen den Wolfskopf gebracht hat?«

»Das weiß ich nicht«, sagte der Präparator gequält, »den Wolfskopf hat man mir doch vor die Tür gestellt, das wissen Sie doch, bitte, das müssen Sie mir glauben!«

Wieder saß Mütze im Auto. Er brauchte nicht auf der Liste nachzusehen. Er hatte alle Namen im Kopf, die Namen der Jäger, die Krumbiegel noch nicht durchgestrichen hatte. Von Tulpenstengel war einer von ihnen. Sogleich rief er Treibel an. Diesen Tulpenstengel würde er sich selbst vorknöpfen. Ein Tiger, das war doch der Hammer! Wer einen Tiger erlegte, für den war ein Wolf doch eine Kleinigkeit. Warum aber sollte der Jäger den Tiger, also das größere Verbrechen, persönlich zum Ausstopfen geben, den Wolf aber anonym? Ergab das einen Sinn? Hatte Tulpenstengel etwa Angst, dass, wenn er aufflog, er keine weiteren Wölfe mehr schießen konnte? Bei dem Tiger, den er im indischen Dschungel erlegt hatte, war ja vielleicht alles legal zugegangen. Ob die Jagd auf Tiger irgendwo auf der Welt erlaubt war, wusste Mütze nicht, aber auch Polsterer schien von einer verbotenen Aktion auszugehen, sonst wäre er nicht so erschrocken. Liebstöckel musste warten, der Großwildjäger ging vor.

Bis zum Haus von Tulpenstengel war es nicht weit. Keine zehn Minuten später stoppte Mütze vor der Villa. Ach was, Villa! Ein Schlösschen war das: Erker, Türmchen, Balkone und mehrfach gewalmte Dächer, zierliche Balkone und eine mit geschwungenen Geländern gesäumte hohe Terrasse. Dazu das parkartige Gelände, auf dem uralte Bäume rauschten. In der Nachbarschaft das gleiche Bild. An der Chaussee, die sich den Berg hinaufschlängelte, war Mütze an lauter Prachtbauten vorbeigekommen. Vielleicht hatten hier einmal die Filmstars gewohnt, damals, zur großen Zeit von Babelsberg in den 1920er-Jahren. Was Hollywood für Los Angeles, das war dieser Villenhügel für Babelsberg. Ironie der Geschichte: Selbst dieser märkischen Magnolien-Road hatte man den Namen Karl-Marx-Straße gegeben.

Mütze schellte an dem vergoldeten schmiedeeisernen Tor, das von zwei Marmorlöwen bewacht wurde. »Die echten werden ausgestopft neben dem Kamin stehen«, knurrte Mütze grimmig in sich hinein. Ein livrierter Diener kam aus dem Haus gelaufen und fragte den Kommissar durch die Stangen hindurch nach seinem Begehr.

»Mein Begehr? Den Mann mit dem Gewehr«, witzelte Mütze und kniff die Augen leicht zusammen. Kam ihm der Mann nicht bekannt vor?

Der Diener verzog degoutiert sein Gesicht und wollte abdrehen.

»Mütze, Kriminalpolizei!«, rief es hinter ihm her.

Fridor von Tulpenstengel war ein Mann in den Fünfzigern. Er trug einen eleganten Anzug mit weißem Einstecktuch und wippte lässig auf seinen zweifarbigen Lederschuhen. Seine Haare waren noch oder vielleicht wieder pechschwarz und verwegen nach hinten gegelt. Formvollendet begrüßte er Mütze und führte ihn durch die hohe Eingangshalle, die mit Ölgemälden und Geweihen geschmückt war, in einen seitlich gelegenen Raum, den er als sein Raucherzimmerchen bezeichnete. Allein in diesem Zimmer hätte man eine durchschnittliche Drei-Zimmer-Wohnung unterbringen können, staunte Mütze.

»Sie haben doch nichts dagegen, wenn ich mir eine Zigarre anzünde? Mein Zehn-Uhr-Ritual, Sie verstehen. Wollen Sie auch eine? Eine Cohiba Maduro 5, kein schlechtes Kraut.«

Mütze lehnte dankend ab.

»Gut, dass Sie kommen«, sagte von Tulpenstengel, während er mit einem abgegriffenen Blechknipser seine Zigarre köpfte.

»Gut, dass ich komme?«, fragte Mütze. »Haben Sie mich wohl erwartet?«

Verdammt! Hatte der Präparator nichts Besseres zu tun gehabt, als Tulpenstengel zu warnen? Kundenpflege, nannte man das wohl.

»Aber freilich, Herr …, entschuldigen Sie, wie war noch gleich Ihr Name?«

»Mütze, Hauptkommissar Mütze.«

»Herr Mütze, entschuldigen Sie. Natürlich habe ich Sie erwartet. Sie kommen doch wegen des Einbruchversuchs?«

»Einbruchversuch?«

»Ja, haben Ihre Kollegen von der Wache denn nichts Näheres erzählt? Gestern Nacht hat man versucht, bei mir einzubrechen. Wenn Hasso nicht angeschlagen hätte, wer weiß, was passiert wäre. Er muss sie in die Flucht geschlagen haben. Als er nachts zu bellen begann, hab' ich mir nichts gedacht, das macht er auch, wenn ihn der Marder nervt. Aber als ich vorhin die Einbruchsspuren an der Kellertür bemerkt habe, habe ich natürlich gleich bei Ihnen angerufen.«

»Sind Sie die ganze Nacht zu Hause gewesen?«

»So ist es.«

»Alleine?«

»Mein Butler verlässt mich immer um neun. Meine Frau macht Wellness in Kitzbühel, also eigentlich ist es eine Schönheitsfarm, Sie verraten's ja nicht weiter, nicht wahr, Herr Mütze? Die Kerle müssen von hinten durch den Park gekommen sein, an der Straßenseite ist alles mit Alarmanlagen gesichert. Hinten geht's ja steil den Hügel hinab, da war nicht mit zu rechnen.«

»Herr von Tulpenstengel, wo waren Sie am Dienstagmorgen zwischen sieben und neun Uhr?«

»Ich verstehe Sie nicht, Herr Kommissar.«

»Herr von Tulpenstengel, ich bin hier, weil ich in einem Mordfall ermittle. Wo waren Sie am Dienstag zwischen sieben und neun?«

Tulpenstengel glotzte ihn an. »Mord? Was hab' ich mit einem Mord zu tun? Sie meinen doch nicht etwa die schreckliche Sache mit unserem armen Krumbiegel?«

»Exakt die Sache meine ich. Also, beantworten Sie bitte meine Frage.«

»Dienstag zwischen sieben und neun? Da werde ich zu Hause gefrühstückt haben.«

»Allein?«

»Ich sagte doch schon, meine Frau ist in Kitzbühel.«

»Und Ihr Butler?«

»Hat Dienstag seinen freien Tag.«

»Irgendwelche anderen Zeugen?«

»Hören Sie, Herr Kommissar, Sie glauben doch nicht im Ernst, dass ich Krumbiegel auf dem Gewissen habe?«

»Ich glaube gar nichts, ich stelle nur fest, dass Sie kein Alibi haben.«

»Und kein Motiv, Herr Kommissar«, lachte Tulpenstengel und ließ einen dicken Rauchkringel zur Decke steigen.

Statt zu antworten, zog Mütze sein Smartphone hervor, wischte ein paar Mal entschlossen darauf herum und hielt es Tulpenstengel hin. Tulpenstengel erbleichte.

»Ich hab' noch was für Sie«, sagte Mütze und zeigte Tulpenstengel das nächste Foto, das dessen Entsetzen steigerte.

»Nein, nein, nein, Herr Kommissar«, wehrte er ab und fuchtelte mit seiner Zigarre durch die Luft, »damit hab' ich nichts zu tun, den Tiger habe ich geschossen, okay, aber doch keinen Wolf.«

»Sie stehen auf Krumbiegels Liste, er war Ihnen auf der Spur.«

»Verdammt, das ist ein Irrtum, ich gehe doch nicht auf Wölfe.«

Im Park der Psychiatrischen Klinik war zu dieser frühen Stunde noch niemand unterwegs, auch die Bänke waren alle frei. So ging Karl-Dieter weiter zum Krankenhausgebäude und fragte an der Pforte, wo er Herrn Umbreit treffen könne. Der Pförtner, ein junger Mann, dem eine stattliche Kollektion von Ringen im Gesicht baumelte, sah Karl-Dieter erstaunt an.

»Umbreit? Kenne ich nicht.«

»Der Mann, der wie Fontane rumläuft.«

»Ach so, sagen Sie doch gleich, dass Sie zu Fontane wollen. Moment, ich rufe auf der Station an.«

Zwei Minuten später öffnete sich die Stationstür, und Fontane wurde herausgelassen. Er schien gerade gefrühstückt zu haben, an seinem Schnurrbart klebte etwas Eigelb. Müde sah er aus und ziemlich zerknittert. Als er Karl-Dieter aber erkannte, straffte sich sogleich seine

Körperhaltung, und freudig lächelnd begrüßte er ihn wie einen alten Bekannten.

»Was verschafft mir das Vergnügen, lieber Freund, noch dazu zu dieser frühen Morgenstunde?«

»Entschuldigen Sie, ich weiß, ziemlich unhöflich von mir«, sagte Karl-Dieter, »ich wollte mich nur gerne mit Ihnen unterhalten.«

»Zu einem Gespräch unter Freunden sage ich immer gerne Ja«, sagte Umbreit, »wollen wir einen Spaziergang machen? Karl-Dieter war doch Ihr werter Name, nicht wahr? Wissen Sie, Karl-Dieter, Spaziergehen ist meine Leidenschaft.«

So gingen sie zum Rhin hinunter, der träge in der Morgensonne schwappte. Karl-Dieter wusste nicht recht, wie er das Gespräch beginnen sollte, und war froh, dass Umbreit fröhlich drauflos erzählte.

»Wissen Sie, Karl-Dieter, jetzt bin ich doch wieder in Neuruppin gelandet, ich, das alte Großstadttier. Berlin! Wie viele Jahre habe ich dort verbracht! Den größten Teil meines Lebens. Nur in London habe ich mich vielleicht wohler gefühlt, aber das war zu einem guten Teil meiner Jugend geschuldet. Welcher junge Mensch, der nicht von London fasziniert wäre. Sind Sie schon mal in London gewesen, Karl-Dieter? Noch nicht? Da müssen Sie hin. Nach Berlin zieht mich nichts mehr, die Stadt erkenne ich kaum wieder. Auch meine Wohnung in der Potsdamer Straße, einfach wegsaniert. Welch schöne Spaziergänge habe ich dort täglich unternommen! Wissen Sie, was meine Lieblingsroute gewesen ist? Natürlich zum Tiergarten, einmal um das Denkmal der schönen Luise herum, vor Goethe den Hut gezogen und weiter zum südlichen Ende der Siegesallee, zum Wrangelbrunnen, der heute triste in Kreuzberg sprudeln muss. Kennen Sie das Gedicht, wie ich zu meiner Wohnung heimkehre?«

Umbreit blieb stehen, atmete tief durch und schloss die Augen.

»Zuletzt dann vorbei an der Bismarckpforte
Kehr' heim ich zu meinem alten Orte,
zu meiner alten Dreitreppenklause,
Hoch im Johanniterhause. –
Schon seh' ich grüßen, schon hör' ich rufen –
Aber noch fünfundsechzig Stufen!« (16)

Umbreit musste über sein eigenes Gedicht lachen, und Karl-Dieter fiel dankbar mit ein.

»Treppensteigen hält jung, das sag' ich Ihnen, junger Freund. Niemals Aufzugfahren! Ja, Berlin ist mein Jungbrunnen gewesen, mein Ein und Alles. Aber heute? Nichts als Baustellen, die nicht fertigwerden, dazu der Lärm und Gestank der Moderne, Terroranschläge auf Weihnachtsmärkte, lärmende Fußballfans, nein, dort soll sich austoben, wer will, ich bleib' in meinem kleinen Neuruppin.«

»Wo man die Erinnerung an Sie ja hochhält.«

»Hochhält?« Abrupt blieb Umbreit stehen, und seine Schnurrbartenden fingen an zu zittern. »Sie meinen nicht die Fontane-Gesellschaft? Oh, oh, wer doch alles glaubt, mein Vermächtnis pflegen zu müssen, wie viele unberufene Münder. Tand, Tand ist das Gebilde von Menschenhand! Denkmäler, Wanderwege, Erinnerungstafeln, der ganze Krempel kann mir gestohlen bleiben. Jeder biegt sich doch die Vorstellung von mir zurecht, wie es ihm passt. Nur die Wahrheit, die Wahrheit will niemand hören.«

»Welche Wahrheit?«, fragte Karl-Dieter vorsichtig nach, doch sein Begleiter wirkte plötzlich wie abwesend. In Gedanken versunken setzte er seinen Weg fort und mit ihm Karl-Dieter. Die Wahrheit. Was verstand Umbreit darunter? Meinte er die unehelichen Kinder Fontanes? Karl-Dieter brannte es auf den Nägeln, dennoch beherrschte er sich und fragte nicht nach. Indiskret zu werden war ganz und gar nicht seine Art, und so gingen sie eine Weile schweigend am Ufer entlang. Erste Schiffe glitten über das Wasser, Entenpärchen drängten sich am Ufer, darunter auch zwei stolze Schwäne. Der Tag versprach schön zu werden.

Umbreit war der Erste, der die Rede wieder aufnahm.

»Karl-Dieter, was würden Sie sagen, wenn man nach Ihrem Tod wichtige Informationen über Ihr Leben unterschlägt?«

»Mit Verlaub, lieber Theodor, mein Leben wird einst niemanden interessieren. Bei Ihnen ist das natürlich etwas anderes«, fügte Karl-Dieter schnell hinzu und fragte vorsichtig: »Was ist es denn, das man unterschlagen hat?«

»Einen Brief. Einen Brief an einen guten Freund. Meine lieben Verwandten, jahrzehntelang haben sie die Briefe versteckt, bis die Veröffentlichung nicht mehr zu verhindern gewesen ist.«

»Und warum die Geheimnistuerei?«

»Gute Frage. Zunächst glaubte ich, es geschah, weil man sich für mich schämte. Dann aber bin ich auf den wahren Grund gestoßen.«

»Und was ist der wahre Grund gewesen?«

»In dem Brief wurde über die Geburt meiner wahren Kinder gesprochen.«

»Ihrer wahren Kinder?«

»Ja, von den Kindern der Liebe. Es gibt Kinder der Liebe und Kinder der Pflicht.«

Umbreit blieb erneut stehen und zerrte mit beiden Händen an seinem Binder, als müsse er sich Luft verschaffen. Sein Blick ging über das Wasser hinweg in die Ferne.

»Ja, die Kinder der Liebe«, fuhr er fort, und seine Stimme fing an zu beben, »ich hab' sie immer im Herzen getragen, glauben Sie mir, Karl-Dieter. Ich bin ein verdammt schlechter Vater gewesen, hatte von Erziehung nicht die geringste Ahnung, aber mein größter Kummer hat immer den Kindern gegolten, die ich nicht habe erziehen dürfen.«

Nun verstand Karl-Dieter, nun erst begriff er mit voller Wucht, was passiert war. Nach und nach hatte sich Umbreit in seinen Wahn hineingesteigert. Zunächst hatte er wie ein Mensch, der einen gefrorenen See betritt, festen Halt unter den Füßen verspürt, war mit Akribie der Geschichte der unehelichen Kinder Fontanes nachgegangen, wissenschaftlich, systematisch. Dann aber hatte er sich zu weit vorgewagt, war auf unsichere Schollen geraten, auf brüchiges Eis. Mehr und mehr hatte er die Bodenhaftung verloren, bis es ihn schließlich hinausgetrieben hatte in die Welten seines Wahns. Plötzlich war er nicht mehr jemand, der außerhalb stand, der Fontane als Objekt betrachtete, plötzlich war er zum Teil von dessen Leben geworden, zunächst als dessen vermeintlicher Urenkel und zuletzt als Fontane selbst. Nur selten noch fand er zurück in sein eigentliches, trauriges Leben. Seine ganze Existenz wurde nur noch gespeist vom Wahn, gespeist durch den Hass auf alles, was diesen angriff und bezweifelte, auf alles, was ihm als Urenkel die Existenzberechtigung abgesprochen hatte. Er, nur er, ist der wahre Erbe gewesen, er, nur er, der legitime Bewahrer aller Erinnerungen. Ist er denn nicht ein Kind der Liebe gewesen? Sein größter Feind, das waren alle, die sich in anderer Weise mit Fontane beschäftigten, in erster Linie die Leute von der Fontane-Gesellschaft, aber wohl auch und mit diesen zusammen die Nachkommen der legitimen Kinder Fontanes, die »Kinder der Pflicht«. Sie alle zu bekämpfen, das ist ihm zum Lebensinhalt geworden. Deshalb der Hass, deshalb die Farbanschläge!

»Und da haben Sie den Kampf aufgenommen«, sagte Karl-Dieter leise.

»Den Kampf aufgenommen?«, fragte Umbreit und wirkte verwirrt.

Plötzlich hörten sie harte Schritte hinter sich und keuchenden Atem. Beide blickten sich um.

»Manfred!«, sagte Umbreit, wirkte aber nicht erstaunt, seinen Freund aus der Psychiatrie zu sehen, den schweigsamen Riesen, der wie gewohnt völlig in Schwarz gekleidet war. »Gesell dich zu uns. Der Tag ist heiter, unsere Gespräche aber segeln in dunklen Gewässern.«

»Dann treffen wir uns eben im *Seegarten*, bis gleich!«

Ärgerlich ließ Mütze sein Handy in der Jackentasche verschwinden und eilte aus der Alten Schule hinaus in die Sonne. Den Moskwitsch ließ er im Parkverbot stehen, Neuruppins Politessen würden doch wohl Treibels Auto kennen. Lieber wäre es Mütze gewesen, er hätte Liebstöckel an seinem Arbeitsplatz überrascht, nun musste er erfahren, dass der Fontane-Sekretär schon wieder in einem Café herumlümmelte. Zum Glück war es nur um die Ecke, alles war nur um die Ecke in Neuruppin. Hoffentlich saß Liebstöckel nicht schon wieder mit irgendeiner Kulturdame zusammen.

Mütze hatte Glück. Liebstöckel saß ganz allein am Tisch, einen Jahresplaner vor sich ausgebreitet.

»Das Fontane-Jahr, Sie wissen schon, Herr Kommissar. Termin, Termine, Termine …«

»Ich halte Sie nicht lange auf, Herr Liebstöckel, darf ich mich setzen?«

Ohne eine Antwort abzuwarten, hatte sich Mütze schon einen Gartenstuhl gegriffen.

»Wo sind Sie gestern Nacht gewesen?«

Liebstöckel sah von seinem Plan auf. »Gestern Nacht? Da habe ich noch ewig in der Geschäftsstelle gesessen.«

»Ich nehme an, ganz allein«, brummte Mütze.

»Ganz genau, Herr Kommissar. Finden Sie heute mal eine Sekretärin, die abends noch Überstunden macht.«

Mütze zog sein Handy hervor, ließ das Foto von dem Wolfskopf aufleuchten und schob es Liebstöckel auf seinen Jahresplaner. Liebstöckel sah Mütze überrascht an.

»Haben Sie den Kerl?«

»Wir haben den Kopf.«

Liebstöckel schaute noch einmal gebannt auf das Handy.

»Mein Gott, ist er ausgestopft?«

»Sieht ganz danach aus.«

»Spannen Sie mich nicht auf die Folter, wer ist es gewesen?«

»Jemand, der auf Krumbiegels Liste steht. Sie kennen die Liste doch?«

Liebstöckel wäre es wohl lieber gewesen, er hätte seine Sonnenbrille dabei. Seine Blicke irrten zwischen dem Smartphone und Mütze hin und her.

»Ich weiß, welche Liste Sie meinen«, sagte er hastig.

»Sie haben sie bei einem Ihrer Besuche im Hause Krumbiegel gefunden.«

»Nein, nein, glauben Sie mir, Herr Kommissar, ich weiß von der Liste erst seit Dienstag, seit mir Ilse davon erzählt hat.«

»Am Dienstagmorgen, als Sie das letzte Mal bei ihr waren.«

»Nein, erst am Nachmittag hat sie mir davon erzählt, am Telefon, erst als man ihren Mann gefunden hatte.«

»Hat sie Ihnen erzählt, dass Ihr Name auf der Liste steht?«

»Natürlich und dass er durchgestrichen ist.«

»Von Ihrer Geliebten.«

»Sind Sie verrückt, wie kommen Sie darauf?«

»Hat unsere Spurensicherung herausgefunden«, log Mütze.

Liebstöckel fing heftig an zu atmen.

»Also gut, Ilse hat mir erzählt, dass sie meinen Namen gestrichen hat. Ich hab' sie dafür getadelt, hab' ihr gesagt, dass es das doch nicht gebraucht hätte. Mein Gott, ich ein Wolfsmörder, ausgerechnet ich? Ganz im Gegenteil! Ich freue mich, dass der Wolf zurück ist, eine Bereicherung unserer Natur. Warum sollte ich zum Wolfsmörder werden?«

»Ihre Geliebte schien Sie im Verdacht gehabt zu haben, sonst hätte sie Ihren Namen wohl kaum durchgestrichen.«

»Ja, das heißt Nein. Sie wollte doch nur, dass keine lästigen Nachfragen kommen, die Gute.«

»Und jetzt sind sie da, die lästigen Nachfragen.«

»Herr Kommissar, hat Ihnen Treibel erzählt, dass ihn jemand auf Krumbiegels Mörder aufmerksam gemacht hat, darauf, dass es ein Jäger war?«

»Auf welche Weise soll Treibel davon erfahren haben?«

»Durch ein anonymes Schreiben.«

»Hm, kann sein.«

»Das Schreiben, das stammt von mir.«

»Wortwörtlich. Er hat den Text des Schreibens wortwörtlich zitiert: ›Nehmt euch die Jäger vor! Dann erfahrt Ihr, warum Krumbiegel verrecken musste.‹«

Treibel sah Mütze groß an. »Dann müssen wir also davon ausgehen, dass er als Wolfsmörder ausscheidet.«

»Oder dass er raffinierter ist, als wir annehmen.«

»Du meinst, indem er uns das Schreiben zuspielt, wäscht er sich selbst die Weste rein?«

»Nicht auszuschließen. Er will uns Glauben machen, dass Krumbiegel von einem wolfsmordenden Jägerkollegen erschlagen worden ist. Aber selbst wenn Liebstöckel nicht der Wolfsmörder ist, heißt das noch lange nicht, dass er nicht zu Krumbiegels Mörder wurde. Er hatte schließlich ein anderes Motiv, was mir gewichtiger erscheint.«

»So klar ist das Motiv noch nicht.«

»Ach, komm, Treibel! Wie oft haben wir das schon erleben müssen. Zwei Menschen haben ein heimliches Verhältnis, es kommt zu Spannungen, und einer dreht durch.«

»Ich weiß nicht.« Treibel zog sich am Galgen hoch, um etwas aufrechter zu sitzen. »Ich kenne Liebstöckel doch auch, zumindest flüchtig. Wirkt er wie ein Mann, der einem anderen mit einer Axt den Schädel spaltet?«

Mit Schwung wurde die Tür zum Krankenzimmer aufgerissen und eine Schar von Weißkitteln drängte hinein. Die Visite. Mütze flüchtete auf den Gang, wo er unruhig auf und ab spazierte. Treibel war einfach zu naiv. Als könnte man vom Aussehen eines Menschen auf dessen kriminelle Gedanken schließen. In Dortmund hatte Mütze mal ein altes Mütterchen überführt, das sämtliche Hunde der Nachbarschaft mit einem bestialischen Gift getötet hatte. Die Dame war die Freundlichkeit in Person gewesen, eine reizendere Oma ließ sich nicht denken. Und dennoch steckte der Teufel in ihr. Nein, Mütze blieb dabei, Liebstöckel blieb verdächtig, äußerst verdächtig. Aber auch dieser Tulpenstengel war ihm nicht geheuer. Plötzlich gab es nur noch Wolfsfreunde unter den Jägern, und niemand wusste irgendwas. Krumbiegel musste in ein Wespennest gestochen haben. Sicher konnten sie davon ausgehen, dass sich seine Nachforschungen im Kreis der Jägerschaft herumgesprochen hatten, auch bei denen, die er noch nicht überprüft hatte. Sicher werden viele von ihnen Krumbiegel als Nestbeschmutzer gesehen haben, man kannte das doch von solchen Männergesellschaften, es gab so etwas wie einen ungeschriebenen Ehrenkodex. Selbst wenn krumme Dinge liefen, würde man niemandem was anhängen. Man hielt zusammen, was immer auch passierte. Und nun hatte sich Krumbiegel als Oberpolizist aufgespielt. Wie das angekommen war, das konnte man sich vorstellen. Die Beerdigung versprach spannend zu werden. Bestimmt würden zahlreiche Jäger mit dabei sein. Und vielleicht auch der Mörder.

Endlich wieder einmal auf dem Rad. Leider nur war Mütze nicht dabei, er hatte zu tun, klar, der eifrige Herr Hauptkommissar. Musste dafür sorgen, die Aufklärungsquote in Brandenburg auf bayerische Werte zu bringen. Bei aller Enttäuschung verspürte Karl-Dieter doch auch eine hübsche Portion Stolz. Stolz auf einen Partner, der seine Aufgabe ernst nahm, der nicht den bequemen Weg wählte, sondern der noch so was wie Verantwortung kannte. Um wie viel besser wäre die Welt, wenn sich jeder so reinhängen würde wie Mütze. Wenn es nur nicht ausgerechnet im Urlaub war.

Karl-Dieter schwenkte auf den Radweg Richtung Fehrbellin. Er wollte sich mit Mütze in Nauen treffen und nach der Beerdigung in dem Städtchen einkehren. Karl-Dieter freute sich drauf, Nauen sollte recht hübsch sein. Natürlich hatte er in Fontanes »Wanderungen« nachgeschlagen, jedoch vergebens. Durch Nauen schien der Dichter nicht spaziert zu sein, jedenfalls fand sich auf die Schnelle kein Eintrag. Fontane und sein Double! Je mehr er von Umbreit erfahren hatte, desto mehr Rätsel taten sich auf. Ist er wirklich nicht an den Farbanschlägen beteiligt gewesen? Er hätte doch ein Motiv gehabt. Wie sehr hatte er sich nach Anerkennung gesehnt, wie heftig ist er enttäuscht worden. Auf die Farbattacken angesprochen aber hatte Umbreit völlig ahnungslos getan. Und doch, sein Hass auf alles, was sich offiziell mit seinem großen Vorbild beschäftigte, war in jedem Satz spürbar gewesen. Liebend gerne hätte sich Karl-Dieter mit einem Menschen unterhalten, der Umbreit von früher kannte, als er noch nicht in seine Wahnwelten gerutscht war. Ein Germanist, der es bis nach Oxford geschafft hatte, musste doch was auf dem Kasten gehabt haben. Was für eine Tragödie sich da wohl ereignet hat. Ob es andere Gründe gab? Ob Umbreit früher schon getrunken hat? Ob eine unglückliche Liebesgeschichte dahintersteckte? Irgendetwas musste hinzugekommen sein, irgendetwas, was Umbreit hatte abstürzen lassen. Karl-Dieter hatte mal von der Drei-Komponenten-Theorie gehört. Das Leben eines jeden Menschen setzt sich aus drei Hauptbereichen zusammen, seiner Arbeit, seiner Familie und seiner Freizeit. Kommt es in einem dieser drei Bereiche zu einer Krise, kann sich der Mensch durch die beiden verbleibenden gesunden Faktoren so weit stabilisieren, dass er nicht ins Loch fällt. Eine Partnerschaftskrise zum Beispiel, so schlimm sie ist, führt nicht in dunkeltiefe Depressionen, wenn im Beruf alles stimmt und man ein interessantes Hobby pflegt. Wackelt aber eine weitere Komponente, dann wackelt alles, dann droht der Absturz, in die Sucht, in die Schwermut, vielleicht auch in den Wahn. Was wird bei Umbreit der Auslöser gewesen sein?

Mütze würde wahrscheinlich mit den Schultern zucken und sagen, so ein Wahn würde aller Wahrscheinlichkeit nach durch die Gene determiniert, und alles Psychologisieren helfe da nicht weiter. Wie viele Menschen gebe es, die die schlimmsten Dinge erlebt hätten und nicht psychiatrisch auffällig würden. Auch im positiven Sinne sei die Veranlagung entscheidend, zum Beispiel bei der Frage beruflichen Erfolgs. Manche würden es Erziehung nennen, dabei sei es letztlich nur die Güte des Materials. Karl-Dieter konnte über solche deterministischen Theorien nur den Kopf schütteln. Er war und blieb ein fester Anhänger der Milieutheorie. Selbst Hamlet! Ist nicht auch der dänische Prinz Opfer eines Schocks in der Kindheit geworden, der Ermordung seines Vaters durch den Onkel? Und Macbeth! Nur seine überehrgeizige Frau hat ihn zum Mörder werden lassen. – Alles Theater, würde Mütze dazu sagen. Mütze! Als hätten Dichter wie Shakespeare die menschliche Seele nicht besser durchschaut als so mancher Gehirnforscher.

Wie musste es für einen Menschen sein, wenn es immer einsamer um ihn wurde? Vom gefeierten Oxfordprofessor zum Insassen der Psychiatrie. Zum Glück hatte Umbreit wenigstens diesen Shadow, seinen Schatten. Shadow war so etwas wie der gute Geist Umbreits, sein Schutzengel auch. Lisa hatte ihm erzählt, wie freche Schuljungen dem armen Umbreit Spottverse hinterhergerufen hätten und wie Shadow den Anführer gepackt und durchgeschüttelt hätte. Seitdem ließen die Bengel Umbreit in Ruhe. Ob Shadow niemals ein Wort sprach? Das hatte ihm der Pfleger bestätigt, als sie zu dritt in der Klinik angekommen waren. Shadow wäre ein Mutist, ein Schweiger. Er würde jedes Wort verstehen, aber niemals selbst etwas sagen. Man wisse gar nicht, wie seine Stimme klänge. Was ihn wohl zum Verstummen gebracht hatte? Für Umbreit war es der perfekte Freund, redete und zitierte er doch selbst liebend gerne und hatte in Shadow immer einen dankbaren Zuhörer.

Karl-Dieter kam gut voran. Schon tauchte das Ortsschild von Fehrbellin auf. Der Siegessäule würde er heute keinen Besuch abstatten, sagte sich Karl-Dieter. Er brauchte keine Pause, war gut im Flow. Und wenn er schon früher in Nauen eintraf, was soll's? Bei der Beerdigung würde er sich ohnehin zurückhalten, das hatte er Mütze versprechen müssen. Da schnitten sich wieder die Sphären, die berufliche und die private, und das wollte Mütze auf alle Fälle vermeiden.

Auf dem Friedhof von Nauen war es noch vollkommen still, als Karl-Dieter sein Fahrrad neben dem Eingang absperrte. Karl-Dieter war mächtig stolz auf sich. Statt zwei Stunden und neun Minuten, mit denen ihm Google-Maps gedroht hatte, hatte er die Strecke in einer Stunde und 33 Minuten geschafft und war topfit! Nun war er viel zu früh am Ziel, die Beerdigung würde erst in einer guten Stunde beginnen, aber das machte Karl-Dieter nichts. Er hatte nichts gegen Friedhöfe, ganz im Gegenteil. Er fand den Namen Friedhof gut gewählt, auf den meisten Friedhöfen herrschte tatsächlich eine sehr friedliche Atmosphäre. Sein persönlicher Lieblingsfriedhof war der Johannesfriedhof in Nürnberg, auf dem Albrecht Dürer lag und Deutschlands erster Lokomotivführer, der Engländer Wilson. Erhabene Steingräber, neben denen die schönsten Rosenstöcke blühten.

Karl-Dieter ging durch das Tor und betrat das grüne Totenreich. Langweilen würde er sich nicht. Er hatte ja seinen Fontane bei sich, und an lauschigen Parkbänken war auf Friedhöfen kein Mangel. Bewusst wählte er eine Bank im hinteren Teil, weit weg von dem frisch aufgeworfenen Grab, in das man den armen Krumbiegel hinablassen würde. Als sich Karl-Dieter setzen wollte, fiel sein Auge auf ein Gräberfeld, das mit anrührenden Kreuzen geschmückt war. Unter den Kreuzen leuchtete es bunt, kleine Puppen lagen darunter, weiße Porzellanengel waren zu sehen, hier ein Stofftier, dort ein Spielzeugauto. Auf einem Schild stand »Friedhof der Sternenkinder«. Karl-Dieter begriff. Hier wurde ungeborenes Leben begraben, Kinder, die nie das Licht der Welt erblickt hatten, Totgeborene. Auch ihnen wollte man in Würde begegnen, ihren Eltern einen Ort des Abschieds geben. Sternenkinder. Karl-Dieter musste über das Wort nachdenken. Es klang schön und tröstend, aber war es auch passend? Vielleicht hatte man es gewählt, weil all die armen Kleinen im Dunkeln geblieben waren, vielleicht aber auch, weil man in jedem von ihnen einen Stern sah, der für immer am Himmel blinken würde. Karl-Dieter musste sich über die Augen wischen. Hatte nicht auch er ein Sternenkind zu beweinen, ein Wunschkind, das er nie im Arm halten, nie trösten würde können? Waren ihm die Eltern nicht seelenverwandt, die sich so sehr auf ein Kind gefreut hatten, deren sehnliche Wünsche das Leben aber nicht erfüllen wollte? Ungerecht war vieles auf dieser Welt, aber dieses war das Allerungerechteste. Was konnte stärker sein, als der Wunsch nach einem Kind, und was schmerzlicher, als diesen Wunsch nicht erfüllt zu bekommen? Niemals würde sich dieser Wunsch bei ihm überleben, da konnte Mütze noch so sehr drauf hoffen.

Karl-Dieter zog sein Buch aus der Tasche, um sich abzulenken. Nicht die »Wanderungen« hatte er eingesteckt, sondern die »Kinderjahre«, das zerlesene Exemplar in dem rosafarbenen Einband. Nichts Rosafarbenes aber hatte Fontanes Kindheit an sich gehabt, auch wenn der Dichter sich niemals beklagte und man seine Betroffenheit nur zwischen den Zeilen spürte. Furchtbar, wie sich seine Eltern bekriegt hatten, der kleine Theodor zwischen den Fronten.

Ein Kapitel fiel aus den »Kinderjahren« heraus, der Besuch des längst erwachsenen Fontanes bei seinem alten Vater. Ein unglaublich rührendes Kapitel, eine einzige Liebeserklärung an den Vater, eine Liebeserklärung im Tone Fontanes natürlich, der den Vater zugleich in seiner ganzen Ärmlichkeit und Einsamkeit zeigte und keine seiner vielen Schrullen ausließ. (17) Warum er dieses Kapitel gerade jetzt noch mal las? Karl-Dieter wusste es nicht. Vielleicht, weil es die persönlichste Erzählung Fontanes war, die er kannte, weil sich im Spiegel des Vaterbildes auch der Sohn offenbarte, sein wahres Denken und Fühlen, seine warmherzige Wesensart, die bei aller Liebe zum Witz und zur Ironie immer durchschimmerte. Vielleicht würde sich ihm beim Lesen auch das Geheimnis des armen Umbreit offenbaren, hoffte Karl-Dieter insgeheim. Denn dass dieser ein Geheimnis mit sich herumtrug, war doch nur zu sehr spürbar.

Ein Geheimnis hatte auch der richtige Fontane mit sich herumgetragen, es mit sich herumtragen müssen. Wenn das stimmte, was er im Internet gefunden hatte, wenn Theodor Fontane tatsächlich uneheliche Kinder gezeugt hatte, dann wird der feinfühlige Dichter nicht wenige Qualen ausgestanden haben. Die Geburt des Berliner Kindes musste in seine Verlobungszeit gefallen sein. Wie wird er den Fehltritt seiner Emilie beigebracht haben? Oder ob er das Kind ihr gegenüber verschwiegen hat? Und wenn er die Sache gestanden hat, wird ihm seine Verlobte ohne Weiteres verziehen haben?

Wesentlich schmerzlicher aber stellte sich Karl-Dieter vor, wie es Theodor Fontane geschafft hatte, das Kind aus seinem Leben zu verdrängen. Immerhin lebte man doch in der gleichen Stadt, und Berlin war zur damaligen Zeit recht übersichtlich. Fontane kannte die Mutter. Lief sie ihm über den Weg, das Kind an der Hand, wie wird er die beiden gegrüßt haben? Ob er heimlich Kontakt gehalten, ja gesucht hatte? Ob es ihn interessiert hat, was aus seinem Sprössling geworden ist? Ob er nicht die Sehnsucht verspürt hat, das Kleine in den Arm zu nehmen, mit ihm zu scherzen?

All diese Fragen wird sich wohl auch Umbreit gestellt haben, eher jedoch aus der Perspektive des Kindes. Wie das Kind keine Rolle in der Fontane-Familie spielen durfte, so auch er nicht in der Fontane-Gesellschaft. Ob daher die Identifikation rührte? Ob sie die Quelle des Wahns war? Das gemeinsame Schicksal des Totgeschwiegenwerdens? Manche Familiengeheimnisse schlagen Wunden, die Generationen später schwären können.

Als Mütze am Friedhof eintraf, waren die meisten Beerdigungsgäste bereits in der kleinen Kirche versammelt. Mütze war überrascht, wie viele Menschen sich in der Kapelle drängten. Viele fanden keinen Sitzplatz mehr und mussten an den Seiten stehen. Im Altarraum war, von zwei Blumengestecken umrahmt, der Sarg zu sehen, der auf einem Metallgestell aufgebahrt war. Mütze stellte sich in die hinterste Ecke, von der er einen guten Blick hatte. Ganz vorne saß auf einem Stuhl die Witwe. Sie trug ein schlichtes schwarzes Kostüm, jedoch keinen Schleier und schien sehr gefasst. Mütze hatte nichts anderes erwartet. Außerdem erkannte Mütze Rentner Meier, nicht weit davon entfernt Lisa Ellernklipp und auf der anderen Seite in den hinteren Bänken Martin Liebstöckel. Er war tatsächlich gekommen, was Mütze wunderte. In derselben Bank saßen Siebenhaar und von Tulpenstengel. Dann mochten die anderen in der Bank wohl ebenfalls Jäger sein, jedenfalls trugen die meisten von ihnen grüne Tracht und dunkle Janker. Martin Liebstöckel hielt seinen Blick starr geradeaus gewandt. Mützes Pupillen verengten sich. Ob ihn Liebstöckel nicht gesehen hatte? Oder – wahrscheinlicher – nicht sehen wollte? Von Tulpenstengel hingegen schien in seine Richtung geblickt zu haben. Jedenfalls schaute dessen Banknachbar Siebenhaar kurz zu ihm herüber, nachdem von Tulpenstengel mit ihm getuschelt hatte. Oder hatte er sich getäuscht? Mütze war sich nicht sicher.

Ein Priester erhob sich und hielt eine hell gedachte Trauerrede. Davon, dass man Beerdigungen in Österreich viel passender Auferstehungsfeiern nannte, sprach er, dass man über viele Jahrhunderte auf den Friedhöfen getanzt hätte, weil man sich mit dem Toten über dessen Himmelfahrt freute, dass eine Beerdigung kein Ende, sondern ein Anfang sei und dass man nie tiefer fallen könne als in die geöffneten Hände Gottes.

Ungerührt blieb das Gesicht der Witwe, die zwar zuzuhören schien, aber doch eher auf eine Weise, wie man einem Lokalpolitiker bei einer Ansprache zuhörte oder Marietta Slomka beim heute-journal. Als der Pfarrer geendet und noch einen Segen gesprochen hatte, setzte sich der Beerdigungszug in Marsch. Hinter dem Sarg ging die Witwe, aufrecht und allein, eine stolze Frau mit Haltung, stellte Mütze fest. Nach und nach schlossen sich die anderen Gäste an, die Jäger folgten als Letzte. Plötzlich hielten sie alle blitzende Hörner in den Händen, welche sie auf das Kommando von Tulpenstengels an den Mund setzten. »Ich hatt' einen Kameraden«, erklang, ziemlich schräg, aber dafür umso lauter. Mütze, der sich als Letzter angeschlossen hatte, wunderte sich, dass selbst Liebstöckel mitblies. Ganz schön kaltblütig, selbst wenn er nicht der Mörder war. Als Liebhaber der Witwe bei der Beerdigung von deren Ehemann Musik zu machen, Junge, Junge!

Unter Hörnerklängen erreichte man das offene Grab. Routiniert ließen die Sargträger Krumbiegel herab, es rumpelte nur wenig, was wohl auch am sandigen Boden der Mark liegen musste, wie Mütze spöttisch feststellte. Eine Schippe Erde, ein kurzer Schweigemoment, und schon war die Witwe vom Grab weggetreten. Niemand reichte ihr die Hand zum Kondolieren, was jedoch nichts zu bedeuten brauchte. Auch dieser Brauch schien längst beerdigt worden zu sein. Mütze ließ die Witwe nicht aus den Augen, passte jedoch auf, dass er nicht in ihr Blickfeld geriet. Ihretwegen war er ja gekommen, ihr wollte er noch auf dem Friedhof ins Auge blicken, sie mit seinen Fragen überraschen. Wer weiß, vielleicht tat sie ja nur so cool, vielleicht sah es in ihrem Inneren ganz anders aus?

Karl-Dieter hatte über den Hörnerklang die Stirn gerunzelt. Zwischen den Bäumen hindurch konnte er erkennen, wie die Beerdigungsgesellschaft zum Grab zog. In den Hörnerklang hinein aber mischte sich ein anderes Geräusch, klagend und herzzerreißend. Karl-Dieter sah sich um. Das Jaulen kam von außerhalb des Friedhofs.

Karl-Dieter erhob sich und ging mit schnellen Schritten dem Geräusch nach, ein trauriger Verdacht regte sich in seinem Herzen. Und tatsächlich! Als Karl-Dieter am Zaun ankam, sah er Rollo. Er war an einen Laternenpfahl gebunden und riss an seiner Leine, ja, er warf sich direkt nach vorne, auch wenn ihn das Halsband sicher schrecklich schmerzen musste. Jaulend und bellend und bellend und jaulend wollte er nur eines: Hin zu seinem Herrchen! Karl-Dieter tat der Anblick in der Seele weh. Warum war das so? Die einzige Kreatur, die um Krumbiegel wahrhaftig trauerte, durfte den Friedhof nicht betreten. Wieder warf sich Rollo nach vorne, da tat es einen kleinen Knall, die Leine war gerissen. Wie der Blitz lief Rollo los, lief aber nicht zum Eingangstor des Friedhofs, sondern an ihm vorbei, so schnell ihn seine kleinen Beine trugen. Wo wollte er nur hin?

So rasch hatte Karl-Dieter sein E-Bike noch nie aufgeschlossen. Er brauchte nicht lange darüber nachdenken, wohin Rollo wollte. Ab nach Ribbeck! Der Hund dachte immer noch, sein Herrchen käme zum Birnbaum zurück, dorthin, wo ihn Rollo zuletzt gesehen hatte. Karl-Dieter drehte den Griff auf maximale Unterstützung und trat in die Pedale – und doch ging es nicht schneller voran. Wer war nur auf die Idee gekommen, dem Motor bei 25 Stundenkilometern den Saft abzudrehen? Wollte man schneller fahren, war Muskelkraft gefordert. Karl-Dieter geriet ins Schwitzen. Von Rollo keine Spur, dennoch hielt Karl-Dieter Kurs. Vielleicht wusste der Hund eine Abkürzung durch Wiesen und Felder. Karl-Dieter verschwendete keinen Gedanken an sein verabredetes Treffen mit Mütze. Der Freund musste warten, der verzweifelte Rollo war wichtiger. Er würde Mütze eine kurze WhatsApp schicken, wenn er Rollo eingefangen hatte. Nach einer Viertelstunde tauchte in der Dämmerung der Kirchturm von Ribbeck auf, erste Sterne begannen zu blinken. Ein friedliches, ein idyllisches Bild. Über dem Talgrund lag ein sanfter Nebel, grasende Kühe hoben träge ihre Köpfe, als Karl-Dieter vorüberschwitzte, zehn Minuten später war er am Ziel.

Rollo, Mensch Rollo! Wie sich der Hund freute, Karl-Dieter zu sehen! Er sprang ihm direkt in die Arme, leckte ihm das Gesicht ab und bellte zwischendurch freudig auf. Es war, als hätte ihn der Hund adoptiert. Keine Sekunde schien Rollo darüber nachzudenken, warum er den weiten Weg gelaufen war. Der Kleine war völlig verschwitzt, hechelnd hing ihm die Zunge aus dem Maul, mit der er wieder und wieder über Karl-Dieters Gesicht fuhr, der sich das gerne gefallen ließ. Wie war das schön, sich an der Freude eines anderen mitzufreuen! Ob Mensch oder Hund, in manchen Momenten machte das keinen Unterschied. Auch Karl-Dieter hatte der Spurt erschöpft. Er ließ sich auf die Wiese fallen, direkt unter den Birnbaum, den kleinen Rollo auf dem Schoß. Mütze zu schreiben hatte er völlig vergessen.

»Herr von Ribbeck auf Ribbeck im Havelland …«

Etwas Besseres fiel Karl-Dieter nicht ein, um den Hund zu beruhigen, aber tatsächlich: Das Gedicht schien auch Rollo zu gefallen. Jedenfalls ging sein Atem ruhiger, eng kuschelte er sich an Karl-Dieter, hörte aufmerksam zu, Strophe für Strophe, und schaute Karl-Dieter mit seinen schwarzen Knopfaugen klug an.

»… so spendet Segen noch immer die Hand, des von Ribbeck auf Ribbeck im Havelland«, endete Karl-Dieter.

Seine Augen wanderten über den Birnbaum. Schön, dass die Ribbecker einen neuen Baum gepflanzt hatten. Dass es nicht mehr der Originalbaum war, was spielte das für eine Rolle? Es ging doch um die Idee, den Gedanken des Sich-Verschenkens. Das war wohl auch der eigentliche Grund, warum er sich ein Kind wünschte. Sich verschenken zu können, seine ganze so lange aufgehobene Liebe verschenken zu können, überschwänglich, überreich, was gab es Größeres? »Je mehr die Liebe gibt, je mehr empfängt sie wieder«, schoss es Karl-Dieter durch den Kopf. Die Verse waren nicht von Fontane, sondern von Friedrich Rückert, dem großen Dichter und Sprachgelehrten, der lange in Erlangen gelehrt hatte. Sie sprachen das Entscheidende aus. Man konnte gar nicht zu viel lieben, es wurde einem alles tausendfach zurückgegeben.

Manche Dinge fallen einem nicht auf den ersten Blick auf, manche nicht einmal auf den zweiten. Manchmal muss man in Gedanken versinken, muss man ganz bei sich sein, um Dinge zu bemerken, die einem sonst nicht auffallen würden. So ging es Karl-Dieter jetzt. Ist einem die seltsame Sache dann aufgefallen, wundert man sich, dass man sie nicht längst schon bemerkt hatte. Man schüttelt den Kopf darüber und schilt sich selbst einen Esel. Das gibt's doch nicht! Wie kann denn das sein? Warum hat man denn das nicht schon längst wahrgenommen? Diesen Spalt, diese gewaltsame Lücke in der Rinde, im Stamm, wenige Handbreit über der Erde. Karl-Dieter stand so rasch auf, dass Rollo erschrocken zusammenfuhr, und strich mit der Hand über die Stelle. Kein Zweifel! Was für eine Entdeckung! Fieberhaft fingerte Karl-Dieter sein Handy hervor.

»Geh dran, Mütze, nun geh' schon dran!«

Nur die Mailbox. Hastig sprach Karl-Dieter die Nachricht aufs Band oder wo immer zum Teufel ein Handy Nachrichten speicherte. Sicherheitshalber tippte er noch eine WhatsApp in die Tasten.

»Komm sofort nach Ribbeck, zum Birnbaum! Merkwürdige Sache, äußerst interessant!«

Doch Mütze ließ das Smartphone in der Tasche, auch wenn er den verräterischen Klingelton natürlich gehört hatte. Nicht jetzt, nicht, wo er endlich mit der Witwe allein war. Alle anderen waren schon vor zum nahen Gasthaus, auf dem Friedhof war es still geworden, als Mütze mit Ilse Krumbiegel am Grabe ihres Mannes stand.

»Ich halt' Sie nicht lange auf, Frau Krumbiegel. Als der Mord an Ihrem Mann geschah, hatten Sie sich mit Ihrem Freund gestritten, sagten Sie. Dann haben Sie seinen Namen von der Liste der potenziellen Wolfsmörder gestrichen. Warum?«

Die Witwe drehte den Kopf zur Seite und schwieg.

»Weil Sie wussten, dass er der Wolfsmörder war, nicht wahr? Darum musste Ihr Mann so elend sterben, weil er Ihrem Freund auf der Spur gewesen ist. Während Sie seinen Namen von der Liste gestrichen haben, hat Ihr Freund Ihrem Mann mit der Axt den Schädel gespalten.«

»War's das?«, sagte die Witwe. Dann ging sie mit festem Schritt davon und ließ Mütze stehen.

Sanft senkte sich die Nacht über Herr und Hund, über den Birnbaum, das kleine Schloss, den ganzen Ort. Still war es in Ribbeck, kein Mensch war unterwegs, was wohl daran lag, dass alles zur Beerdigung aufgebrochen war und jetzt im Wirtshaus in Nauen beim Leichenschmaus saß. Auch durch das nahe Maislabyrinth irrte längst niemand mehr, nur noch das Lied eines Vogels war zu hören, hell tanzte es durch die Nacht.

In Karl-Dieters Kopf wirbelte alles durcheinander. Plötzlich fügte sich eines zum anderen, wie Puzzlestücke, die nichts miteinander gemein zu haben schienen und die nun, in neuem Licht betrachtet, wie von geheimer Hand zu einem Bild zusammengeschoben wurden. Die Farbanschläge auf die Fontane-Denkmäler und die Kerbe im Birnbaum, sie standen im Zusammenhang. Alle drei Taten hatten nur ein Ziel: Fontanes Gedenkstätten zu schänden. Beim Versuch, den Birnbaum zu fällen, aber war der Täter gestört worden. Krumbiegel ist ein reines Zufallsopfer gewesen, er hat lediglich das Pech gehabt, zur falschen Zeit am falschen Ort gewesen zu sein. Krumbiegel überraschte den Baumfäller, und dieser fackelte nicht lange und jagte ihm die Axt in den Schädel. Karl-Dieter biss sich auf die Lippe. Es konnte keinen Zweifel mehr geben. Als Täter kam nur jemand infrage, bei dem sich der Hass auf alle Fontane-Devotionalien ins Unmäßige gesteigert hatte. Und dieser Jemand, so ungern Karl-Dieter sich das eingestand, konnte niemand anders sein als Umbreit. Irgendwann hatte Umbreit beschlossen, nicht mehr nur still vor sich hin zu schimpfen, irgendwann hatte er sich so sehr mit seinem angeblichen Vorfahr, mit Fontane identifiziert, dass er sich berechtigt glaubte, Selbstjustiz üben zu dürfen, hatte sich Farbe besorgt und über die Denkmäler gekippt, hatte zur Axt gegriffen, um den Birnbaum zu fällen, hatte dem armen Krumbiegel den Schädel zertrümmert.

Karl-Dieter blickte zur Straße hinüber. Nichts regte sich. Wo blieb Mütze nur? Er müsste doch längst da sein. Plötzlich aber wurde die Stille gestört. Das Knattern eines Motors war zu hören, leise erst und wie aus weiter Ferne, sich aber schnell nähernd und lauter werdend. Es kam jedoch nicht aus Richtung Nauen, es kam aus Richtung Neuruppin. Rollo hob seinen Kopf und spitzte die Ohren. Dann begann er zu knurren, gefährlich zu knurren. Karl-Dieter versuchte, ihn zu beruhigen, was ihm aber nicht gelang.

»Leise, leise, mein Guter, ist ja gut, ist ja alles gut!«

Als das Knattern sich steigerte und der Kegel eines Scheinwerfers über die nahe Wiese glitt, knurrte Rollo noch lauter. Seltsam. War es die Angst des Hundes, die sich auf Karl-Dieter übertrug oder spürte auch Karl-Dieter, dass Gefahr drohte? Das war nicht Mützes Moskwitsch, das war überhaupt kein Auto, das war ein Motorrad. Rasch erhob sich Karl-Dieter mit Rollo auf dem Arm und suchte Schutz hinter der nahen Kirche. Wer war das, der so spät am Abend hier hinausfuhr? Karl-Dieter lugte um die Mauerecke und sah gerade, wie das Motorrad neben dem Birnbaum hielt. Abrupt wurde der Motor ausgeschaltet und auch das Licht.

»Still, still«, flüsterte Karl-Dieter Rollo zu, dessen Knurren in ein leises Winseln übergegangen war.

Was suchte der Mensch hier draußen? Warum stoppte er seine Maschine am Birnbaum? Was hatte er vor? Ein Verdacht keimte in Karl-Dieter auf, ein unheimlicher Verdacht. Mensch, Mütze, wo bleibst du nur? Wieder fingerte Karl-Dieter sein Handy hervor, bedeckte das Display mit einem Zipfel seiner Jacke, damit ihn der Schein nicht verriet.

»Komm endlich«, schrieb er, und »höchste Gefahr!«

Dann erklang der erste Hieb. So grausam, so brutal, das Mensch und Hund zusammenzuckten. Verdammt! Der Kerl machte sich daran, sein Werk zu vollenden und den Birnbaum zu fällen. Zack! Der zweite Hieb. In Karl-Dieters Hirn wirbelte alles durcheinander. Er konnte doch nicht tatenlos zusehen, wie da einer den Birnbaum fällte! Zack! Schon wieder! Wenn er nichts unternahm, dann war der Baum hinüber. In diesem Moment entfuhr Rollo ein wütendes Bellen. Ehe Karl-Dieter ihn festhalten konnte, sprang das Hündchen zur Erde und rannte los, im nächsten Moment ertönte ein unartikulierter Schmerzensschrei. Jetzt war Karl-Dieter alles egal, er stürmte hinterher.

Mit wutverzerrtem Gesicht hob der schwarze Riese das Beil und schlug nach Rollo, der sich in seine linke Wade verbissen hatte. Der erste Schlag ging daneben, der zweite aber traf. In blutigem Bogen wirbelte die rechte Hinterpfote des Hundes durch die Luft. Ein grässliches Jaulen ertönte, auf drei Beinen humpelnd verschwand Rollo in der Dunkelheit. Karl-Dieter erstarrte. Das war doch Shadow! Fontanes schwarzer Schatten! Auch Shadow hielt einen Moment inne. Dann aber hob er die Axt ein weiteres Mal, schwang sie über dem Kopf und sah Karl-Dieter hasserfüllt an.

Laufen! Laufen, so schnell man kann. Karl-Dieter war fürwahr kein Sportsmann, in so einem Moment aber wurden ungeahnte Kräfte frei. Wohin, wohin bloß? Die Axt weiter über seinem Kopf schwingend war ihm Shadow dicht auf den Fersen. In Karl-Dieters Gehirn hämmerte es. Das Labyrinth! Das Maisfeld! Wenn er eine Chance hatte, dann nur dort! Mit mächtigen Sätzen sprang er über die Wiese. Ab über den kleinen Zaun, über den Graben noch und dann hinein in den rettenden Irrhain. Karl-Dieter lief aufs Geradewohl durch die Maisgänge, bog mal links, mal rechts ab, um schließlich in einer Sackgasse zu landen. Ruhig, nur ruhig! Sich bloß nicht durch ein Geräusch verraten, so lautlos wie möglich durch den Mund atmen. Leise, bloß leise! – Da! Waren da nicht Schritte zu hören? Ging da nicht jemand den benachbarten Gang entlang? Verdammt, was sollte er machen, wenn Shadow plötzlich vor ihm stand? Ab durch die Maiswand? Ob er das schaffte? Mütze, Mensch Mütze, wo steckst du denn! Ihm eine weitere Nachricht zu schicken, traute sich Karl-Dieter nicht, er hätte sie vor lauter Zittern wohl auch kaum ins Handy tippen können. Zudem ging ihm der arme Hund nicht aus dem Kopf, das Bild der durch die Luft fliegenden Pfote. Ob Rollo noch lebte? Ob er verblutet war? Wieder knisterte es im Mais, wieder meinte Karl-Dieter pirschende Schritte zu hören. Karl-Dieter hielt den Atem an. Sich nur nicht verraten, nur keinen Fehler machen! Zu allem Überfluss trat der Mond hinter einer Wolke hervor. Im selben Augenblick bog jemand um die Ecke, ein hohles Grinsen auf dem Gesicht. Shadow! Fest packte er die Axt, um zum Schlag auszuholen, im selben Augenblick jedoch fuhr er zusammen und schrie auf. Rollo! Das gab's doch nicht! Der kleine tapfere Kämpfer war zurück, auf drei Beinen war er hinter Shadow hergesprungen und hatte sich erneut in seinem Bein verbissen. Wieder schlug der schwarze Riese nach dem Kleinen, dieses Mal aber erwischte er ihn nicht, stattdessen schlug er sich selbst ins Bein, Rollo aber rannte bellend davon.

Fluchend ließ Shadow die Axt sinken und betastete die Wunde. Die Gelegenheit nutzte Karl-Dieter, stürzte vor und griff sich die Axt. Atemlos starrten sich die Männer an. Karl-Dieter zitterte am ganzen Leib. Was sollte er machen? Zuschlagen? Nein, das konnte er nicht, niemals hätte er einen Menschen töten können, nicht mal in so einer Situation. Mit einer heftigen Bewegung warf er die Axt von sich und stürzte davon.

Sich die Axt erneut packend und sie wie ein Buschmesser einsetzend stürmte Shadow los, mitten durch die Maiswand, durch die Karl-Dieter entkommen war, dem Flüchtenden hinterher. Dass er mächtig aus der Beinwunde blutete, schien der schwarze Riese nicht wahrzunehmen, auch den teuflischen Schmerz nicht, er war besessen von dem Gedanken, Karl-Dieter zu erwischen, seine ganze Wut in den einen Schlag zu legen, erneut einen Schädel zu spalten. Da vorne lief er ja! Da lief Karl-Dieter! Er hatte sich ins Freie geflüchtet, hinaus aus dem Labyrinth, drehte sich um, stolperte, hielt flehend die Arme über den Kopf und fiel zu Boden. Er nahm noch wahr, wie sich ein Schatten über ihm aufbaute, wie die glänzende Scheide der Axt im Himmel blitzte. Dann peitschte ein Schuss durch die Nacht, und die Axt flog in hohem Bogen davon.

»Hände hoch! Polizei!«, rief es.

Mütze!

»Tschuldige die Verspätung«, sagte Mütze, während er die Handschellen klicken ließ, »hab' deine Nachricht schon erhalten, aber der Moskwitsch hat gebockt. Zum Glück habe ich jemanden gefunden, der mich mitgenommen hat.«

Lisa! Jetzt erst bemerkte Karl-Dieter die hübsche Museumsleiterin. Ohne lange zu überlegen lief er auf sie zu und umarmte sie, wie er noch nie eine Frau umarmt hatte, stürmisch, ungeschickt, fast wie ein kleines Bärchen, dafür jedoch umso herzlicher. Zwischen ihnen aber, zu ihren Füßen, drängte sich ein weißes Etwas. Rollo! Karl-Dieter bückte sich und hob den tapferen Helden hoch.

»Um Gottes willen«, rief Lisa erschrocken, »der Kleine ist ja verletzt!«

Mit einem Ratsch riss sie sich einen Ärmel ihrer Bluse ab und wickelte ihn dem Hündchen um die Wunde. Wie viel Blut mochte der arme Kerl verloren haben? Rollo gab einen erschöpften Seufzer von sich, dann schlief er in Karl-Dieters Armen ein.

»Ja, auch die Farbanschläge«, sagte Mütze zu Treibel, der frisch gewaschen und geföhnt in seinem Krankenbett lag, »sowohl euren Fontane hier in Neuruppin als auch die Farbattacke in Potsdam. Hast du schon mal einen Mutisten vernommen? Doch selbst wenn er kein Wort von sich gibt, haben wir ihm die Taten doch nachweisen können. Er trug noch den Kassenbon für den roten Lack bei sich, ebenso den für die Axt. An seinen Motorradhandschuhen haben wir Farbreste entdeckt, auch hat er kein Alibi. Die Psychiatrische Klinik führt genau Buch über die Ausgänge ihrer Patienten. Sowohl am Dienstagmorgen, als Krumbiegel ermordet worden ist, als auch in den Zeiträumen, in denen die Farbanschläge passiert sein müssen, hatte Shadow Ausgang genommen, um auf Rachefeldzug zu gehen. Shadows Wut hat sich gegen alles gerichtet, was seinen Freund Umbreit verletzt hat, die Ärzte sprachen von einer Folie à deux, von einer verqueren Symbiose zweier Außenseiter. Shadow sah sich als Vollstrecker der Wut seines Freundes.«

»Warum aber der Birnbaum?«

»Der Ersatzbaum, nicht der Originalbaum«, mischte sich Karl-Dieter ein, »vor diesem hätte Umbreit sicher Respekt gehabt, aber nicht vor der Nachpflanzung. In ihr sah er in seinem verbissenen Wahn nur ein Symbol der Fontane-Fans, von denen er sich verhöhnt und verstoßen fühlt.«

»Hat er Shadow den Befehl gegeben, die Schändungen durchzuführen?«

»Dafür fehlt uns jeglicher Beweis«, sagte Mütze, »es scheint, als habe Shadow eigenmächtig gehandelt, als Racheengel für seinen Freund.«

»Fontane ist also unschuldig.«

»So ist es wohl. Sein Alibi ist jedenfalls wasserdicht. Er ist zum Zeitpunkt der Vorfälle stets auf der Station gewesen.«

Zisch! Mütze öffnete eine Bierdose, die er aus der Tasche gezogen hatte, und reichte sie Treibel. Treibel hob sie fröhlich in die Höhe.

»Auf die bayerisch-brandenburgische Freundschaft!«, rief er aus und ließ einen endlos langen Schluck über seine trockene Kehle gluckern. »Auch wir sind nicht untätig gewesen«, ergänzte er, nachdem er die Dose abgesetzt hatte, »haltet euch fest: Uns ist es gelungen, den Wolfsmörder zu fassen.«

»Wie das?«, fragte Mütze überrascht.

»Nicht wahr, da staunt ihr! Gestern wurde erneut eine Wolfsleiche gefunden, dieses Mal im Wald bei Stechlin. Wieder hat man ihr den Kopf abgesäbelt, aber dieses Mal haben wir uns die Kugel genauer angesehen, die in seinem Körper steckte.«

»Und?«

»Die Kugel stammt aus einer Ruger American Rifle Allweather 30-06. Eine solche Waffe ist in Brandenburg nur von einer einzigen Person gemeldet, einem Jäger natürlich. Dreimal dürft ihr raten, wen ich meine!«

»Nämlich?«

Treibel lachte und trommelte mit den Fingerknöcheln vergnügt auf seinem Gips herum. »Siebenhaar, das Miststück, dem ich die Pension hier verdanke. Die Rache ist mein, spricht der Herr.«

»Apropos«, sagte Karl-Dieter, »wie geht's Ihrem verletzten Kollegen, dem mit dem Grübchen am Kinn?«

»Itzenplitz? Viel besser! Kann schon wieder telefonieren. Die Doktors haben noch ein Stück Eisbein entdeckt, das es sich hinter der Leber bequem gemacht hatte.«

Es klopfte an der Tür. Schwester Adelheid. Mit säuerlichem Gesicht ließ sie den Pizzaboten ins Zimmer. Rasch waberte der klassische Duft nach käsiger Tomatenschmiere und feuchten Pappdeckeln durchs Zimmer. Hungrig griffen die Freunde zu. Auch Dosenbier war reichlich mit eingeschmuggelt worden – und so wurde eine lustige Pizzaparty daraus.

»Was wird nun aus Shadow?«, fragte Karl-Dieter und riss sich ein Stück von der Hawaiipizza ab.

»Ihm wird nicht viel passieren. Er wandert lediglich von einer Psychiatrie in die andere«, sagte Treibel, »man wird ihn als unzurechnungsfähig klassifizieren und in die Forensik schicken, darauf könnt ihr Gift nehmen.«

»Er wird Umbreit fehlen«, meinte Karl-Dieter leicht betrübt.

»Ach was, Fontane wird schnell einen anderen Zuhörer für seine Balladen finden«, sagte Treibel.

Karl-Dieter empfand Mitleid mit dem schwarzen Riesen, auch wenn ihm der Schrecken noch in den Knochen steckte. Shadow war Umbreit hörig geworden und zwar auf eine extreme Weise. Konnte man sicher sein, dass einem das nicht selbst passierte? Man musste aufpassen, nicht zu intensiv in eine Beziehung zu rutschen. Der beste Schutz war vielleicht, emsig an seinem sozialen Netzwerk zu stricken und sich nicht an einen bestimmten Menschen zu klammern wie ein Schiffbrüchiger an eine Planke. Kein Mensch konnte einem anderen alles sein, keiner konnte einem das komplette Lebensglück garantieren. Das galt auch für Mütze und ihn. Karl-Dieter war überzeugt, würden sie ein Kind haben, würde sich auch ihre Partnerschaft auf neue Weise beleben. Nicht dass er sich deshalb ein Kind wünschte, natürlich nicht. Aber der kleine Nebeneffekt war doch nicht zu verachten. Vielleicht sollte er gleich heute Abend einen neuen Anlauf wagen, das Versprechen hin oder her. Konnte es eine bessere Gelegenheit geben als ein frisch gelöster Mordfall?

Mütze sah ihm lächelnd in die Augen. Karl-Dieter stutzte. Ob er seine Gedanken erraten hatte? Doch nein, Mützes Lächeln schien einen anderen Grund zu haben. Mit geheimnisvollem Blick deutete er auf seine Uhr und sagte, jetzt sei es an der Zeit, dass sich die Polizei bei Karl-Dieter bedanke. Im gleichen Augenblick wurde energisch an die Tür geklopft, und Schwester Adelheid kam mit hochrotem Kopf ins Zimmer.

»Jetzt reicht es aber endgültig«, rief sie empört, »nein, das erlaube ich nicht, das geht auf gar keinen Fall! Keine Hunde in unserem Haus! Ich lasse diese Frau nicht auf die Station, nicht mit diesem dreckigen Vieh!«

Treibel aber richtete sich im Bett auf und sagte mit sehr amtlicher Stimme: »Das ist kein Hund, Schwester Adelheid, und erst recht kein Vieh! Das ist ein wichtiger Zeuge! Lassen Sie ihn rein!«

Schnaubend und kopfschüttelnd verschwand die Schwester. Sie verstand die Welt nicht mehr und murmelte etwas vor sich hin, was wie »Kündigung« klang. Eine Minute später öffnete sich die Tür ein zweites Mal, und Karl-Dieter bekam Augen wie ein Uhu. Das gab's doch nicht! Lisa! Mit dem kleinen Rollo auf dem Arm!

»Der Tierarzt hat gesagt, zwei, drei Tage Schonung reichen, dann ist er wieder der Alte. Mit seinem Fliegengewicht kann er locker auf drei Beinen durch die Gegend hüpfen«, sagte Lisa und lächelte Karl-Dieter an.

»Nun nimm ihn schon«, grinste Mütze, »er soll dir gehören.«

Und schon saß Rollo auf Karl-Dieters Schoß und leckte abwechselnd am verschmierten Pizzakarton und über Karl-Dieters Gesicht. Karl-Dieter war sprachlos. Er wusste nicht, was er sagen sollte. Natürlich freute er sich, und wie er sich freute! Seit dem Tod von Mickey, ihrem Wellensittich mit den magischen Fähigkeiten, hatten sie kein Haustier mehr. Und nun so ein süßes Hundchen, noch dazu sein Lebensretter! Und doch, in Karl-Dieters Freude hinein mischte sich zugleich ein leises Misstrauen. Was bezweckte Mütze damit? Steckte da ein Plan dahinter? Sollte er meinen, ihn durch Rollo von seinem Kinderwunsch abzubringen, war der Freund schiefgewickelt. Kein Hund der Welt würde ihm je das ersehnte Baby ersetzen können. Diese Sehnsucht würde ihm niemand nehmen können, niemand, niemand, niemand! An dieser Sehnsucht würde er festhalten, auch und gerade, wenn ihm das Leben seine Wünsche nicht erfüllte.

Karl-Dieter streichelte Rollos Fell, und in die aufsteigende Melancholie hinein mischte sich zugleich ein tröstliches Lächeln. Wie hatte Fontane es einmal so schön ausgedrückt?

»Eigentlich ist es ein Glück, ein Leben lang an einer Sehnsucht zu lutschen.«

– E N D E –

ANHANG

(1) *Seine »Wanderungen durch die Mark Brandenburg« scheinen Theodor Fontane nicht durch den Ort Ribbeck geführt zu haben, jedenfalls schreibt er nichts über einen solchen Besuch. Dennoch wurde das kleine Ribbeck durch das beliebte Birnbaum-Gedicht wohl zum bekanntesten Fontane-Ort in der Mark. Das Gedicht erschien erstmals 1889 und geht auf eine alte Sage zurück.*

Herr von Ribbeck auf Ribbeck im Havelland

Herr von Ribbeck auf Ribbeck im Havelland,
Ein Birnbaum in seinem Garten stand,
und kam die goldene Herbsteszeit,
Und die Birnen leuchteten weit und breit,
Da stopfte, wenn's Mittag vom Turme scholl,
Der von Ribbeck sich beide Taschen voll,
Und kam in Pantinen ein Junge daher,
So rief er: »Junge, wiste 'ne Beer?«
Und kam ein Mädchen, so rief er: »Lütt Dirn,
Kumm man röwer, ick hebb 'ne Birn.«

So ging es viel Jahre, bis lobesam
Der von Ribbeck auf Ribbeck zu sterben kam.
Er fühlte sein Ende. 's war Herbsteszeit,
Wieder lachten die Birnen weit und breit;
Da sagte von Ribbeck: »Ich scheide nun ab.
Legt mir eine Birne mit ins Grab.«
Und drei Tage drauf aus dem Doppeldachhaus,
Trugen von Ribbeck sie hinaus,
Alle Bauern und Büdner, mit Feiergesicht
Sangen »Jesus meine Zuversicht«,
Und die Kinder klagten, das Herze schwer,
»He is dod nu. Wer giwt uns nu 'ne Beer?«

So klagten die Kinder. Das war nicht recht –
Ach, sie kannten den alten Ribbeck schlecht,
Der *neue* freilich, der knausert und spart,
Hält Park und Birnbaum strenge verwahrt.
Aber der *alte*, vorahnend schon
Und voll Misstrauen gegen den eigenen Sohn,
Der wusste genau, was damals er tat,
Als um eine Birn' ins Grab er bat,
Und im dritten Jahr aus dem stillen Haus
Ein Birnbaumsprößling sproßt heraus.

Und die Jahre gehen wohl auf und ab,
Längst wölbt sich ein Birnbaum über dem Grab,
Und in der goldenen Herbsteszeit
Leuchtet's wieder weit und breit.

Und kommt ein Jung' übern Friedhof her,
So flüstert's im Baume: »Wiste 'ne Beer?«
Und kommt ein Mädchen, so flüstert's: »Lütt Dirn,
Kumm man röwer, ick gew' di 'ne Birn.«

So spendet Segen noch immer die Hand
Des von Ribbeck auf Ribbeck im Havelland.

*

(2) Wanderungen durch die Mark Brandenburg – Ausgeschiedene Kapitel* – Fehrbellin

Fehrbellin
Das war ein rasches Reiten vom Rhein bis an den Rhin
Das war ein heißes Streiten am Tag von Fehrbellin
Julius Minding

Schon im Havelland, aber unmittelbar an der Grenze der Grafschaft Ruppin (kaum eine Viertelstunde davon entfernt), liegt Fehrbellin und sein berühmtes Schlachtfeld. (...) Wir kommen von Wustrau her, fahren am Nordrande des durch seine Torflager berühmten Rhinluchs (an dieser Stelle Wustrauer Luch geheißen) entlang und erreichen nach kurzer Fahrt einen langen mit Weiden besetzten Damm, der uns rasch dem Städtchen Fehrbel-

* »Aus den »Wanderungen« ausgeschiedene Kapitel, d.h. von Fontane aus dem Manuskript entfernt.

lin, der Hauptstadt des kleinen »Ländchens Bellin« entgegenführt. Dies Ländchen Bellin, jetzt dem Havellande einverleibt, ist ein schmaler Streifen Land am Rhinfluss entlang, und so glau und sauber, wie der Name »Bellin« ist, so hübsch ist das Ländchen selbst.

Fehrbellin liegt am Ausgange des Dammes, an der Südseite des Rhin. Die Einfahrt in die Stadt ist reizend, besonders der Blick von der Rhinbrücke aus, die wir eben passieren. Zur Linken, im Schmucke hoher Silberpappeln, streckt sich vom jenseitigen Ufer her eine Halbinsel in das schilfige Flüsschen hinein und gibt dem Ganzen den Charakter einer ins Wasser vorgeschobenen Parkanlage. Die Attribute kleinstädtischen Lebens geben dem Bilde mehr, als sie ihm nehmen, und wir entbehren gern das Schwanenhaus und den Vogel Ledas um der Enten und Gänsescharen willen, die das Schlammufer von allen Seiten umspielen und umschnattern. Die Stadt ist, wie kleine märkische Städte zu sein pflegen, schlicht, freundlich, in der Front abgeputzt und zwei Linden vor der Tür, ganz wie die Mädchen, die in dem Städtchen wohnen. Alles stattlich Damenhafte fehlt; sie stricken, haben Lesekränzchen und kichern verlegen, wenn ein Fremder zu ihnen spricht, aber ihre lachende Freundlichkeit tut wohl.

Die Siegessäule in Hakenberg bei Fehrbellin, auf die Mütze und Karl-Dieter gestiegen sind, wurde erst 1879 eingeweiht (Grundsteinlegung 1875), stand also noch nicht, als Theodor Fontane seine Recherchereise machte. Er beschreibt jedoch das deutlich bescheidenere Vorgängerdenkmal:

(…) Unmittelbar hinter dem Dorf, bereits auf historisch verbürgtem Schlachtgrund, befindet sich die Mühle des Müllers Conrad und dicht daneben das Monument, das, zum Andenken an die Schlacht, im Jahre 1800 errichtet und im Jahre 1857 erneuert worden ist. Das Denkmal, einfach aus Sandstein ausgeführt, ist ein Oblong, auf dessen oberem Teil eine Schale oder Urne steht. Der Hinweis auf die Schlichtheit soll dem Monument kein Vorwurf sein, im Gegenteil. Es werden jetzt so viele Denkmäler errichtet, bei deren Errichtung man nicht weiß, wer und was eigentlich verherrlicht werden soll, ob der Held, dem das Denkmal gilt, oder der Zeit, die so erleuchtet ist, jenem Helden ein Monument zu setzen, oder endlich dem Künstler selbst, der selber zum Helden wird und gleichsam den Lorbeerkranz von der Stirn seiner eigenen Schöpfung nimmt. (…)

*

(3) Wanderungen durch die Mark Brandenburg. Das Havelland: Das Havelländische Luch

Im *Rhinluch* änderten sich die Dinge schon zu Anfang des 16. Jahrhunderts; Gräben wurden gezogen, das Wasser floss ab und die Herstellung eines Dammes quer durchs Luch hindurch wurde möglich. Wo sonst die Fehrbelliner *Fähre*, über Sumpf und See, auf- und abgefahren war, erstreckte sich jetzt der Fehrbelliner *Damm*. Das Jahr genau zu bestimmen, wann dieser Damm gebaut wurde, ist nicht mehr möglich; doch existierte schon aus dem Jahre 1582 eine Verordnung, in der von seiten des Kurfürsten Johann Georg »dem Capitul zu Cölln an der Spree, den von Bredows zu Kremmen und Friesack, den Bellins zu Bellin und allen Zietens zu Dechtow und Brunne kund und wissen getan wird, dass *der Bellin'sche Fährdamm sehr böse sei und zu mehrerer Beständigkeit mit Steinen belegt werden soll.*«

Das große Havelländische Luch blieb in seinem Urzustande bis 1718, wo unter Friedrich Wilhelm I. die *Entwässerung* begann. Vorstellungen von seiten der zunächst Beteiligten, die ihren eigenen Vorteil, wie so oft, nicht einzusehen vermochten, wurden ignoriert oder abgewiesen und im Sommer desselben Jahres begannen die Arbeiten. Im Mai 1719 waren schon über tausend Arbeiter beschäftigt und der König betrieb die Kanalisierung des Luchs mit solchem Eifer, dass ihm selbst seine vielgeliebten Soldaten nicht zu gut dünkten, um mit Hand anzulegen. Zweihundert Grenadiere, unter der Leitung von zwanzig Unteroffizieren, waren hier in der glücklichen Lage, ihren Sold durch Tagelohn erhöhen zu können. Im Jahr 1720 war die Hauptarbeit bereits getan, aber noch fünf Jahre lang wurde an der völligen *Tro-*

ckenlegung des Luchs gearbeitet. Nebengräben wurden gezogen, Brücken und Stauschleusen angelegt, Dämme gebaut und an allen trockengelegten Stellen das Holz- und Strauchwerk ausgerodet. Die Arbeiten waren zum großen Teil unter Anleitung holländischer Werkführer und nach holländischen Plänen vor sich gegangen. Dies mochte den Wunsch in dem König anregen, mit Hülfe der 'mal vorhandenen Arbeitskräfte, aus dem ehemaligen Sumpf- und Seelande überhaupt eine reiche, fruchtbare Kolonie zu machen. Der Plan wurde ausgeführt und das »Amt Königshorst« entstand an dem Nordrande des kreisförmigen Havelländischen Luchs, ohngefähr da, wo das vom Rhinluch abzweigende Verbindungsstück in das Havelländische Luch einmündet. Die Fruchtbarkeit freilich, die dem eben gewonnenen Grund und Boden von Natur aus abging, hat kein Königlicher Erlass ihm geben können; aber in allem andern hat der »Soldatenkönig« seinen Willen glücklich durchgeführt und *Königshorst* mit seinen platten, unabsehbaren Grasflächen, Deichen und Alleen, erinnert durchaus an die holländischen Landschaften des Rheindeltas. Hier wie dort ist die Ebene der Wiesen und Weiden belebt von Viehherden, die hier gemischter Rasse sind: Schweizer, Holländer, Oldenburger und Holsteiner.

*

(4) *Das Gedicht »Drei Raben« erschien 1853 und orientiert sich eng an einem alten englischen Lied.*

Drei Raben

Drei Raben saßen auf einem Baum.
Drei schwärzere Raben gab es kaum.

Der eine sprach zu den andern zwei'n:
»Wo nehmen wir unser Frühstücksmahl ein?«

Die andern sprachen: »Dort unten im Feld
Unterm Schild liegt ein erschlagener Held.

Zu seinen Füßen liegt sein Hund
Und hält die Wache seit mancher Stund'.

Und seine Falken umkreisen ihn scharf,
Kein Vogel, der sich ihm nahen darf.«

Sie sprachen's. Da kam eine Hinde daher,
Unterm Herzen trug sie ein Junges schwer.

Sie hob des Toten Haupt in die Höh
Und küsste die Wunden, ihr war so weh.

Sie lud auf ihren Rücken ihn bald
Und trug ihn hinab zwischen See und Wald.

Sie begrub ihn da vor Morgenrot,
Vor Abend war sie selber tot.

Gott sende jedem Ritter zumal
Solche Falken und Hunde und solches Gemahl.

*

(5) *Theodor Fontane musste im Alter eine schlimme Depression durchleben. »1892 war ein recht bitteres Jahr für mich«, notierte er in seinem Tagebuch. Alle medizinischen Ratschläge wollten nicht fruchten, er fühlte keine Schaffenskraft mehr in sich, und das begonnene Manuskript von »Effi Briest« blieb liegen. Fontane war überzeugt, dass sein Leben zu Ende ging und dass er nicht älter werden würde als sein Vater. Da riet ihm sein Hausarzt, zurückzublicken und seine Kindheitserinnerungen niederzuschreiben. Der Rat war Gold wert. »Ich wählte ›meine Kinderjahre‹ und darf sagen, mich an diesem Buch wieder gesundgeschrieben zu haben.«*

Meine Kinderjahre. Ausschnitt aus dem dreizehnten Kapitel: Wie wir in die Schule gingen und lernten

»Kennst du *Latour d'Auvergne*«, so begann er dann in der Regel.

»Gewiss. Er war *le premier grenadier de France.*«

»Gut. Und weißt du auch, wie man ihn ehrte, als er schon tot war?«

»Gewiss.«

»Dann sage mir, wie es war.«

»Ja, dann musst du aber erst aufstehen, Papa, und Flügelmann sein; sonst geht es nicht.«

Und nun stand er auch wirklich von seinem Sofaplatz auf und stellte sich als Flügelmann der alten Garde militärisch vor mich hin, während ich selbst, Knirps der ich war, die Rolle des appellabnehmenden Offiziers spielte. Und nun, aufrufend, begann ich:

»Latour D'Auvergne!«

»Il n'est pas ici«, antwortete mein Vater in tiefstem Bass. (»Er ist nicht hier.«)

»Oú est-il donc?« (»Wo ist er denn?«)

»Il est mort sur le champs d'honneur.« (»Er ist auf dem Schlachtfeld gestorben.«)

*

(6) *zu den »Kinderjahren« siehe Kommentar (5)*

Meine Kinderjahre. Ausschnitt aus dem vierzehnten Kapitel: Wie wir erzogen wurden. – Wie wir spielten in Haus und Hof.

Es war schon Oktober, ein heller, wundervoller Tag, und wir spielten in unserem Garten ein von uns selbst erfundenes, aber freilich nur einmal gespieltes Spiel: *»Bademeister und Badegast.«* An der Gartentür standen Tisch und Stuhl, auf welche letztrem der Bademeister saß und gegen Marken Zutritt gewährte. War diese Marke gezahlt, so schritt der Badegast über eine auf Holzkloben liegende Bretterlage hin und kam schließlich an den Badeplatz. Dies war ein vorher gegrabenes riesiges Loch von wenigstens 4 Fuß im Quadrat und ebenso tief. Das Wasser fand sich von selbst, denn es war Grundwasser, und in diesem Grundwasser stapften wir nun, nach Aufkrempelung unserer Hosen, und wie in Vorahnung der Kneipp'schen Heilmethode, glückselig herum. Aber nicht allzu lange. Meine Mutter hatte, vom Wohnzimmer meines Vaters aus, diesen Badejubel beobachtet und aus Gründen, die mir bis diesen Augenblick ein Geheimnis sind, entschied sie sich dahin: »dass hier ein Exempel statuiert werden müsse.« Hätte sie sich der Ausführung dieses Entscheids nun selber unterzogen, so wäre die Sache nicht schlimm gewesen, die Hand der Mutter, die rasch dazwischenfährt, tut nicht allzu weh; es ist ein Frühlingsgewitter und kaum hat es eingeschlagen, so ist auch die Sonne schon wieder da. Leider jedoch hatte meine Mutter, und zwar schon Jahr und Tag vor Eröffnung dieser »privaten Badesaison«, den Entschluss gefasst, nur immer Strafmandate zu erlassen, die Ausführung aber meinem Vater, wie einem Angestellten, zuzuweisen. Das Heranreifen eines solchen Entschlusses in ihr, kann ich mir nur so erklären, dass sie davon ausging, mein sehr zur Bequemlichkeit neigender Vater sei eigentlich »für gar nichts da« und dass sie mit dem allen den Zweck verband, ihn auf diese Weise des Pflichtmäßigen hinüberleiten zu wollen. Treff ich es damit, so muss ich sagen, ich halte das von ihr eingeschlagene Verfahren für falsch. Wer die Untat entdeckt und als Untat empfindet, der muss auch auf der Stelle Richter und Vollzieher in einer Person sein. Vergeht aber nur eine halbe Stunde oder gar eine ganze und muss nun ein vom Frühschoppen heimkehrender Vater, der eigentlich sagen möchte »seid umschlungen Millionen«, muss dieser unglückselige Vater, auf einen Bericht und eine sich daran knüpfende Pflicht-Ermahnung hin, den Stock oder gar die Reitpeitsche von seinem verstaubten Schreibtisch herunternehmen, um nun den alten König von Sparta zu spielen, so ist das eine sehr traurige Situation, traurig für den mit der Exekution Beauftragten und traurig für den, an dem sich der Auftrag vollzieht. Kurz und gut, ich wurde tüchtig in's Gebet genommen, und als ich aus der Marter heraus war und total verbockt (ein Zustand, den ich sonst nicht gekannt habe) in unserer schüttgelben Kinderstube mit dem schwarzen Ofen und dem Alten Geislerstuhl auf- und abging, erschien meine Mutter und forderte mich auf, dass ich nun auch noch hinübergehen und meinen Vater abbitten solle. Das war mir über den Spaß und ich weigerte mich.

*

(7) *Effi Briest, der vielleicht bekannteste und ergreifendste Roman Theodor Fontanes wurde von Oktober 1894 bis März 1895 in sechs Folgen in der Deutschen Rundschau abgedruckt, bevor er 1896 als Buch erschien. Der Handlung liegt eine wahre Begebenheit zugrunde, welche die Menschen in der Wilhelminischen Ära stark bewegt hat.*

Effi Briest – dreiunddreißigstes Kapitel

Am zweitfolgenden Tage trafen, wie versprochen, einige Zeilen ein, und Effi las: »Es freut mich, liebe gnädige Frau, Ihnen gute Nachricht geben zu können. Alles ging nach Wunsch; Ihr Herr Gemahl ist zu sehr Mann von Welt, um einer Dame eine von ihr vorgetragene Bitte abschlagen zu können; zugleich aber – auch *das* darf ich Ihnen nicht verschweigen –, ich sah deutlich, dass sein ›Ja‹ nicht dem entsprach, was er für klug und recht hält. Aber kritteln wir nicht, wo wir uns freuen sollen. Ihre Annie, so haben wir es verabredet, wird über Mittag kommen, und ein guter Stern stehe über Ihrem Wiedersehen.«

Es war mit der zweiten Post, dass Effi diese Zeilen empfing, und bis zu Annies Erscheinen waren mutmaßlich keine zwei Stunden mehr. Eine kurze Zeit, aber immer noch zu lang, und Effi schritt in Unruhe durch beide Zimmer und dann wieder in die Küche, wo sie mit Roswitha von allem möglichen sprach: von dem Efeu drüben an der Christuskirche, nächstes Jahr würden die Fenster wohl ganz zugewachsen sein, von dem Portier, der den Gashahn wieder so schlecht zugeschraubt habe (sie würden doch noch nächstens in die Luft fliegen), und dass sie das Petroleum doch lieber wieder aus der großen Lampenhandlung Unter den Linden als aus der Anhaltstraße holen solle – von allem möglichen sprach sie, nur von Annie nicht, weil sie die Furcht nicht aufkommen lassen wollte, die trotz der Zeilen der Ministerin, oder vielleicht auch um dieser Zeilen willen, in ihr lebte.

Nun war Mittag. Endlich wurde geklingelt, schüchtern, und Roswitha ging, um durch das Guckloch zu sehen. Richtig, es war Annie. Roswitha gab dem Kinde einen Kuss, sprach aber sonst kein Wort, und ganz leise, wie wenn ein Kranker im Hause wäre, führte sie das Kind vom Korridor her erst in die Hinterstube und dann bis an die nach vorn führende Tür.

»Da geh hinein, Annie.« Und unter diesen Worten, sie wollte nicht stören, ließ sie das Kind allein und ging wieder auf die Küche zu.

Effi stand am andern Ende des Zimmers, den Rücken gegen den Spiegelpfeiler, als das Kind eintrat. »Annie!« Aber Annie blieb an der nur angelehnten Tür stehen, halb verlegen, aber halb auch mit Vorbedacht, und so eilte denn Effi auf das Kind zu, hob es in die Höhe und küsste es.

»Annie, mein süßes Kind, wie freue ich mich. Komm, erzähle mir«, und dabei nahm sie Annie bei der Hand und ging auf das Sofa zu, um sich da zu setzen. Annie stand aufrecht und griff, während sie die Mutter immer noch scheu ansah, mit der Linken nach dem Zipfel der herabhängenden Tischdecke. »Weißt du wohl, Annie, dass ich dich einmal gesehen habe?«

»Ja, mir war es auch so.«

»Und nun erzähle mir recht viel. Wie groß du geworden bist! Und das ist die Narbe da; Roswitha hat mir davon erzählt. Du warst immer so wild und ausgelassen beim Spielen. Das hast du von deiner Mama, die war auch so. Und in der Schule? Ich denke mir, du bist immer die Erste, du siehst mir so aus, als müsstest du eine Musterschülerin sein und immer die besten Zensuren nach Hause bringen. Ich habe auch gehört, dass dich das Fräulein von Wedelstädt so gelobt haben soll. Das ist recht; ich war auch so ehrgeizig, aber ich hatte nicht solche gute Schule. Mythologie war immer mein Bestes. Worin bist du denn am besten?«

»Ich weiß es nicht.«

»Oh, du wirst es schon wissen. Das weiß man. Worin hast du denn die beste Zensur?«

»In der Religion.«

»Nun, siehst du, da weiß ich es doch. Ja, das ist sehr schön; ich war nicht so gut darin, aber es wird wohl auch an dem Unterricht gelegen haben. Wir hatten bloß einen Kandidaten.«

»Wir hatten auch einen Kandidaten.«

»Und der ist fort?«

Annie nickte.

»Warum ist er fort?«

»Ich weiß es nicht. Wir haben nun wieder den Prediger.«

»Den ihr alle sehr liebt.«

»Ja; zwei aus der ersten Klasse wollen auch übertreten.«

»Ah, ich verstehe; das ist schön. Und was macht Johanna?«

»Johanna hat mich bis vor das Haus begleitet …«

»Und warum hast du sie nicht mit heraufgebracht?«

»Sie sagte, sie wolle lieber unten bleiben und an der Kirche drüben warten.«

»Und da sollst du sie wohl abholen?«

»Ja.«

»Nun, sie wird da hoffentlich nicht ungeduldig werden. Es ist ein kleiner Vorgarten da, und die Fenster sind schon halb von Efeu überwachsen, als ob es eine alte Kirche wäre.«

»Ich möchte sie aber doch nicht gerne warten lassen …«

»Ach, ich sehe, du bist sehr rücksichtsvoll, und darüber werde ich mich wohl freuen müssen. Man muss es nur richtig einteilen … Und nun sage mir noch, was macht Rollo?«

»Rollo ist sehr gut. Aber Papa sagt, er würde so faul; er liegt immer in der Sonne.«

»Das glaub ich. So war er schon, als du noch ganz klein warst … Und nun sage mir, Annie – denn heute haben wir uns ja bloß so mal wiedergesehen –, wirst du mich öfter besuchen?«

»O gewiss, wenn ich darf.«

»Wir können dann in dem Prinz Albrechtschen Garten spazierengehen.«

»O gewiss, wenn ich darf.«

»Oder wir gehen zu Schilling und essen Eis, Ananas- oder Vanilleeis, das aß ich immer am liebsten.«

»O gewiss, wenn ich darf.«

Und bei diesem dritten »wenn ich darf« war das Maß voll; Effi sprang auf, und ein Blick, in dem es wie Empörung aufflammte, traf das Kind. »Ich glaube, es ist die höchste Zeit, Annie; Johanna wird sonst ungeduldig.« Und sie zog die Klingel. Roswitha, die schon im Nebenzimmer war, trat gleich ein. »Roswitha, gib Annie das Geleit bis drüben zur Kirche. Johanna wartet da. Hoffentlich hat sie sich nicht erkältet. Es sollte mir leid tun. Grüße Johanna.«

Und nun gingen beide.

Kaum aber, dass Roswitha draußen die Tür ins Schloss gezogen hatte, so riss Effi, weil sie zu ersticken drohte, ihr Kleid auf und verfiel in ein krampfhaftes Lachen. »So also sieht ein Wiedersehen aus«, und dabei stürzte sie nach vorn, öffnete die Fensterflügel und suchte nach etwas, das ihr beistehe. Und sie fand auch was in der Not ihres Herzens. Da neben dem Fenster war ein Bücherbrett, ein paar Bände von Schiller und Körner darauf, und auf den Gedichtbüchern, die alle gleiche Höhe hatten, lag eine Bibel und ein Gesangbuch. Sie griff danach, weil sie was haben musste, vor dem sie knien und beten konnte, und legte Bibel und Gesangbuch auf den Tischrand, gerade da, wo Annie gestanden hatte, und mit einem heftigen Ruck warf sie sich davor nieder und sprach halblaut vor sich hin: »O du Gott im Himmel, vergib mir, was ich getan; ich war ein Kind … Aber nein, nein, ich war kein Kind, ich war alt genug, um zu wissen, was ich tat. Ich *hab* es auch gewusst, und ich will meine Schuld nicht kleiner machen, … aber *das* ist zuviel. Denn das hier, mit dem Kinde, das bist nicht *du,* Gott, der mich strafen will, das ist *er,* bloß er! Ich habe geglaubt, dass er ein edles Herz habe, und habe mich immer klein neben ihm gefühlt; aber jetzt weiß ich, dass *er* es ist, er ist klein. Und weil er klein ist, ist er grausam. Alles, was klein ist, ist grausam. Das hat er dem Kinde beigebracht, ein Schulmeister war er immer, Crampas hat ihn so genannt, spöttisch damals, aber er hat recht gehabt. ›O gewiss, wenn ich darf.‹ Du *brauchst* nicht zu dürfen; ich will euch nicht mehr, ich hasse euch, auch mein eigen Kind. Was zuviel ist, ist zuviel. Ein Streber war er, weiter nichts. – Ehre, Ehre, Ehre … und dann hat er den armen Kerl totgeschossen, den ich nicht einmal liebte und den ich vergessen hatte, weil ich ihn nicht liebte. Dummheit war alles, und nun Blut und Mord. Und ich schuld. Und nun schickt er mir das Kind, weil er einer Ministerin nichts abschlagen kann, und ehe er das Kind schickt, richtet er's ab wie einen Papagei und bringt ihm die Phrase bei ›wenn ich darf‹. Mich ekelt, was ich getan; aber was mich noch mehr ekelt, das ist eure Tugend. Weg mit euch. Ich muss leben, aber ewig wird es ja wohl nicht dauern.«

Als Roswitha wiederkam, lag Effi am Boden, das Gesicht abgewandt, wie leblos.

*

(8) *Der Stechlin ist Fontanes letzter Roman. Er entstand in den Jahren 1895 bis 1897 und wurde erstmals 1897/98 in der Zeitschrift* »Über Land und Meer« *publiziert. Die Buchausgabe folgte im Oktober 1898. In der Hauptfigur, der alte Dubslav von Stechlin, so glauben viele, hat sich der alte Fontane selbst gezeichnet.*

Stechlin – Erstes Kapitel, erster Absatz

Im Norden der Grafschaft Ruppin, hart an der mecklenburgischen Grenze, zieht sich von dem Städtchen Gransee bis nach Rheinsberg hin (und noch darüber hinaus) eine mehrere Meilen lange Seenkette durch eine menschenarme, nur hie und da mit ein paar Dörfern, sonst aber ausschließlich mit Förstereien, Glas- und Teeröfen besetzte Waldung. Einer der Seen, die diese Seenkette bilden, heißt der »Stechlin«. Zwischen flachen, nur an einer einzigen Stelle steil und kaiartig ansteigenden Ufern liegt er da, rundum von alten Buchen eingefasst, deren Zweige, von ihrer eignen Schwere nach unten gezogen, den See mit ihrer Spitze berühren. Hie und da wächst ein weniges von Schilf und Binsen auf, aber kein Kahn zieht seine Furchen, kein Vogel singt, und nur selten, dass ein Habicht drüber hinfliegt und seinen Schatten auf die Spiegelfläche wirft. Alles still hier. Und doch, von Zeit zu Zeit wird es an ebendieser Stelle lebendig. Das ist, wenn es weit draußen in der Welt, sei's auf Island, sei's auf Java zu rollen und zu grollen beginnt oder gar der Aschenregen der hawaiischen Vulkane bis weit auf die Südsee hinausgetrieben wird. Dann regt sich's auch *hier*, und ein Wasserstrahl springt auf und sinkt wieder in die Tiefe. Das wissen alle, die den Stechlin umwohnen, und wenn sie davon sprechen, so setzen sie wohl auch hinzu: »Das mit dem Wasserstrahl, das ist nur das Kleine, das beinah Alltägliche; wenn's aber draußen was Großes gibt, wie vor hundert Jahren in Lissabon, dann brodelt's hier nicht bloß und sprudelt und strudelt, dann steigt statt des Wasserstrahls ein roter Hahn auf und kräht laut in die Lande hinein.

*

(9) *Vergleiche Kommentar zu (5)*

Meine Kinderjahre – Achtzehntes und letztes Kapitel, letzter Absatz

Am andern Tage brachen wir auf, meine Mutter und ich. Es war beschlossen, mich auf das Ruppiner Gymnasium zu bringen; dort hatten wir noch Anhang und gute Freunde, die mich, wie vor allem das Predigerhaus, in das ich in Pension kam, in Obhut nehmen sollten.

Eigentlich wäre nun wohl die Reise nicht Sache meiner Mutter, sondern Sache meines Vaters gewesen, und das dreitägige Kutschieren, mit Nachtquartieren in Anklam und Neubrandenburg, in welch letzterem man immer wundervoll zu Abend aß, würde ihm auch sehr gefallen haben; er wog aber ab zwischen angenehm und unangenehm und kam zu dem Resultat, dass das Unangenehme meiner Ablieferung in ein Prediger-, ja genauer genommen, sogar in ein Superintendentenhaus, begleitet von Einführung meiner Person bei dem Direktor des Gymnasiums, doch schwerer ins Gewicht falle als das Angenehme des Soupers in Neubrandenburg.

Und so fuhr ich denn mit meiner Mutter – die in diesen Tagen, ganz gegen ihre Gewohnheit, ungemein weich und nachsichtig gegen mich war – in die Welt hinein. Ein neuer Lebensabschnitt, der zweite, begann für mich, und eh' ich auch über ihn, wenn überhaupt, berichte, werf' ich noch einen Blick auf das Stück Leben zurück, das mit dem Abreisetag für mich abschloss.

Es war, trotz des letzten Halbjahrs mit seinen vielen kleinen Ärgernissen, eine glückliche Zeit gewesen; später – den Spätabend meines Lebens ausgenommen – hatt' ich immer nur vereinzelte glückliche Stunden. Damals aber, als ich in Haus und Hof umherspielte und draußen meine Schlachten schlug, damals war ich unschuldigen

Herzens und geweckten Geistes gewesen, voll Anlauf und Aufschwung, ein richtiger Junge, guter Leute Kind. Alles war Poesie. Die Prosa kam bald nach, in allen möglichen Gestalten, oft auch durch eigene Schuld.

Am dritten Tage unserer Fahrt trafen wir in Ruppin ein und nahmen, eh ich in der Pension untergebracht wurde, in einem Hause Quartier, das unserer früheren Apotheke gegenüberlag. »Da bist du geboren«, sagte meine Mutter und wies hinüber nach dem hübschen Hause, mit dem Löwen über der Eingangstür. Und dabei traten ihr Tränen ins Auge. Sie mochte denken, dass alles anders hätte verlaufen, müssen, wenn »das und das« anders gewesen wäre. Und dies »das und das« war – er. Sie war nicht gern von dieser Stelle weggegangen und ist als eine Frau von über fünfzig, äußerlich getrennt von ihrem Manne, dahin zurückgekehrt, um dort, wo sie jung und eine kurze Zeitlang auch glücklich gewesen war, zu sterben.

Der Tag nach unserer Ankunft war ein heller Sonnentag, mehr März als April. Wir gingen im Laufe des Vormittags nach dem großen Gymnasialgebäude, das die Inschrift trägt: Civibus aevi futuri. Ein solcher civis sollte ich nun auch werden, und vor dem Gymnasium angekommen, stiegen wir die etwas ausgelaufene Treppe hinauf, die zum »alten Thormeyer« führte. Er war vordem Direktor in Stendal gewesen und hatte das Direktorat dort aufgeben müssen, weil er sich an einem Lehrer »vergriffen« hatte. Glücklicherweise wusst' ich damals noch nichts davon, ich hätte mich sonst halbtot geängstigt. Oben angekommen, trat uns ein mindestens sechs Fuß hoher alter Herr entgegen, gedunsen und rot bis in die Stirn hinauf, die Augen blau unterlaufen, das Bild eines Apoplektikus – er hätte auf der Stelle vom Schlag gerührt werden können.

»Nun, mi fili, lass uns sehn … Ich bitte, dass Sie Platz nehmen, meine verehrte Frau.« Und dabei nahm er einen schmuddeligen kleinen Band von seinem mit Tabaksresten überschütteten Arbeitstisch und sagte: »Nun lies dies und übersetze.« Es waren zehn Zeilen mit einem Rotstift links angestrichen, höchst wahrscheinlich die leichteste Stelle im ganzen Buch. Ich tat ganz, wie er geheißen, und es ging auch wie Wasser. »Sehr brav … er ist reif für die Quarta.« Damit waren wir entlassen, und am nächsten Montag, wo die Schule wieder anfing, setzte ich mich auf die Quartabank.

Was ich dahin mitbrachte, war etwa das Folgende: Lesen, Schreiben, Rechnen; biblische Geschichte, römische und deutsche Kaiser; Entdeckung von Amerika, Cortez, Pizarro; Napoleon und seine Marschälle; die Schlacht bei Navarino, Bombardement von Algier, Grochow und Ostrolenka; Pfeffels Tabakspfeife, »Nachts um die zwölfte Stunde«, Holteis Mantellied und beinah sämtliche Schillersche Balladen. Das war, einschließlich einiger lateinischer Brocken, so ziemlich alles, und im Grunde bin ich nicht recht darüber hinausgekommen. Einige Lücken wurden wohl zugestopft, aber alles blieb zufällig und ungeordnet, und das berühmte Wort vom »Stückwerk« traf auf Lebenszeit buchstäblich und in besonderer Hochgradigkeit bei mir zu.

*

(10) Wanderungen durch die Mark Brandenburg – Die Grafschaft Ruppin – Rheinsberg – Beginn des Kapitels

Rheinsberg von Berlin aus zu erreichen ist nicht leicht. Die Eisenbahn zieht sich auf sechs Meilen Entfernung daran vorüber, und nur eine geschickt zu benutzende Verbindung von Hauderer und Fahrpost führt schließlich an das ersehnte Ziel. Dies mag es erklären, warum ein Punkt ziemlich unbesucht bleibt, dessen Naturschönheiten nicht verächtlich und dessen historische Erinnerungen ersten Ranges sind.

Wir haben es besser, kommen von dem nur drei Meilen entfernten Ruppin und lassen uns durch die Sandwüste nicht beirren, die, zunächst wenigstens, hügelig und dünenartig vor uns liegt. Fragt man nach dem Namen dieser Hügelzüge, so vernimmt man immer wieder »die Kahlenberge«. Nur dann und wann wird ein Dorf sichtbar, dessen ärmliche Strohdächer von einem spitzen Schindelturm überragt werden. Mitunter fehlt auch dieser. Einzelne dieser Ortschaften (zum Beispiel Braunsberg) sind von *französischen Kolonisten* bewohnt, die berufen waren, ihre Loire-Heimat an dieser Stelle zu vergessen. Harte Aufgabe. Als wir ebengenanntes Braunsberg passierten, lugten wir aus dem Wagen heraus, um »französische Köpfe zu studieren«, auf die wir gerechnet. »Wie heißt der Schulze hier?«, fragten wir in halber Verlegenheit, weil wir nicht recht wussten, in welcher Sprache wir sprechen sollten. »Borchardt.« Und nun waren wir beruhigt. Auch die Südlichen-Race-Gesichter sahen nicht anders aus als die deutsch-wendische Mischung, die sonst hier heimisch ist. Übrigens kommen in diesen Dörfern wirklich noch französische Namen vor, und »unser Niquet« zum Beispiel ist ein Braunsberger.

Die Wege, die man passiert, sind im großen und ganzen so gut, wie Sandwege sein können. Nur an manchen Stellen, wo die Feldsteine wie eine Aussaat über den Weg gestreut liegen, schüttelt man bedenklich den Kopf in Erinnerung an eine bekannte Cahinetsordre, darin Friedrich der Große mit Rücksicht auf diesen Weg und im Ärger über 195 Taler, 22 Groschen, 8 Pfennig zu zahlende Reparaturkosten ablehnend schrieb: »Die Reparation war nicht nöthig. Ich *kenne den Weg*, und muß mir die Kriegs-Camer vohr ein großes Beest halten, um mir mit solches ungereimtes Zeug bei der Nahse kriegen zu wollen.« Der König hatte aber doch unrecht, »trotzdem er den Weg kannte«. Erst auf dem letzten Drittel wird es besser; im Trabe nähern wir uns einem hinter reichem Laubholz versteckten, immer noch rätselhaften Etwas und fahren endlich, zwischen Parkanlagen links und einer Sägemühle rechts, in die Stadt Rheinsberg hinein.

*

(11) Wanderungen durch die Mark Brandenburg – Die Grafschaft Ruppin – Rheinsberg – *Fortsetzung von (10)*

Hier halten wir vor einem reizend gelegenen Gasthofe, der noch dazu den Namen der »Ratskeller« führt, und da die Turmuhr eben erst zwölf schlägt und unser guter Appetit entschieden der Ansicht ist, dass das Rheinsberger Schloss all seines Zaubers unerachtet doch am Ende kein Zauberschloss sein werde, das jeden Augenblick verschwinden könne, so beschließen wir, *vor* unserem Besuch ein solennes Frühstück einzunehmen und gewissenhaft zu proben, ob der Ratskeller seinem Namen Ehre mache oder nicht. Er tut es. Zwar ist er überhaupt kein Keller, sondern ein Fachwerkhaus, aber ebendeshalb, weil er sich jedem Vergleiche mit seinen Namensvettern in Lübeck und Bremen geschickt entzieht, zwingt er den Besucher, alte Reminiszenzen beiseite zu lassen und den »Rheinsberger Ratskeller« zu nehmen, wie er ist. Er bildet seine eigene Art, und eine Art, die nicht zu verachten ist. Wer nämlich um die Sommerszeit hier vorfährt, pflegt nicht unterm Dach des Hauses, sondern unter dem Dache prächtiger Kastanien abzusteigen, die den vor dem Hause gelegenen Platz, den sogenannten »Triangelplatz«, umstehen. Hier macht man sich's bequem und hat einen Kuppelbau zu Häupten, der alsbald die Gewölbe des besten Kellers vergessen macht. Wenigstens nach eigener Erfahrung zu schließen. Ein Tisch ward uns gedeckt, zwei Rheinsberger, an deren Kenntnis und Wohlgeneigtheit wir empfohlen waren, gesellten sich zu uns, und während die Vögel immer muntrer musizierten und wir immer lauter und heitrer auf das Wohl der Stadt Rheinsberg anstießen, machte sich die Unterhaltung.

»Ja«, begann der eine, den wir den Morosen nennen wollen, »es tut not, dass man auf das Wohl Rheinsbergs anstößt. Aber es wird freilich nicht viel helfen, ebensowenig, wie irgend etwas geholfen hat, was bisher mit uns vorgenommen wurde. Wir liegen außerhalb des großen Verkehrs, und der kleine Verkehr kann nichts bessern, denn was unmittelbar um uns her existiert, ist womöglich noch ärmer als wir selbst. Durch ein unglaubliches Versehen leben hier zwei Maler und ein Kupferstecher. Der Boden ist Sandland, Torflager gibt es nicht, und die Fischzucht kann nicht blühen an einem Ort, dessen sämtliche Seen für vier Taler preußisch verpachtet sind.«

*

(12) Wanderungen durch die Mark Brandenburg – Die Grafschaft Ruppin – Rheinsberg – Kapitel 4 – Der Rheinsberger Park

Wir sind nun in den *Park* getreten. Er umzieht in weitem Halbkreise die linke Hälfte des Sees und geht am jenseitigen Ufer unmittelbar in die schönen Laubholzpartien des Boberow-Waldes über. Der Park ist eine glückliche Mischung von französischem und englischem

Geschmack, zum Teil planvoll und absichtlich dadurch, dass man die Le Nôtreschen Anlagen durch Partien im entgegengesetzten Geschmack erweiterte, zum Teil aber planlos und unabsichtlich dadurch, dass sich das zwang- und kunstvoll Gemachte wieder in die Natur hineinwuchs. Die ursprüngliche Anlage soll das Werk eines Herrn von Reitzenstein gewesen sein, der schließlich (wie das zu geschehen pflegt) in verleumderischer Weise beschuldigt wurde, die Kriegsabwesenheit des Prinzen zu seinem Vorteil benutzt und unredlich gewirtschaftet zu haben. Als er von dieser gegen ihn umgehenden Verleumdung und beinahe gleichzeitig auch von der nahe bevorstehenden Rückkehr des Prinzen hörte, gab er sich den Tod, »indem er einen Diamanten verschluckte«. So das Volk. Es liegt auf der Hand, dass hier der nach dem Abenteuerlichen haschende Sinn desselben eine komische Substituierung geschaffen hat. Ein verschluckter Diamant ist um nichts schädlicher als ein verschluckter Pflaumenkern, und so glaub ich denn bis auf weiteres annehmen zu dürfen, dass sich von R. (*wenn überhaupt*) einfach durch Blausäure, durch essence d'amandes, getötet hat, aus welch letztrem Worte, lediglich nach dem Gleichklang, ein *Diamant* geworden ist.

Man passiert, abwechselnd dicht am See hin und mal wieder sich von ihm entfernend, die herkömmlichen Schaustücke solcher Parkanlage: Säulentempel, künstliche Ruinen, bemooste Steinbänke, Statuen (darunter einige von großer Schönheit), und gelangt endlich bis an den sogenannten *Freundschaftstempel*, der bereits am jenseitigen Ufer des Sees, im Boberow-Walde, gelegen ist. In diesem Freundschaftstempel pflegte der Prinz zu speisen, wenn das Wetter eine Fahrt über den See zuließ. Es war ein kleiner Kuppelbau, auf dessen Hauptkuppel noch ein Kuppelchen saß; über dem Eingang aber ein Frontispice. Frontispice und Kuppeln existieren *nicht* mehr; sie drohten mit Einsturz und wurden abgetragen. Aber das Innere des »Tempels« ist noch wohlerhalten und besteht aus einem einzigen achteckigen Zimmer, um das sich, wie die Schale um die Mandel, ein etwas größerer achteckiger Außenbau legt. Genauso, wie wenn man eine kleine Schachtel in eine größere stellt und beide mit einem gemeinschaftlichen Deckel überdeckt. In dem achteckigen Einsatz befinden sich vier türbreite Einschnitte (die Türen selber fehlen), und mit Hülfe dieser Einschnitte wird es möglich, die sechzehn Inschriften zu lesen, die seinerzeit der *Innenwand* des achteckigen Außenbaues, und zwar sehr wahrscheinlich vom Prinzen selber, gegeben wurden. Sie sind abwechselnd zwei und vier Zeilen lang und beziehen sich auf das Glück der Freundschaft. Ich zitiere zwei derselben:

Qui vit sans amitié, ne sauroit être heureux,
Quand il auroit pour lui la fortune et les Dieux.

Oder

Pourquoi l'amour est-il donc le poison
Et l'amitié le charme de la vie?
C'est que l'amour est le fils de la folie
Et l'amitié fille de la raison.

So sind sie alle. Kleine Niedlichkeiten ohne tiefere Bedeutung, und doch an *dieser* Stelle ebenso ansprechend, wie sie als Grab- und Kircheninschriften uns widerstrebend sind.

Jetzt feiert die junge Welt ihr Möskefest hier, bei welcher Gelegenheit sicherlich alle philosophischen Betrachtungen über das Glück der Freundschaft unterbleiben und die sich »anbahnenden Verhältnisse« durchaus zugunsten des ewig im Schwunge bleibenden »fils de la folie« entschieden werden. Ein Möskefest an dieser Stelle bedeutet eine nicht üble Kritik und Ironie.

Vom Freundschaftstempel aus schreiten wir in den eigentlichen Park zurück, machen dem wohlerhaltenen »Theater im Grünen«, das lebendige Hecken statt der Coulissen hat, unsern Besuch und gelangen danach in allerhand schmale Gänge, deren Windungen uns schließlich bis an das *Grabmal* des Prinzen Heinrich führen. Es besteht aus einer Pyramide von Backstein, um die sich ein schlichtes Eisengitter zieht. Der Prinz, in seinem Testamente, hatte die völlige Vermauerung dieser Pyramide angeordnet; man ging aber von dieser Anordnung ab und ließ einen Eingang offen. Im Jahre 1853 sah ich noch deutlich den großen Zinksarg stehen, auf dem ein rostiger Helm lag. Seitdem ist ein brutaler Versuch gemacht worden, ebendiesen Sarg, in dem man Schätze vermutete, zu berauben, was nun, nachträglich noch, zur Erfüllung der Testamentsanordnung, will also sagen zur Vermauerung der Pyramide, geführt hat.

Vielleicht die größte Sehenswürdigkeit Rheinsbergs ist der *Obelisk*, der sich, gegenüber dem Schlosse, am jenseitigen Seeufer auf einem zwischen dem Park und dem Boberow-Walde gelegenen Hügel erhebt. Er wurde zu Anfang der neunziger Jahre vom Prinzen Heinrich »dem Andenken seines Bruders August Wilhelm« errichtet und trägt an seiner Vorderfront das vortrefflich ausgeführte Reliefportrait ebendieses Prinzen und darunter die Worte:

A l'éternelle mémoire d'Auguste Guillaume,
Prince de Prusse, second fils du roi
Frédéric Guillaume.

Aber nicht dem Prinzen allein ist das Monument errichtet, vielmehr den preußischen Helden des Siebenjährigen Krieges überhaupt, allen jenen, die, wie eine zweite Inschrift ausspricht, »durch ihre Tapferkeit und Einsicht verdient haben, dass man sich ihrer auf immer erinnere«.

Da nun solcher preußischen Helden in jener Ruhmeszeit unzweifelhaft sehr viele waren, so lag es dem Prinzen ob, unter den vielen eine Wahl zu treffen. Diese Wahl geschah, und achtundzwanzig wurden schließlich der Ehre teilhaftig, ihre Namen auf dem Rheinsberger Obelisken genannt zu sehen. Jeder Name steht in einem Medaillon und ist von einer kurzen, in französischer Sprache abgefassten Charakteristik begleitet.

*

(13) *Brief Fontanes an Richard Maria Werner vom Januar 1893:* »Jakob IV. hatte viel Streit mit dem Adel, besonders mit der Douglas-Familie. Archibald Douglas wurde schließlich auf Lebenszeit verbannt. Nach 7 Jahren kam er wieder und stellte sich bittend dem König entgegen. Der König wies ihn aber ab, und so musste er das Land abermals verlassen. (…) Diese Douglas-Geschichte machte einen großen Eindruck auf mich (…) und so modelte ich den Stoff in dem entsprechenden Sinne (…)

Archibald Douglas

»Ich hab' es getragen sieben Jahr,
Und ich kann es nicht tragen mehr!
Wo immer die Welt am schönsten war,
Da war sie öd' und leer.

Ich will hintreten vor sein Gesicht
In dieser Knechtsgestalt,
Er kann meine Bitte versagen nicht,
Ich bin ja worden alt.

Und trüg' er noch den alten Groll,
Frisch wie am ersten Tag,
So komme, was da kommen soll,
Und komme, was da mag.«

Graf Douglas spricht's. Am Weg ein Stein
Lud ihn zu harter Ruh',
Er sah in Wald und Feld hinein,
Die Augen fielen ihm zu.

Er trug einen Harnisch, rostig und schwer,
Darüber ein Pilgerkleid –
Da horch! vom Waldrand scholl es her
Wie von Hörnern und Jagdgeleit.

Und Kies und Staub aufwirbelte dicht,
Her jagte Meut' und Mann,
Und ehe der Graf sich aufgericht't,
Waren Ross und Reiter heran.

König Jakob saß auf hohem Ross,
Graf Douglas grüßte tief;
Dem König das Blut in die Wangen schoss,
Der Douglas aber rief:

»König Jakob, schaue mich gnädig an
Und höre mich in Geduld,

Was meine Brüder dir angetan,
Es war nicht meine Schuld.

Denk nicht an den alten Douglas-Neid,
Der trotzig dich bekriegt,
Denk lieber an deine Kinderzeit,
Wo ich dich auf den Knien gewiegt.

Denk lieber zurück an Stirlingschloss,
Wo ich Spielzeug dir geschnitzt,
Dich gehoben auf deines Vaters Ross
Und Pfeile dir zugespitzt.

Denk lieber zurück an Linlithgow,
An den See und den Vogelherd,
Wo ich dich fischen und jagen froh
Und schwimmen und springen gelehrt.

O denk an alles, was einsten war,
und sänftige deinen Sinn –
Ich hab' es gebüßet sieben Jahr,
Dass ich ein Douglas bin.«

»Ich seh' dich nicht, Graf Archibald,
Ich hör' deine Stimme nicht,
Mir ist, als ob ein Rauschen im Wald
Von alten Zeiten spricht.

Mir klingt das Rauschen süß und traut,
Ich lausch' ihm immer noch,
Dazwischen aber klingt es laut:
Er ist ein Douglas doch.

Ich seh' dich nicht, ich höre dich nicht,
Das ist alles, was ich kann –
Ein Douglas vor meinem Angesicht
Wär' ein verlorener Mann.«

König Jakob gab seinem Ross den Sporn,
Bergan ging jetzt sein Ritt,
Graf Douglas fasste die Zügel vorn
Und hielt mit dem König Schritt.

Der Weg war steil, und die Sonne stach,
Und sein Panzerhemd war schwer;
Doch ob er schier zusammenbrach,
Er lief doch nebenher.

»König Jakob, ich war dein Seneschall,
Ich will es nicht fürder sein,
Ich will nur warten dein Ross im Stall
Und ihm schütten die Körner ein.

Ich will ihm selber machen die Streu
Und es tränken mit eigner Hand,

Nur lass mich atmen wieder aufs neu
Die Luft im Vaterland!

Und willst du nicht, so hab' einen Mut
Und ich will es danken dir,
Und zieh dein Schwert und triff mich gut
Und lass mich sterben hier.«

König Jakob sprang herab vom Pferd,
Hell leuchtete sein Gesicht,
Aus der Scheide zog er sein breites Schwert,
Aber fallen ließ er es nicht.

»Nimm's hin, nimm's hin und trag es neu
Und bewache mir meine Ruh,
Der ist in der tiefsten Seele treu,
Der die Heimat liebt wie du.

Zu Ross, wir reiten nach Linlithgow,
Und du reitest an meiner Seit',
Da wollen wir fischen und jagen froh
Als wie in alter Zeit.«

*

(14) *Der nachfolgende Brief wurde von der Familie Fontanes über Jahrzehnte zurückgehalten, die Gründe hierfür liegen auf der Hand. Umso höher ist es anzuerkennen,*

dass die Familie den Brief nicht vernichtet hat, was niemandem aufgefallen wäre. Der Empfänger, der Schriftsteller Bernhard von Lepel (1818-1885), ist einer der engsten Freunde Fontanes gewesen, auch wenn es zwischen den beiden gelegentlich heftige Auseinandersetzungen gegeben hat. Lepel war es, der Fontane in den »Tunnel über der Spree« einführte, beide gingen gerne auf gemeinsame Reisen, nach Schottland, aber auch auf Wanderungen durch die Mark Brandenburg.

Brief Theodor Fontanes an Bernhard von Lepel vom 1. März 1849

Lieber Lepel.

Für Deinen liebenswürdigen Brief vom gestrigen Tage meinen Dank, und zwar außergewöhnlich herzlich. Er hob nämlich den tristen Eindruck eines 5 Minuten vorher erhaltenen Schreibens stellenweise wieder auf. Denke Dir: »Enthüllungen No II«; zum zweiten Male unglückseliger Vater eines illegitimen Sprösslings. Abgesehn von dem moralischen Katzenjammer, ruf' ich aus: »Kann ich Dukaten aus der Erde stampfen usw.«

Meine Kinder fressen mir die Haare vom Kopf, eh die Welt weiß, dass ich überhaupt welche habe.

O horrible, o horrible, o most horrible! ruft Hamlets Geist, und ich mit ihm. Das betreffende interessante Aktenstück (ein Brief aus Dresden) werd' ich Dir am Sonntage vorlegen, vorausgesetzt, dass Du für die

Erzeugnisse meines penes nur halb so viel Interesse hast wie für die meiner Feder. Eigentlich wollt' ich schreiben »penna« [lat. für Feder, Anm. d. Verf.], um eine Art Wortspiel zu Stande zu bringen, aber es schien mir doch zu traurig; obschon ich in solchen Dingen nicht so ängstlich bin wie z. B. Freunde von mir.

Die »Reaction« werd' ich wieder zu erobern suchen; ich schreibe noch heut. Gieb sie dann unsrem Immermann; für die »Deutsche Reform« ist es auch nichts; sie bringt – soviel ich weiß – nie Gedichte.

Die Vorladung zur Lewald wäre mir in andren, minder*frucht*baren Zeitläuften angenehmer gewesen, indes ich will und werde mich aller Trübseligkeit zu entreißen wissen. Also: eingeschlagen! ich bin der Deine, und wenn's zum Deibel ginge, – warum nicht auch zur Fanny? Es ist übrigens noch 3 Tage hin, und ich denke bis dahin diesen Zustand von Besoffenheit hinter mir zu haben, so dass Du Dich meiner nicht zu schämen brauchst.

An »meißeln« ist natürlich nicht zu denken; das kommt vom »Meißeln«. Grässliche Witze, und gemein dazu; indes das möchte alles gehen, wenn nur diese Vaterfreuden, dieser Segen, diese heimlichen Überraschungen nicht wären!

Leb wohl, Dein Th. Fontane

*

(15) *Am 9. August 1841 brach auf einem Passagierschiff, das den Eriesee kreuzte, in der Nähe von Silver Creek ein Feuer aus. Der Kapitän befahl seinem Steuermann, das Schiff auf Land zu setzen. 249 Passagiere kamen ums Leben, der Steuermann überlebte schwer verletzt. 1875 erschien in einer New Yorker Zeitung ein Gedicht über die Katastrophe, welches Theodor Fontane vermutlich als Vorbild diente.*

John Maynard

John Maynard!

»Wer ist John Maynard?«

»John Maynard war unser Steuermann,
Aus hielt er, bis er das Ufer gewann,
Er hat uns gerettet, er trägt die Kron',
Er starb für uns, unsre Liebe sein Lohn.
John Maynard.«

Die »Schwalbe« fliegt über den Eriesee,
Gischt schäumt am Bug wie Flocken von Schnee;
Von Detroit fliegt sie nach Buffalo –
Die Herzen aber sind frei und froh,
Und die Passagiere mit Kindern und Fraun
Im Dämmerlicht schon das Ufer schaun,
Und plaudernd an John Maynard heran,
Tritt alles: »Wie weit noch, Steuermann?«

Der schaut nach vorn und schaut in die Rund':
»Noch dreißig Minuten ... Halbe Stund'.«

Alle Herzen sind froh, alle Herzen sind frei –
Da klingt's aus dem Schiffraum wie ein Schrei,
»Feuer!« war es, was da klang,
Ein Qualm aus Kajüt' und Luke drang,
ein Qualm, dann Flammen lichterloh,
Und noch zwanzig Minuten bis Buffalo.

Und die Passagiere, buntgemengt,
Am Bugspriet stehn sie zusammengedrängt,
Am Bugspriet ist noch Luft und Licht,
Am Steuer aber lagert's dicht,
Und ein Jammern wird laut: »Wo sind wir? Wo?«
Und noch fünfzehn Minuten bis Buffalo. –

Der Zugwind wächst, doch die Qualmwolke steht,
der Kapitän nach dem Steuer späht,
Er sieht nicht mehr seinen Steuermann,
Aber durchs Sprachrohr fragt er an:
»Noch da, John Maynard?«
»Ja, Herr. Ich bin.«
»Auf den Strand! In die Brandung!«
»Ich halte drauf hin.«
Und das Schiffsvolk jubelt: »Halt aus! Hallo!«
Und noch zehn Minuten bis Buffalo.

»Noch da, John Maynard?« Und Antwort schallt's
Mit ersterbender Stimme: »Ja, Herr, ich halt's!«
Und in die Brandung, was Klippe was Stein,
Jagt er die »Schwalbe« mitten hinein.
Soll Rettung kommen, so kommt sie nur so.
Rettung: der Strand von Buffalo!

Das Schiff geborsten. Das Feuer verschwelt.
Gerettet alle. Nur *einer* fehlt!

Alle Glocken gehen; ihre Töne schwell'n
Himmelan aus Kirchen und Kapell'n,
Ein Klingen und Läuten, sonst schweigt die Stadt,
Ein Dienst nur, den sie heute hat:
Zehntausend folgen oder mehr,
Und kein Aug' im Zuge, das tränenleer.
Sie lassen den Sarg in Blumen hinab,
Mit Blumen schließen sie das Grab,
und mit goldner Schrift in den Marmorstein
Schreibt die Stadt ihren Dankspruch ein:
»Hier ruht John Maynard! In Qualm und Brand
Hielt er das Steuer fest in der Hand,
Er hat uns gerettet, er trägt die Kron',
Er starb für uns, unsre Liebe sein Lohn.
John Maynard.«

*

(16) *Am 3. Oktober war Theodor Fontane in das Haus Potsdamer Straße 134c gezogen, in dem er bis zu seinem Tode am 20. September 1898 lebte. Seinen Namen trug das Haus, weil es sich im Besitz des Johanniter-Ordens befand, der dort auch ein Büro betrieb.*

Theodor Fontane ist viel gereist, nicht aber nach Afrika, wie das Gedicht suggeriert. Die vielleicht wichtigsten Reisen Fontanes waren seine Gedankenreisen, oft auf Spuren dichterischer Werke. Die Ballade »Lenore« von Gottfried August Bürger erschien 1774, die Ballade »Salas y Gomez raget aus den Fluten« stammt von Adalbert von Chamisso.

Meine Reiselust

»Auf, hinaus in die weite Welt!«
Drauf war mir ehdem der Sinn.
Mehr als die Weisheit aller Weisen
Galt mir reisen, reisen, reisen;
Tschad-See, Kongo, Land der Zwerge,
Kapstadt und die Tafelberge,
Zulus, Neger, mit dickem Flunsche,
Mongolen umfasst' ich mit gleichem Wunsche,
Und Bürgers Lenoren mit fliegenden Haaren,
Die so täglich ums Morgenrot gefahren.
Ob *mit* ihm, ob *ohne* – dass einer so fährt,
erschien mir trotz »Wilhelm, tot« beneidenswert.
(Freiligrath und den »Löwenritt«
Nahm ich nebenbei so mit.)

Nach Salas y Gomez wurd' ich getrieben,
Wo der Mann die drei Schiefertafeln geschrieben.

Jetzt zwischen Link- und Eichhornstraße
Mess' ich meine bescheidenen Maße,
Höchstens bei Königin Louise
Wag' ich mich vor, umschreitend diese,
Bleib' dann ein Weilchen noch in dem Bereiche
Des Floraplatzes am Goldfischteiche.
Der Wrangelbrunnen bleibt mir zur Linken,
Rechtsher seh' ich Goethe winken.
Zuletzt dann vorbei an der Bismarckpforte
Kehr' heim ich zu meinem alten Orte,
zu meiner alten Dreitreppenklause,
Hoch im Johanniterhause. –
Schon seh' ich grüßen, schon hör' ich rufen –
Aber noch fünfundsechzig Stufen!

*

(17) *siehe Kommentar zu (5)*

Meine Kinderjahre – Sechzehntes Kapitel: Vierzig Jahre später (Ein Intermezzo)

Wie der Leser schon aus der Kapitelüberschrift entnehmen wird, habe ich vor, in dem unmittelbar Nachstehenden mich weit jenseits der hier zu schildernden Swinemünder Tage niederzulassen, welches Vorhaben mit dem Wunsche zusammenhängt, das Charakterbild meines Vaters nach Möglichkeit zu vervollständigen, will sagen nach *oben* hin abzurunden. *Denn wie er ganz zuletzt war, so war er eigentlich.*

In dem bis hierher dem Leser vorgeführten und zugleich den eigentlichen Inhalt des Buches ausmachenden Zeitabschnitte, nach dem ich denn auch das Ganze »Meine Kinderjahre« betitelt habe, war mein Vater noch sehr jung, wenig über dreißig, und stand im Leben und in den Irrthümern; in seinen alten Tagen aber – und um eben deshalb greif ich hier, in einem Exkurse, so weit vor – waren des Lebens Irrthümer von ihm abgefallen und je bescheidener sich im Laufe der Jahre seine Verhältnisse gestaltet hatten, desto gütiger und persönlich anspruchsloser war er geworden, immer bereit, aus seiner eigenen bedrückten Lage heraus, nach Möglichkeit zu helfen. In Klagen sich zu ergehen, fiel ihm nicht ein, noch weniger in Anklagen, (höchstens mal gegen sich selbst) und dem Leben abgewandt, seinen Tod ruhig erwartend, verbrachte er seine letzten Tage *comme philosophe.*

Ich besuchte ihn alle Jahre einmal und von meinem letzten Besuche bei ihm, der im Sommer 67 fiel, möchte ich hier erzählen.

Er wohnte damals, schon zehn oder zwölf Jahre lang, in Nähe von Freienwalde, und zwar in einer an der alten Oder gelegenen Schifferkolonie, die den Namen »Schiffmühle« führte und ein Anhängsel des Dorfes Neu-Tornow war. Vereinzelte Häuser lagen da, in großen Abständen von einander, an dem träg vorüberschleichenden und von gelben und weißen Mummeln überwachsenen Flusse hin, während sich, unmittelbar hinter der Häuserreihe, ziemlich hohe, hoch oben mit einem Fichtenwalde besetzte Sandberge zogen. Genau da, wo eine prächtige Holzbrücke den von Freienwalde her heranführenden Dammweg auf die Neu-Tornow'sche Flussseite fortsetzte, stand das Haus meines Vaters. Von welchen Erträgen er es erstanden hatte, weiß ich bis diesen Tag nicht, denn als er es kaufte, war er eigentlich nicht mehr ein Mann der Häuserkaufmöglichkeiten, wenn das erstandene Haus auch freilich nur ein bescheidenes Häuschen war. Wie's aber auch damit stehen mochte, er nannte dies Haus sein eigen und *»klein aber mein«*, diese hübsche Inschrift, die das Prinz Friedrich Karl'sche Jagdschloss Dreilinden ziert, hätt auch er diesem Häuschen geben können. Er bewohnte dasselbe mit einer Haushälterin von mittleren Jahren, die nach dem Satz lebte *»Selig sind die Einfältigen«*, aber einen etwas weit gehenden Gebrauch davon machte. Seine Trauer darüber war humoristisch rührend, denn das Bedürfnis nach Aussprache blieb ihm bis zuletzt. Glücklicherweise hatte er sich schon vorher an Selbstgespräche gewöhnt. Er dachte laut; das war seine Aushilfe.

Ich hatte mich, wie gewöhnlich, bei ihm angemeldet, machte zunächst die reizende Fahrt bis Eberswalde per Bahn, dann die reizendere, bis Freienwalde selbst, in einem offenen Wagen und schritt nun auf einem von alten Weiden eingefassten Damm auf Schiffmühle zu, dessen blanke, rote Dächer ich gleich beim Heraustreten aus der Stadt vor Augen hatte. Der Weg war nicht weiter als eine gute halbe Stunde, Rapsfelder links und rechts, einzelne mit Storchennestern besetzte Gehöfte weit über die Niederung hin verstreut und als Abschluss des Bildes, jene schon erwähnte, jenseits der alten Oder ansteigende Reihe von Sandbergen. Als ich bis in Nähe der Brücke war, war natürlich die Frage da *»Wie wirst du den Alten finden?«* Aber eh ich mir noch darauf Antwort geben konnte, sah ich ihn auch schon. Er hatte, von der Giebelstube seines Hauses her, mein Herankommen beobachtet und als ich eben meinen Fuß auf die vorderste Brückenbohle setzen wollte, stand er auch schon an der anderen Seite der Brücke, mit seiner linken Hand zu mir herüberwinkend. Er hatte sich, seit er in der Einsamkeit wohnte, daran gewöhnt, die Kostümfrage etwas obenhin zu behandeln und so war ich nicht überrascht, ihn an diesem warmen Junitage bis an eine äußerste Grenze freiheitlicher Behandlung gelangt zu sehen. Er trug graue Leinwandhosen und einen dito Drillichrock, unter dem, denn er hasste alles Zuknöpfen, ein Nachthemd mit umgeklapptem Kragen sichtbar wurde, was alles unbedingt an's Turnerische gemahnt hätte, wenn es weißer gewesen wäre. Auf dem Kopfe saß ein Käpsel, grün mit einer schwarzen Ranke darum, und das Einzige, was auf bessere Zeiten deutete, war ein wunderschönes Bambusrohr mit einem Elfenbeinknopf oben und einer unverhältnismäßig langen Metallzwinge, so dass man eigentlich einen *»poignard«* darunter vermuten musste. Was aber nicht zutraf.

Jetzt hatten wir uns und gaben uns einen Kuss auf die linke Backe. *»Nun, das ist recht, dass du da bist. Was macht deine Frau? Und die Kinder?«* Er wartete aber keine Antwort ab, denn solche Familienfragen, wenn es nicht gleich ans Sterben ging, interessierten ihn wenig und so fuhr er denn fort: »Es ist das Leben eines Einsiedlers, das ich führe, ja, man könnte schon von einem Anachoreten sprechen, die ich mir, übrigens vielleicht mit Unrecht, als gesteigerte Einsiedler denke. Fremdwörter haben fast immer was Gesteigertes. Nun wir reden noch davon. Ein Glück. Dass du so gutes Wetter getroffen hast, das reine Hohenzollernwetter. Du schreibst ja auch so viel über die Hohenzollern und nimmst drum vielleicht auch an ihrem Wetter teil; es lohnt sich alles. Ich, für meine Person, halte an Napoleon fest; er war das größere Genie. Weißt du denn, dass Prinz Wilhelm – ich mein den alten, das heißt den ganz alten, der immer die Schwedter-Dragoner Uniform trug, hellblau, mit schwarzem Kragen, und soll ein aufrichtig frommer Mann gewesen sein, denn auf die Aufrichtigkeit kommt es an, – weißt du denn, dass Prinz Wilhelm immer die Büste Napoleons vor Augen hatte? Noch dazu auf seinem Schreibtisch.«

»Ja, ich weiß es, Papa; du hast mir öfters davon erzählt.«

»Öfter davon erzählt«, wiederholte er. »Ja, das wird wohl richtig sein. Ich lerne nichts mehr dazu, hab bloß immer noch die alten Geschichten, aber eigentlich sind das die besten. Erinnerst du dich noch? Lannes und Latour d'Auvergne und Michel Ney. Ja, mein Freund Michel Ney, der kommt mir jetzt wieder öfter in den Sinn und ich seh ihn dann immer, wie sie ihn an die Gartenmauer stellten – in dem öden und einsamen Luxembourg-Garten und war gerad ein recht klatschiges Dezemberwetter – und wie dann der Offizier, der das Peloton kommandierte, noch einmal das Kriegsgerichtsurteil vorlesen wollte mit all den Prinzen- und Herzogstiteln, wie da mein Freund Ney abwehrte und unterbrach und mit seiner tiefen Stimme sagte: *»pourquois tous ces titres? … Michel Ney … rien de plus … et bientot un peu de poudre.«* Und dann fielen die Schüsse. Ja *»bloß noch ein bisschen Staub.«* Eigentlich passt es auf Jeden und zu jeder Stunde. Und wenn man nun gar 71 ist …«

»Ach, Papa, daran musst du nicht denken.«

»Ich mag auch nicht, der Tod ist etwas Grusliges. Aber man mag wollen oder nicht, er meldet sich, er ist um einen 'rum, er ist da. Aber lassen wir den Tod. Tod ist ein schlechtes Wort, wenn man in ein Haus eintreten will. Und da kommt ja auch Luise, dich zu begrüßen. Sei nur recht freundlich, auch wenn sie was Dummes sagt. Und darauf kannst du dich verlassen.«

Unter diesen Worten und während mein Vater vom Flur aus, in den wir gerade eingetreten waren, treppauf stieg, um sich in seiner äußeren Erscheinung ein ganz klein wenig zu verbessern, war die eben angekündigte Luise wirklich auf mich zugekommen und erzählte mir, in übrigens durchaus verständiger Weise, dass sich der Papa schon seit 2 Tagen auf meinen Besuch gefreut habe. Natürlich, er habe ja sonst nichts; sie höre zwar immer zu, wenn er was sage, aber sie sei doch nur dumm.

»Ach, Luise, reden Sie doch nicht so was. Das wird ja so schlimm nicht sein. Jeder ist klug und jeder ist dumm. Und ich wette, Sie haben wieder Ihre Eierkuchen gebacken.«

»Hab ich auch.«

»Nun sehn Sie. Was heißt da, klug oder nicht klug. Papa kann froh sein, dass er Sie hat.«

»Bin ich auch«, sagte dieser, der, während wir sprachen, in einem aus einer weit zurückliegenden Zeit stammenden und deshalb längst zu eng gewordenen Rocke von seiner Giebelstube her wieder nach unten kam. »Bin ich auch. Luise ist eine gute Person. Mitunter allerdings schrecklich; aber bei Lichte besehn, ist alles schrecklich und es wäre ungerecht, wenn ich gerade von Luise den Ausnahmefall verlangen wollte.«

(Nach dem Essen machten Vater und Sohn einen kleinen Spaziergang, Vater Fontane beginnt von den vielen Fehlern zu sprechen, die er als junger Familienvater gemacht hat. Hier setzen wir die Erzählung fort.)

»Es wird dir schwerer fallen als uns, Papa.«

»Wohl möglich. Und es würde mir noch schwerer, wenn ich mir nicht sagte: die Verhältnisse machen den Menschen.«

»Das sagtest du schon, wie wir noch Kinder waren. Und gewiss ist es richtig.«

»Ja richtig ist es. Aber damals, ich kann so zu dir sprechen, denn du bist ja nun selber schon ein alter Knabe, damals sagte ich es so hin und dachte mir nicht viel dabei. Jetzt aber, wenn ich meinen Lieblingssatz ausspiele, tu ich's mit Überzeugung. So ganz kann es freilich nicht beruhigen. Aber doch beinah, doch ein bisschen.«

Ich nahm seine Hand und streichelte sie.

»Das ist Recht. Ihr habt eine Tugend, ihr seid alle nicht so begehrlich, nicht happig. Aber da wir nun mal dabei sind und ich nicht weiß, wie lang ich auf dieser sublunarischen Welt noch wandle, so möcht' ich doch über all diese Dinge noch ein Wort zu dir sagen. Es gibt immer noch ein paar Leute, die denken, das *jeu* sei Schuld gewesen. Ich sage dir, das ist Unsinn. Das war nur das Zweite, die Folge. Schuld war, was eigentlich sonst das Beste ist, meine Jugend und wenn es nicht lächerlich wäre, so möchte ich sagen, neben meiner Jugend meine Unschuld. Ich war wie ein Lämmlein auf der Weide, das 'rumsprang, bis es sich die Beine brach.«

Er blieb einen Augenblick stehn, denn er litt an asthmatischen Beschwerden und ich mahnte ihn, dass es wohl an der Zeit sei, umzukehren.

»Ja, lass uns umkehren; wir haben dann den Wind im Rücken und da spricht es sich besser. Und ich habe doch noch dies und das auf dem Herzen. Ich sagte eben, meine Jugend war schuld. Und das ist auch richtig. Sieh, ich hatte noch nicht ausgelernt, da ging ich schon in den Krieg und ich war noch nicht lange wieder da, da verlobte ich mich schon. Und an meinem 23sten Geburtstag habe ich mich verheiratet und als ich 24 wurde, da lagst du schon in der Wiege.«

»Mir ist es lieb, dass du so jung warst.«

»Ja, alles hat seine zwei Seiten und es hat wohl auch seine Vorteile gehabt, dass ich nicht morsch und mürbe war. Aber das mit der Unerfahrenheit bleibt doch ein schlimmes Ding und das Allerschlimmste war, dass ich nichts zu tun hatte. Da konnt' ich's denn kaum abwarten, bis Abends der verdammte Tisch aufgeklappt wurde.«

»Sonderbar, ich habe so vieles von dir geerbt, aber davon keine Spur. Spiel war mir immer langweilig.«

Er lachte wehmütig. »Ach mein lieber Junge, da täuschst du dich sehr, wenn du meinst, dass wir darin voneinander abweichen. Es hat mir auch nie Vergnügen gemacht, auch nicht ein bisschen. Und ich spielte noch dazu herzlich schlecht. Aber wenn ich mich dann den ganzen Tag über gelangweilt hatte, wollt' ich am Abend wenigstens einen Wechsel verspüren und dabei bin ich mein Geld los geworden und sitze nun einsam und deine Mutter erschrickt vor dem Gedanken, ich könnte mich wieder bei ihr einfinden. Es sind nun beinah 50 Jahre, dass wir uns verlobten und sie schrieb mir damals zärtliche Briefe, denn sie liebte mich. Und das ist nun der Ausgang. Zuneigung allein ist nicht genug zum Heiraten; heiraten ist eine Sache für vernünftige Menschen. Ich hatte noch nicht die Jahre, vernünftig zu sein.«

»Ist es dir recht, wenn ich der Mama das alles wieder erzähle?«

»Gewiss ist es mir recht, trotzdem es ihr nichts Neues ist. Denn es sind eigentlich ihre Worte. Sie hat nur die Genugtuung, dass ich sie mir zu guter Letzt zu eigen gemacht habe. Sie hat Recht gehabt in allem, in ihren Worten und ihrem Tun.«

Er sprach noch eine Weile so weiter. Dann kamen wir an die Stelle, wo die Chaussee aus dem Walde wieder niederstieg, zunächst auf den Fluss und die Bohlenbrücke zu. Jenseits der Brücke dehnte sich dann das Bruch in seiner Sommerschönheit, diesseits aber lag, als nächstes, das Wohnhaus meines Vaters, aus dessen Schornstein eben ein heller Rauch in die Nachmittagssonne aufkräuselte.

»Da sind wir wieder und Luise kocht nun wohl schon den Kaffee. Darauf versteht sie sich. ›Ist die Blume noch so klein, etwas Honig sitzt darein.‹ Oder so ähnlich. Man kann nicht alle Verse auswendig wissen. Und lobe nur den Kaffee, sonst erzählt sie mir 30 mal, es habe dir nicht geschmeckt. Und wenn ich Glück habe, weint sie auch noch dazu.«

Als wir in das Haus traten, war die Kaffeedecke bereits aufgelegt und die Tassen standen schon da, dazu, *faute de mieux*, kleine Teebrötchen, denn Schiffmühle war keine Bäckergegend und nur einmal des Tages kam die Semmelfrau. Dazu hatten wir schönes Quellwasser, das aus dem Sandberg kam.

Als 5 Uhr heran war, musst' ich fort. »Ich begleite dich noch«, und so bracht er mich bis über die Brücke.

»Nun lebewohl und lass dich noch mal sehen.« Er sagte das mit bewegter Stimme, denn er hatte die Vorahnung, dass dies der Abschied sei.

»Ich komme wieder, recht bald.«

Er nahm das grüne Käpsel ab und winkte.

Und ich kam auch bald wieder.

Es war in den ersten Oktobertagen und oben auf dem Bergrücken, da, wo wir von »Poseidon's Fichtenhain« gescherzt hatten, ruht er nun aus von Lebens Lust und Müh.

Weitere Krimis finden Sie im Internet unter:

WWW.GMEINER-SPANNUNG.DE

Edgar Rai
Berlin rund um die Uhr
Lieblingsplätze
192 Seiten, 14 x 21 cm
Paperback
ISBN 978-3-8392-1708-5
€ 14,99 [D] / € 15,50 [A]

Edgar Rai zeigt seine Lieblingsplätze: Orte, um sich hip zu fühlen, um der Wendezeit nachzuspüren, um beim Tanzen die Welt zu vergessen. Der Leser erlebt die Stadt, als ob ein guter Freund ihm etwas darüber erzählen würde, bekommt schonungslos ehrliche Tipps. Berlin ist kein schöner Schein – stattdessen kann man sich an kleinen Dingen freuen, etwa beim Betrachten eines Papageis, der eine Erdnuss schält. Berlin ist vielschichtig: Berlin ist Geschichte, Berlin ist unprätentiös bis charmant-schnoddrig, Berlin ist Weltstadt. Und das ist gut so.

GMEINER KULTUR

WWW.GMEINER-VERLAG.DE
Mensch, Kultur, Region